Editora – Catia Mourão
Capa – Joice Dias
Diagramação – Catia Mourão
Revisão – Halice FRS

CIP-BRASIL. CATALOGAÇÃO NA PUBLICAÇÃO
SINDICATO NACIONAL DOS EDITORES DE LIVROS, RJ

M453f

Meireles, Leila
O fogo da paixão / Leila Meireles. - 1. ed. - Rio de Janeiro : Ler, 2023.
252 p. ; 23 cm.

ISBN 978-65-5055-041-7

1. Romance brasileiro. I. Título.

23-85700 CDD: 869.3
CDU: 82-31(81)

Meri Gleice Rodrigues de Souza - Bibliotecária - CRB-7/6439
19/08/2023 23/08/2023

Foi feito o depósito legal.
Direitos de edição:

Ler Editorial

O fogo da PAIXÃO

LEILA MEIRELES

1ª edição
Rio de Janeiro – Brasil

Sumário

Explique o amor

Como explicar?
Algo que não controlamos
Que não conseguimos conter
O arrepio da alma, o acelerar do coração
Desejo disfarçado em paixão
Momento de total desequilíbrio
Que não dá para esconder
Verdade que todos acham que sabem
Transformando em apenas prazer
Ah, como nos enganamos
Como pecamos em julgar
Amor não se explica
Porque ninguém consegue domar
Amor não tem olhos ou ouvidos
Não aceita enquadramentos
Amor arrebata e pronto!
Não se intimida se VOCÊ condenar

Leila Meireles

CAPÍTULO 1

Samuel

Eu sabia que alguma coisa estava acontecendo e, há muito tempo, poderia ter descoberto as traições da minha ex-noiva, se não fosse a porra da confiança cega e o tempo que ficava dentro da empresa do meu pai, como um fodido workaholic.

Roberta é uma mulher linda, loira, alta para os padrões femininos, longos cabelos lisos que chegam à cintura, olhos verdes; muito sedutora. Os pais são amigos do meu pai e da minha madrasta, há muitos anos. Quando voltei do MBA, realizado nos Estados Unidos, a irmã mais nova de Marcos Azevedo, filha de Severo e Vitória, já era amiga inseparável da minha irmã caçula, tornando-se assídua frequentadora da nossa casa.

Um mês depois que voltei dos Estados Unidos, a garota já tinha me seduzido e eu já conhecia até a pinta escura que ela tem nas partes íntimas. De lá para cá se passaram cinco anos e, há menos de um ano, coloquei um anel bem caro com obsceno diamante no dedo da ordinária.

Vários amigos já tinham me alertado para o fato de trabalhar muito e deixar uma mulher como a Roberta sozinha, desfilando toda a sua beleza por aí. A infeliz realmente chama a atenção em qualquer maldito lugar por onde passa. Mas eu, o otário do século, confiava cegamente no amor que ela repetia, todos os fodidos dias, que sentia por mim.

— Não já disse que não quero falar com ninguém, Olívia!

A porra do interfone estava me irritando. No entanto, a secretária insistia para que atendesse, me deixando sem escolha.

— Senhor Samuel, me desculpe. Senhor Eduardo está aqui insistindo em lhe falar.

Nosso diretor financeiro, meu melhor amigo, com certeza não atenderia ao meu desejo de ficar sozinho. Aposto que está se divertindo com a aflição da minha secretária em ter de desobedecer às minhas ordens. Eduardo tornou-se um amigo querido, desde que veio do Interior de São Paulo para trabalhar na França Exportações, empresa que o meu pai fundou, há mais de trinta anos, quando vivíamos em Porto Alegre.

Um cara gente boa, honesto, muito inteligente, competente que logo saiu do cargo de gerente de área e se tornou diretor financeiro da nossa empresa. Ele, pelo menos, foi sempre um amigo fiel, durante o tempo que fiquei nos Estados Unidos.

— Deixe o Eduardo entrar, Olívia. Mas, não atendo e nem recebo mais ninguém! Nem perca o seu tempo interfonando.

Levantei para pegar água no frigobar da minha sala, quando Eduardo entrou me encarando com olhar divertido.

— Quer dizer que o bonitão, Samuel França, tomou um belo par de chifres? — O filho da puta, escroto foi logo pegando pesado.

— Como porra você ficou sabendo disso? Tudo aconteceu há dois dias e apenas minha família está sabendo do ocorrido. Você acabou de chegar do Rio de Janeiro?

Ele apenas estende os lábios, num pequeno sorriso, mas logo fica sério, quando olha para a fúria nos meus olhos, esperando uma resposta.

— Relaxa, cara. Foi o senhor André que me falou. — Eduardo senta à frente da minha mesa, espera que eu também me acomode e continua: — Seu pai está preocupado com os efeitos que essa bagunça possa trazer para você.

— Sei — apenas suspiro, impaciente.

— Sam, não vai tentar fingir pra mim que está bem, depois dessa porra toda.

Eduardo me conhece bem. Sabe o quanto eu era louco pela Roberta.

— Cara, a Roberta vinha saindo com o instrutor da academia, onde ela faz aula de muay thai com a Marina...

— A sua irmã sabia? — pergunta, com os olhos arregalados.

— Claro que não. Marina é só uma menina de dezoito anos, encantada com a atenção de uma mulher bem mais velha que ela. A coitada gosta tanto da infeliz da Roberta que até agora acredita que a amiga jamais me traiu e isso é tudo um mal-entendido.

— E não pode ser mesmo, um mal-entendido? — Meu amigo tenta amenizar as coisas.

—Vi com meus próprios olhos, Eduardo! Segui as duas até a academia e fiquei aguardando no carro. Meia hora depois, quando estava prestes a desistir, vi o tal instrutor sair e entrar num carro. Logo em seguida, Roberta também saiu e entrou no carro dele. Os segui até um bairro não muito distante, e os vi entrando na garagem de um prédio. Aguardei uns poucos minutos e fui até o porteiro. Perguntei pelo filho da puta e a resposta que tive: *Ah moço, ele acabou de chegar com a amiga... e não posso nem pensar em incomodar agora. O senhor me entende, né?*

— Puta merda! — Meu amigo suspira, desolado.

— Pois é. E eu, como o belo corno que devo ser, esperei que ela acabasse com o deleite nos lençóis do instrutor e a segui de volta no táxi, que pegou até a casa dela. É claro que ela tentou negar, dizer que era fofoca para nos separar. Essas merdas. — Levanto e sirvo duas doses de uísque. — Falei o que eu tinha acabado de ver e ela não teve mais como negar. A gente discutiu feio...

— Samuel! Roberta! O que está acontecendo aqui? Que gritaria é essa? O Severo está lá no quarto descansando e vocês vão assustá-lo gritando desse jeito.

— Larga o meu braço, seu animal! Está me machucando!

— Meu Deus, Roberta! O que houve com vocês? Você parece transtornado, Samuel.

— Talvez essa palavra defina bem o meu estado, Vitória. Mas certamente não é a única a ser usada aqui: enojado, decepcionado e enganado também podem ser usadas!

— Gente, dá para vocês dizerem o que está se passando aqui?

— O que está se passando aqui é que a partir deste momento eu já não sou mais noivo da sua filha. O motivo, ela mesma pode lhe contar. Se é que resta algum resquício de honestidade nela.

— O quê?! — A mulher olha para filha, assustada.

— Informe ao senhor Severo que outro dia vou ao escritório dele e converso sobre o término do noivado. Seu marido é um homem honrado e merece o meu respeito. Embora eu tenha sido muito desrespeitado pela sua filha.

— Samuel, espera! O que a Roberta fez para você tomar uma decisão assim tão radical? Escuta, pense melhor. Não vá acreditar em tudo que falam por aí. Sabe que muitas pessoas morrem de inveja da minha filha. A Beta sempre causou muita inveja nas mulheres. Por ser tão bonita e ter sido escolhida por você.

— Prefiro acreditar que você realmente não conhece bem a sua própria filha. Bem, não tenho mais nada a fazer aqui.

— Espera! Quem você pensa que é para vir à minha casa e falar esse monte de merda, me dar um pontapé na bunda e sair assim, como quem acaba de jogar o lixo pra fora? Olha aqui! Não vem com esse papinho de menino traído para cima da minha mãe. É comigo que você tem de resolver as coisas. É comigo que você tem de terminar. Era comigo que você ia para cama todos esses anos, não com a minha mãe.

— Roberta?!

E então eu me dei conta. Voltei-me e encarei a Roberta.

— Tem razão. Uma falha imperdoável. — Peguei a mão dela e arranquei o anel que eu tinha dado de noivado. *— Este anel foi muito caro para servir de pagamento pelo uso de um corpo tão rodado.*

— Seu desgraçado! Maldito! Estúpido! — Finalmente a pose cai.

Ela grita, chora e corre para o lado da mãe.

— Chega, Roberta! Saia daqui! Saia! — Vitória empurra Roberta para fora da sala e se volta para mim. *— Samuel, espera. Você é um rapaz muito honrado e meu marido gosta muito de você. Não sei o que a minha filha aprontou. Peço apenas que não fale nada para o Severo, ainda. O meu*

marido está muito doente, como sabe, não suportaria uma decepção com a filha.

— Não se preocupe, Vitória. Eu não falaria mesmo com o senhor Severo. Mas, por respeito a ele. A maneira como vocês conduzem as questões de caráter na família é um assunto de vocês. Passe bem, Vitória!

— Desde esse dia não mais vi os pais da Roberta. Já ela... — Viro o resto da bebida de uma vez na boca e levanto para servir outra dose. — Tem ligado lá pra casa do meu pai para falar com a boba da minha irmã. Marina não está falando comigo porque acredita na amiga.

— Selena também acredita na ex-cunhada? — Meu amigo segura o copo e o balança, mas não toca na bebida.

— Nada. Lena nunca gostou da minha ex. A verdade é que na minha família apenas a Marina tem esse encanto pela Roberta. Nem Selena, nem Luciana e o papai estavam muito confortáveis com o meu noivado. Eles acham a minha ex uma fútil e, como diz Lena, dissimulada.

— Achei Seu André bem aliviado, quando me contou sobre você estar precisando de um amigo. Embora tenha deixado evidente a preocupação com a situação da empresa do seu ex-sogro.

— O papai já tinha conversado comigo sobre os problemas das empresas do senhor Severo. Desde que ficou doente, os negócios do velho desandaram de mal a pior. Sendo que, com o nosso casamento fatalmente as empresas se uniriam, fato que evitaria um vexame público e financeiro nas empresas de Severo Azevedo.

— E agora, o que você pretende fazer? Não há chances de perdoar e voltar com Roberta? Você sempre foi muito apaixonado por ela.

— Não. Acabou! Não tenho predisposição pra ser corno.

Meu amigo solta uma gargalhada e segue para a porta, chamando-me para almoçar.

CAPÍTULO 2

Samuel

— E quando você quer ir para Porto Alegre? — Meu pai não consegue esconder que está preocupado comigo e isso só me deixa mais puto com tudo que aconteceu.

— Pai, já estava tudo definido, o senhor sabe disso. — Eu o encaro, firme, para que não tenha dúvidas que nada vai atrapalhar meu trabalho.

— Eu sei, Samuel, só acho que poderia adiar um pouco, tentar resolver sua vida pessoal antes.

— Não há nada mais a resolver. Inclusive preferia que não tocasse mais nesse assunto.

Olho em volta na mesa onde estava com a minha família jantando na casa do meu pai. Realmente preferia esquecer, de uma vez, e me ocupar com o trabalho.

— Então vai mesmo dar um chute na Beta, seguir em frente como um tirano medieval e dono da razão? — Às vezes minha irmã Marina é mais pentelha do que a sua idade permite.

— Marina... — Tento argumentar, mas ela me corta.

— Você é mesmo um idiota, Sam. Dizia amar a Beta e acaba acreditando na primeira bobagem que falam. — Sua irritação é genuína.

— Me parece que se tem alguém enganado aqui é você, Marina. E ainda tenta vender um peixe que já está estragado há muito tempo. — Minha madrasta não tem muita paciência com as criancices da minha irmã caçula.

— Luciana está certa, Mari. E ficamos muito tristes de você ainda tentar defender a mulher que traiu o nosso irmão. — Percebo claramente o quanto minha família está desgastada com a situação.

— Claro! — Marina se levanta muito indignada. Eu só consigo acompanhar o transtorno, que está se criando no jantar, por minha causa. — É obvio que vocês sempre vão ficar contra a Beta! Ninguém aqui nunca gostou dela mesmo, não é?

— Já parou para pensar que as próprias ações dessa moça geraram esse sentimento na família, minha filha? Agora, por favor, sente-se e termine o seu jantar.

— Não, papai, perdi a fome. Se me permitir, vou para o meu quarto.

Com a personalidade forte que tem, a minha irmã caçula não se deixa intimidar por ninguém. Nem o papai consegue dominá-la.

— Marina. — O pai ainda tenta.

— Deixe-a ir, meu bem. Logo ela mesma descobre quem é verdadeiramente a amiga que tanto defende.

— Mari é só uma criança querendo crescer e escolheu errado uma referência para isso. Não acredito que tenha ideia das coisas que a amiga aprontava. — Não poderia culpar a minha irmãzinha, visto que até eu fui enganado por muito tempo.

— Vejo que está sabendo lidar muito bem com toda essa situação, Samuel. — Meu pai precisa acreditar nisso.

— Por mais que eu fosse apaixonado pela Roberta, não sou mais um adolescente e a vida continua.

Apesar de ainda estar muito fodido, e eles saberem que estou sofrendo. O garfo remexe a comida no prato o tempo todo. Eu não consigo comer.

— Sinto muito que tudo tenha acabado assim, Samuel. Roberta já fazia parte da sua vida e, de certa forma, você foi muito feliz com ela.

— Concordo com a Lu, Sam. A gente entende você estar tão abalado.. Não se esquece uma grande paixão assim... — Selena faz um gesto com os dedos. — Como num passe de mágica.

— Quer saber, filho? É melhor mesmo você ir até Porto Alegre tratar de negócios. Isso te fará relaxar um pouco desse clima triste que virou sua vida. — Meu pai aperta a minha mão que está sobre a mesa, num gesto de apoio.

— Sabe o que é ainda melhor, Sam? Eu vou com você nessa viagem! — Selena tenta passar uma animação que sei não é real.

— Você? — Realmente me surpreendo.

Minha irmã não gosta muito de viajar a trabalho. Mesmo sendo a responsável pela área de marketing da empresa, sempre arranja uma desculpa e coloca outra pessoa no seu lugar.

— É Porto Alegre, maninho. Onde vivem os nossos parentes. Aproveito para matar a saudade da tia Érica e do pessoal de lá.

— Hummm... — realmente não acredito no argumento dela. Sei que minha irmã muito protetora comigo, como sou com ela, não quer que fique sozinho. Selena é o meu lado calmo. — Se é assim, arrume sua mala, pois pretendo viajar amanhã mesmo. Bem, estou indo. Como sempre, seu jantar está maravilhoso, Lu. Obrigado.

Ponho-me de pé.

— Não precisa elogiar um jantar que você nem tocou, Sam. Sabe o quanto gostamos quando vem nos fazer companhia nas refeições. — Luciana se aproxima e me abraça com carinho.

Retribuo e beijo-lhe na testa. Apesar de ser pouca a nossa diferença de idade, tenho muito respeito e admiração por ela.

Abraço o meu velho, que beija o meu rosto. Selena cruza o braço no meu e me acompanha até o carro, parado à porta da garagem.

— E então? Vai me dizer o porquê de viajar comigo, de verdade? Saiba que estou bem, maninha, e pretendo trabalhar muito lá em Porto Alegre. Não vou ter muito tempo para fazer social com você.

— Não pode tentar enganar a mim, Sam. Sei muito bem o quanto você está arrasado. Embora esteja conseguindo disfarçar bem, para os outros, não pra mim. — Ela segura o meu rosto com as duas mãos, olha dentro dos meus olhos. Só ela tem o poder de enxergar a minha alma. — Nunca vou te deixar só, meu amor. Não quando estiver sofrendo. Você é o meu Sam. O meu irmão muito amado.

Não tenho como refutar a percepção dela. Estou tentando esquecer a minha ex, mas a saudade dela ainda me deixa fodido e muito puto. Caralho! Isso precisa passar. Beijo a minha maninha no rosto e sigo para o meu apartamento, para mais uma noite de uísque e lembranças que só me fazem sofrer.

Depois de mais uma noite sem dormir, sigo para o trabalho. Ser CEO de uma grande empresa cobra um preço muito alto, não posso me deixar abater por algo que não há como consertar.

Ainda é cedo, poucas são as pessoas que chegaram para trabalhar. Inclusive, minha secretária, que só chega num horário mais tarde, já que fica, às vezes, além do expediente quando tenho reuniões. Por isso, me assusto quando vejo Roberta, a minha ex-noiva, invadindo a minha sala.

— Nem adianta fazer cara feia pra mim, Samuel. Precisamos conversar. Você falou tudo que queria, até me ofendeu lá na minha casa, mas não me deixou falar. E eu tenho esse direito.

Eu realmente perdi, momentaneamente, a voz diante da figura estonteante que é aquela mulher. Roberta sabia onde e como apertar cada botãozinho em mim para reagir à sedução dela. Estava mais linda do que nunca, num vestido preto colado e no meio das coxas. Os seios quase pulando fora do decote em V que trazia apenas um tecido fino de renda ligando os dois lados. Cabelos presos num rabo de cavalo alto e uma maquiagem simples, como eu gostava. Ela não precisava mais que isso para ficar deslumbrante.

— O que você ainda quer de mim, Roberta Azevedo? — Consegui me controlar a tempo e não permitir que visse o estrago que me causou.

— Sam, precisa me perdoar... — Aproxima-se e tenta tocar o meu rosto. Afasto-me e coloco distância entre nós — Eu sei que errei, mas, amor, sabe o quanto discutimos por você trabalhar tanto e me deixar sozinha, tendo que cuidar de tudo. Até dos preparativos do nosso casamento. Mesmo o nosso apartamento, você nunca achava tempo para ir comigo dar sua opinião na decoração.

— O fato de eu trabalhar muito é desculpa para você trepar com outros homens? — Estava de saco cheio de ela tentar minimizar o que fez como se eu fosse realmente o culpado.

— Está vendo! Está sendo grosseiro de novo. Sabe que não é assim. — Tenta forçar umas lágrimas e não consegue nem mesmo sentir vergonha.

— Eu sei? Eu sei o que exatamente, Roberta? Que você, três vezes na semana, se enfiava no apartamento do seu instrutor de muay thai, e passava a tarde toda trepando, enquanto eu acreditava que estava na academia em companhia da minha irmã?! Uma menina de dezoito anos, que você enganava também? É isso o que eu sei?!

Perco o controle e a razão e a pego pelo braço, levando-a para fora do meu escritório apertando ferozmente o botão do elevador.

— Me solta, Samuel! Você é um idiota, troglodita que só sabe berrar e não pode perdoar ninguém! Seu mimadinho de merda! — Ela se solta do meu aperto e começa a gritar e chorar de verdade. — Eu transei, sim, com Raul e a culpa é sua! Enquanto muitos homens me dariam o mundo, apenas para ter um beijo meu, você passava até dois dias... Dois dias sem me comer. Sempre muito cansado e cheio dessas reuniões intermináveis! Eu errei, mas eu te amo! Você pode me perdoar como muitas vezes eu lhe perdoei por não poder ir me ver, quando eu estava toda linda e excitada lhe esperando.

— Meu Deus! Como eu pude me apaixonar por uma mulher tão fútil e rasa como você? Caralho! Olha só, ficou muito claro pra mim o quanto estava sendo pouco pra você. Está livre para viver como sempre quis e acha que merece. Agora some da minha vida e para de ligar para a casa do meu pai e para minha irmã.

— Não vai tirar a amizade da Marina de mim. Isso você não pode fazer!

Enquanto ela berra, o elevador chega e eu a coloco lá dentro, aciono o botão para descer.

O show acabou.

CAPÍTULO 3

Samuel

O dia começou estressante e, sobretudo com a visita da minha ex-noiva, os problemas não param de surgir ao meu redor.

No Final da tarde, como já tinha levado minha mala para a empresa, apenas tomo um banho, coloco um jeans, uma camisa de mangas compridas e vou pegar a Selena na casa do meu pai.

Seguimos para o aeroporto e, no avião da empresa, seguimos direto para Porto Alegre. É uma viagem de poucas horas e tranquila, logo chegamos ao hotel onde ficaremos hospedados.

Acabei de sair do banho. Estou enrolado na toalha pegando uma roupa ainda na mala, quando batem à porta. Ando rápido para abrir, é a Lena toda preocupada.

— Maninho! A tia Érica acabou de me ligar. Ela está muito magoada porque viemos para um hotel e não para a casa dela.

— Eu imaginava. É claro que a minha maninha deu uma ótima desculpa e deixou a nossa velha tia satisfeita.

Falo com a minha irmã enquanto me visto para descermos e ir jantar no restaurante do hotel.

— Eu apenas disse a ela que, como viemos a trabalho e teremos horários bem irregulares, não queríamos atrapalhar a rotina da casa dela. Mas, não pude recusar o convite para o almoço de amanhã.

— Fez bem. Vamos ao escritório, logo cedo, e, depois da reunião com o pessoal da empresa, seguimos para casa da tia Érica para almoçar.

Temos uma manhã de muito trabalho na empresa e várias reuniões foram agendadas com outras empresas que tinham negócios com a França Exportações, para toda a semana. O que foi muito bom, pois, ocupado com o tanto de trabalho que tive em nenhum momento lembrei o quão fodido estava.

Por conta das reuniões que se estenderam além do programado, chegamos atrasados a casa da tia Érica, que fez com que a filha e os netos nos esperassem para almoçar.

— Vocês nos perdoem, mas conhecem o meu irmão, quando está trabalhando o mundo inteiro pode se acabar que ele sequer percebe. — Lena está envergonhada, e com razão.

Foi falta de educação de minha parte, atrasar-nos tanto.

— Peço desculpas, tia. Era muita coisa para resolver e acabei não prestando atenção na hora.

— Bah, fiquem sossegados, guris! Estamos felizes de terem vindo a Porto Alegre. Ficamos tanto tempo sem ver vocês. Agora venham para a mesa ou os meus netos comem todas as bobagens que encontrarem na geladeira. Venham! Temos muito a conversar. Quero saber todas as novidades.

Tia Érica ainda é uma mulher bonita e bem disposta, mesmo nos seus sessenta e poucos anos. Irmã mais velha da mamãe, ela foi o suporte que ajudou o papai quando a mamãe morreu. Ela era a mais jovem, a caçula da família, e isso abalou a todos. Papai ficou muito mal com dois filhos adolescentes e uma criança.

— Olhe pra vocês, guris. — Tia Érica nos olha emocionada. — Cada vez mais lindos! O Samuel ainda mais parecido com o André. De vocês três, só a Marina puxou ao lado da minha família. Loira de olhos azuis, como a Luiza. A minha irmã era muito bonita. Assim como o pai de vocês, de quem herdaram os cabelos e os olhos pretos.

— O primo está mesmo um gato! Se não fosse meu primo, eu bem que dava em cima de tu, guri. — Gargalho com as gracinhas da pirralha a prima Mirela, neta da tia Érica, e da mesma idade da minha irmã, Marina.

— E a noiva, Sam? Deixou você vir sozinho? Me falaram que ela é bem ciumenta. Embora seja também uma mulher bem bonita. — A prima Soraya não sabia ainda de nada, assim como ninguém da família. Desconfortável, Selena olha para mim e, antes que eu responda, o filho de Soraya, meu primo Ângelo também fala uma gracinha.

— Cara, sério! Se fosse o noivo de uma deusa daquela, eu é que não a deixaria sozinha em outra cidade. Sam, com todo o respeito, mas sua noiva é uma gata gostosa demais.

— Tem razão, Ângelo, e o preço que estou pagando por ter vacilado, é que ela estava me traindo e nós não estamos mais noivos.

— Bah! Como foi isso, guri? Aquela menina parecia ser tão apaixonada por tu, e os dois juntos eram o casal mais lindo que já vi.

Ouvir a voz melodiosa e carregada, no sotaque gaúcho, da minha tia Érica me remeteu à infância. Tantos anos morando em São Paulo e já nem lembrava mais.

— Tudo indica que o amor da Roberta não era tão grande assim como imaginávamos, tia Érica. — Minha irmã acha que não tenho defeitos.

— A bem da verdade, o Ângelo tem certa razão. Eu me enterrei no trabalho e já não dava a atenção que a minha ex precisava.

— Ah, não! Nada justifica uma traição. Se essa moça não estava feliz com o modo que você a estava tratando, que lhe dissesse ou terminasse. Mas, trair? Isso não tem justificativa, bah. — A prima Soraya retruca, indignada.

— Concordo com tu, minha filha. Vocês se conheciam há tanto tempo, Samuel. As famílias são amigas. Essa moça não podia fazer isso.

—Tchê, ainda bem que você se livrou dessa safada, Sam! — Com o sentimento com que fala, acho que se Roberta estivesse perto levaria uma porrada da minha prima Soraya.

— Calma, mãe. Sei que basta falar em traição e tu pensas logo no papai. Mas não esqueças que cada um tem suas razões.

— Razão para trair, Mirela? Tu achas mesmo que existe isso, minha filha? Claro que tu achas. Até hoje defende o safado do teu pai, bah. — Soraya bufa, irritada.

— Bem, meninas, não precisamos fazer os meus queridos sobrinhos ouvirem essa lavagem de roupa suja. Até porque eu imagino que o Samuel esteja precisando esquecer o que aconteceu. — diz tia Érica, revirando os olhos. — E me contem, a Luciana como está? Continua cuidando bem dos meus meninos? Porque madrasta já é um problema. Jovem e bonita então.

Ri das próprias palavras.

— A Lu é um anjo em nossas vidas. Ela só levou amor e paz para todos nós.

— Selena está com a razão, tia Érica. A Luciana devolveu ao papai a alegria e felicidade que ele precisava.

— Nós sabemos, guris. Nós sabemos. Quando a minha prima, Ofélia, trouxe a filha, Luciana, para estudar na universidade UFCSPA ela tinha a idade da irmã de vocês, a Marina. Dezoito anos. Como vocês devem saber, o pai da Lu era o Bráz, um negro bonitão que gerenciava a fazenda dos meus tios, pais da Ofélia. Quando ela ficou grávida, não aceitaram ela ter um relacionamento com um funcionário da fazenda e também por ser negro. Minha prima foi morar com a mamãe, casou com o pai da filha e juntos compraram um pequeno sítio. Luciana era uma menina muito tímida, vivia quieta e calada no meio das outras primas. Era uma guria estudiosa, com a cor linda de canela, os olhos verdes que herdou da mãe, tornou-se essa mulher linda.

— Lu é mesmo uma mulher muito bonita! Aquele cabelo maravilhoso, cheio de cachos, de um tom de castanho quase dourado. O papai é muito apaixonado por ela. — Selena admira e gosta muito da nossa madrasta.

Luciana tem mais que beleza física. Tem um coração gentil e generoso. Com certeza foi o que mais chamou a atenção e despertou o amor do papai.

— O que talvez não saibam é que, ainda aos dezoito anos, ela conheceu e se apaixonou perdidamente pelo pai de vocês.

— Mas, a mamãe ainda era viva? — Essa informação me deixa tão surpreso quanto a minha irmã.

— Exatamente por saber de como o casal era feliz e se amava ela não aceitou vir morar na casa de nenhum de nós. Preferiu ficar no alojamento da faculdade, e quase nunca a víamos. Quando a mãe de vocês morreu, Marina, que na época tinha só três aninhos, não parava de chorar e ninguém conseguia consolar a criança. Foi o pai de vocês que encontrou a Luciana embalando a Marina no colo e finalmente a menina tinha se acalmado e dormia tranquilamente.

— Mas... Quando o papai e a Lu começaram a namorar, a Mari já tinha cinco anos, e a Luciana não era próxima de nós antes disso. — Minha irmã fica curiosa e eu fico interessado na história.

— Exato. Eles só voltaram a se ver exatamente dois anos depois, na festa de comemoração de quinze anos de fundação da empresa de André. Bem, ele se lembrou dela e acabou se apaixonando pela preta bonita que tinha conseguido acalmar sua filha pequena, no momento mais tortuoso da sua vida.

— Não conhecia esses detalhes. Eles nunca falaram a respeito. — Não entendo que eles nunca tenham contado essa história tão interessante para nós.

— Como podes ver, Samuel, a nossa família tem muitos esqueletos guardados nos armários. — Com certeza Ângelo é o responsável por manter a avó sempre jovem e lúcida. O cara é muito animado. — Estou indo nessa! Nós nos vemos depois, primos. Vocês ficam aqui até quando?

— Certamente até o final da semana. Tenho muitas reuniões agendadas com empresas parceiras aqui em Porto Alegre.

— Ótimo. Vamos combinar sair um desses dias para um programa legal.

— Espera guri! Está indo onde? Vou com você.

— Bah, não sei se tu sabes, guria, mas nós não somos gêmeos. Para de querer ficar grudada em mim.

— OK. Então não vou te dar uma informação que tu adorarias saber... — A pequena Mirela pirraça e ganha a atenção do irmão.

— Fala logo, guria, bah!

— Acabei de ver nas redes que a Madu chegou ao Brasil ontem. Vi até uma linda foto da guria beijando a mãe dela, lá no aeroporto.

— Que Madu? A Maria Eduarda, filha da Isadora Fernandes? — Fiquei realmente curioso sobre essa figura que chamou atenção até da prima Soraya.

— Essa mesma, mãe. A gata mais linda dessa cidade.

O garoto está mesmo encantado com a tal menina.

— Meu neto exagerado. — A tia Érica sorri divertida. — Acredito que vocês vão estar com a mãe dessa menina. Madu é modelo e vivi viajando pelo mundo. A mãe, Isadora Fernandes, tem uma empresa que trabalha com o Grupo França. É uma mulher admirável. Nós nos conhecemos há alguns anos.

— Teremos muitas reuniões essa semana, é possível que a empresa da amiga de vocês seja uma das que visitaremos. — Selena está certa e eu lembrei que precisávamos voltar à empresa, pois tínhamos ainda muito trabalho naquele dia.

— Falando em empresa, precisamos retornar ao trabalho. Tia, obrigado pelo almoço delicioso. Estava com saudade da comida da nossa terra. Prometo que viremos outra vez. De preferência à noite, para o jantar. O horário do almoço é meio irregular.

— Vou cobrar tua promessa, guri. Vão com Deus e bom trabalho. Mas, vejam se deixam um tempinho para se distrair e passear um pouco.

— Tia, o papai pediu para a gente dar uma passada na fazenda. Vamos precisar que a senhora nos acompanhe nessa visita.

— Está certo, minha linda Selena. Vamos sim.

Nós nos despedimos e seguimos de volta para os escritórios da empresa e ficamos por lá até tarde.

CAPÍTULO 4

Isadora

A chegada da minha filha em casa, de volta ao Brasil, depois de passar seis meses viajando pelo mundo em desfiles e ensaios fotográficos, me deixa imensamente feliz, também muito cansada. A Maria Eduarda consegue alterar muito a rotina da casa e até a minha rotina de trabalho.

Madu é um evento da natureza. Desde os quatorze anos resolveu que seria modelo e daí pra frente só investe mais e mais na carreira de modelar e fotografar para revistas do mundo todo. Minha filha é mesmo muito linda e eu ainda me preocupo de ela se tornar uma pessoa fútil e vazia, que só valoriza a beleza exterior.

— Dona Isa! Posso servir o jantar ou a senhora vai esperar a Madu?

— Vou esperar um pouco, Judite. Maria Eduarda deve estar chegando e eu sempre aproveito que a minha menina está em casa para ficar mais tempo com ela. Logo ela volta para os desfiles pelo mundo a fora e ficamos muito tempo longe uma da outra.

— Quando quiser é só chamar, dona Isa — diz minha ajudante, afastando-se.

— Já estou aqui, Judite! Pode servir o jantar. Desculpa, mamãe, precisei ir até a revista fazer umas fotos para a edição desse mês e acabou demorando. Vamos lá?

Maria Eduarda cruza o braço no meu e sai, me levando em direção a sala de jantar. Há muito tempo a minha menina é mais alta que eu. Sua postura altiva e elegante ofusca qualquer pessoa que esteja ao seu lado.

— Sim, querida. Como foi tudo na revista? As fotos ficaram boas?

— Perfeitas! Sabe que não paro enquanto não está do jeito que eu gosto.

Sempre a determinação e o olhar firme de quem sabe o que quer da vida e vai buscar. Assim é a minha menina, de apenas dezoito anos. Igualzinha ao pai. Personalidade forte e decidida.

— Filha, amanhã tenho uma reunião importante lá no escritório e devo sair cedo. Talvez só esteja em casa à noite. Porque não aproveita e descansa um pouco? Desde que chegou não parou um minuto.

— São muitos compromissos, mãe. A Cissa já avisou que em um mês vou ter que estar em Paris. Fui convidada para desfilar a grife de uma estilista nova que está fazendo muito sucesso por lá. — Já vai sentando e se servindo com o apetite que sempre tem quando está em casa. Mas, nunca sai da alimentação imposta pela nutricionista.

— Mais um bom motivo para descansar um pouco por aqui enquanto não volta para seu trabalho — insisto.

— Fique tranquila, "dona Isa". Pode deixar que vou tentar dormir mais e depois fico na piscina aqui no prédio mesmo. Convido umas duas amigas. Está bem assim? — Sorri lindamente.

Apesar da força interior, Maria Eduarda é também uma garota doce e bem carinhosa. Minha filha é a minha razão de vida.

Chego ao meu escritório logo cedo e vou verificar se está tudo pronto para a reunião com o CEO da França Exportação. É uma reunião bastante importante, estou muito ansiosa. Se tudo correr como espero, minha empresa terá uma alavancada gigantesca com mais uma linha de produtos sendo exportados pela grande Fex'In.

Às 9h pontualmente, meus visitantes chegam. Peço para minha secretária os fazer entrar. Entra uma jovem muito bonita, de longos cabelos negros e olhos também muito pretos e observadores. Ela me traz à lembrança a figura da Branca de Neve, com sua pele bem branquinha contrastando com o preto dos olhos e cabelos, uma boca de batom rosa clarinho. Logo atrás, um homem que me provoca algo surpreendente. Eu congelo.

Dentro de um terno cinza chumbo, com certeza de alta costura. Está um homem capaz de me tirar o fôlego. Ele exala uma mistura de arrogância masculina e virilidade, que faz o meu coração bater alucinado. É um pouco mais bronzeado que a jovem, mas tem os mesmos olhos e cabelos negros dela. O que me leva a acreditar serem parentes. São realmente parecidos. Ele olha diretamente nos meus olhos e eu me perco diante de tanta masculinidade bruta e sexy.

Senhor! Já faz três anos que o meu marido morreu e não tive mais contato com nenhum homem. Mesmo antes, nossa relação já não era tão intensa, e é a primeira vez, depois de muito tempo, que me sinto mulher outra vez.

Ele é jovem. Com certeza uns dez anos menos que eu. Conhecia bem o doutor André França, presidente do Grupo, com quem sempre tinha as reuniões. Sabia que o filho é quem estava agora à frente das empresas como o CEO. Só ainda não o conhecia. Confesso não estar preparada para um homem de quase um metro e noventa de altura. De cabelos negros que lhe chega ao colarinho da camisa, olhos da mesma cor e de uma intensidade atordoante, sob cílios espessos e grossas sobrancelhas escuras. O homem é de uma beleza máscula e viril que me faz tremer por dentro, impactada.

— Senhora Fernandes! Prazer em conhecê-la. — Só então percebo que fiquei encarando o homem a minha frente e pelo visto ele também já que a moça bonita e muito parecida com ele, quebrou o instante. — Este é o meu irmão, Samuel Lessin França, CEO da França Exportações e Importações — Fex'In. Eu sou Selena, diretora de marketing da empresa.

— Prazer! Pode me chamar apenas de Isadora, por favor. Fico muito grata com a gentileza de vocês terem aceitado vir à minha empresa para essa reunião.

— Não se preocupe quanto a isso, senhora Fernandes. Queria mesmo conhecer as instalações da sua empresa e ver os seus produtos de perto.

Meu Deus, e a voz do homem! O que está acontecendo comigo, Senhor? Nunca antes me senti assim.

— Certo... Claro! Por favor, sentem-se! Aceitam água, café... Talvez um refrigerante ou... uma bebida. — Meu Deus! Eu estou totalmente desestabilizada. — Wagner, gerente e responsável direto pelo Frigorífico já está vindo. Ele precisou descer para resolver um chamado.

— Não se preocupe. Não queremos nada. Obrigada. Viemos direto do hotel e acabamos de tomar o café da manhã. — A jovem fala e olha rapidamente para o irmão, que se mantém calado, com os intensos olhos pretos em mim, e às vezes perscrutando o ambiente do escritório.

Minutos depois, já com o Wagner nos acompanhando, apresento cada sala, cada compartimento da minha empresa e demonstro a qualidade dos produtos que estamos colocando para a exportação.

O homem não é só bonito, é uma águia. Competente, inteligente, intenso, direto. E quando Wagner, o nosso gerente, se junta a nós na reunião, sofre uma verdadeira sabatina. O homem quer saber de cada detalhe sobre a nossa empresa e a forma de trabalho que desenvolvemos.

O problema é que fica evidente o meu embaraço diante dele. Por vezes me desconectando. Percebo que Wagner olha assustado para mim por mais de uma vez.

— Pelo que pude observar, a empresa, apesar de porte médio, tem uma estrutura adequada para o desempenho que, sem dúvidas, é muito bom. É importante que os produtos tenham uma qualidade excepcional e conte com um manuseio apropriado para o selo exportação.

— Meu marido sempre foi muito cuidadoso com o cultivo e a colheita dos produtos da nossa fazenda. Da mesma forma que a carne bovina e suína, que saem do nosso frigorífico para exportação, as frutas seguem a mesma qualidade garantida.

— Imagino que seu marido deve ficar muito orgulhoso de tê-la assumindo, com tanta competência, essa nova linha de produtos para exportação. A propósito, ele está viajando?

— Não. O meu marido faleceu há três anos. Ele sofreu um enfarte fulminante enquanto trabalhava na nossa fazenda. — Ele tenta, mas não consegue esconder o brilho fugaz que só eu devo ter visto nos seus olhos.

— Sentimos muito. Não é mesmo, Samuel? — Enquanto a irmã fala, aqueles olhos negros não saem de cima de mim.

— É... sentimos. Bem, hoje ainda assino o contrato, se a senhora nos enviar, e já pode começar a preparar a primeira remessa. — Fica de pé.

— Isso é maravilhoso, não é Isadora? É muito bom trabalhar com pessoas assim, diretas que tomam as decisões imediatamente. Pode deixar doutor Samuel, hoje mesmo os documentos seguirão para seu escritório.

— Eu não sou doutor. E espero contar com a mesma prontidão para com a nossa empresa. — Jesus! Por pouco o homem não transforma o meu gerente em cinzas só com o olhar. — Vamos, Selena?

— Mãe!

Maria Eduarda entra na minha sala, como um pé de vento, assustando até a mim. Foi apenas um olhar para o homem que estava prestes a deixar a sala, e a minha filha fica paralisada olhando com claro interesse para ele. Percebo que Samuel França disfarça, com certo constrangimento, enquanto aguarda ser apresentado.

— Maria Eduarda! Desculpem minha filha, ela não devia imaginar que ainda estava em reunião. — Volto-me para ela, que ainda encara descaradamente o empresário, e os apresento. — Estes são Selena e Samuel França da empresa França Exportações, com quem temos negócios. Essa, como já devem saber... — Acabo rindo da espontaneidade da minha jovem menina. — Minha filha, Maria Eduarda.

— Vocês parecem irmãs. Não imaginava que pudesse ter uma filha já moça assim, se me permite, dona Isadora. — A jovem Selena diz de forma gentil.

— Sem o dona, Selena. — Sorriu abertamente para ela. — Madu tem dezoito anos, tendo obtido êxito como modelo logo aos quatorze.

— A minha linda mãe não se cansa de falar cheia de orgulho. — Ela me abraça e me beija na bochecha.

— Ouvimos sobre você na casa da nossa tia Érica Brenner. Os primos Mirela e Ângelo. Talvez você os conheça? — Selena fala e olha para o irmão, que tenta disfarçar o olhar apreciativo em cima da minha filha.

— Claro que conheço. Sempre estamos nas baladas, juntos. — Madu responde a Selena, mas os olhos permanecem no irmão da jovem. — Então são da família Brenner? — continua falando atropeladamente. — Olha, eu vim convidar a minha mãe para almoçar e convido vocês para virem com a gente.

— Quem sabe em outro momento? Agora temos mesmo compromissos, e já estamos atrasados. Vamos, Selena?

Ele foi educado, mas, também, seco em recusar o convite da minha filha, que fica parada olhando-o sair acompanhado da irmã. É tão evidente o interesse dela pelo empresário, que sinto um aperto no peito, difícil de explicar.

CAPÍTULO 5

Samuel

Percebo o olhar em expectativa e com certo deboche da minha irmã. Claro que ela está se divertindo em me ver constrangido diante do olhar de interesse direto e afrontoso da garotinha, que, sim, é linda, mas também mimada. Fica claro que aquela garota não conhecia a palavra não.

Faço-me de esfinge e seguimos calados, no carro alugado, até o escritório. Nem fodendo eu daria brecha para Selena me torrar a paciência sobre aquele quase assédio da pequena modelo.

— Pensei que iríamos direto para algum restaurante almoçar. Já que você não quis ir almoçar na tia Érica e recusou, grosseiramente, o convite da modelo, filha da Isadora. — Continuo calado e ela reclama. — Samuel França! Já olhou a hora? Eu estou faminta. E se você não quer ir comer, me deixe aqui mesmo que vou sozinha.

— Pedirei comida japonesa para a gente lá mesmo no escritório, já que temos muito trabalho para concluir, ou, do contrário, uma semana não será suficiente pra ficarmos aqui.

Olho de canto de olho e vejo um bico bem grande e nenhuma palavra saindo da boca da pequena alcoviteira. Não sei se a fome ou o meu silêncio imposto, Selena também se cala, assim chegamos à empresa e vamos direto para o escritório que estamos ocupando.

Já é noite finalmente tiro a gravata e dobro as mangas da camisa, já que o paletó tirei assim que chegamos à empresa. Assinei o contrato com o Frigorífico WF de Isadora Fernandes. Os documentos foram entregues no final da tarde, minuciosamente analisados e assinados.

Levanto, alongo o pescoço e os braços, enquanto a minha irmã começa a guardar os papéis em pastas e vez ou outra suspira audivelmente.

— Vai falar logo, ou vai ficar ainda mais encafifada e vir com seus palpites para cima de mim? — digo e vou me servir de uma dose de uísque.

— Eu, hein? Do que exatamente tá falando, menino? — fala na maior cara de anjo, como se não tivesse passado a tarde toda me olhando de esguelha, pronta para comentar sobre a modelo amiga dos nossos primos.

— Vai bancar a espertinha comigo, é isso? Vi muito bem o seu interesse e risinho debochado lá no escritório do Frigorífico WF.

— Do assédio escancarado da bela Madu, enquanto você não tirava os olhos da mãe dela? É a isso que se refere, irmãozinho? — Puta merda! A intrometida vai além. — Olha, a menina é mesmo linda. Mas a beleza da mãe é diferente. Além é claro, de que deve estar achando a pirralha, mimada, que nem a nossa irmã Marina.

— Selena, imagino que você esteja ansiosa para que eu arranje logo outra namorada, esqueça a Roberta. — Aproximo-me e seguro as mãos da minha linda irmã. — Só que não funciona assim. Tá... Achei a garota maravilhosa. Fantástica. Acontece que não vou usar nenhuma outra mulher apenas para esquecer a Roberta.

— Claro que não, mano! — diz olhando nos meus olhos. — Eu te conheço suficiente para saber que jamais fica com alguém por tesão ou diversão. Você gosta de estar apaixonado, Sam. E isso é o que te faz ser esse cara especial.

Apenas abraço a minha irmãzinha querida e penso no porque ela é tão sensível em olhar os sentimentos dos outros, mas não consegue ficar com nenhum cara, por mais que se declarem apaixonados por ela. Bem, um dia ainda teremos essa conversa delicada.

Selena acaba aceitando o convite da nossa tia para jantar, mas prefiro continuar trabalhando. Estou com a cabeça bem perturbada e sinceramente não quero falar com ninguém sobre o que se passa comigo. Nem mesmo com a irmã que tanto amo.

Isadora Fernandes não sai da minha mente. Ao lado da filha, ela quase não é notada. Deve ter em torno de 1,70m de altura. Um tom de pele de alguém que frequenta muita praia. Estranho para uma mulher que mora tão longe do mar. Morena, cabelos repicados cortados a altura dos ombros, pretos. Quase da mesma cor que os meus, assim como os olhos. E uma charmosa franja que deixa o seu rosto perfeito.

Viúva, jovem ainda, de uma garra e competência admiráveis. Comanda uma empresa onde a maioria dos funcionários são homens de diferentes níveis de escolaridades, sendo querida e respeitada por todos. Não sei porque diabos estou sentindo orgulho de uma mulher que sequer conheço direito.

Hoje é sábado e fomos intimados, pelos primos adolescentes, para passar o dia num clube badalado da cidade. Só conseguiram me convencer por saber que tem uma quadra de tênis e poderei passar um tempo relaxando no que mais gosto.

Depois de algumas partidas me sentindo animado, vou até o bar do clube e dou de cara com os primos e a amiga Madu.

— Sam! Vem aqui, cara! Acabei de saber que já conheceu a nossa amiga Madu.

A engraçadinha da minha irmã olha para mim por sobre os óculos escuros que está usando, e retorce os lábios num risinho debochado. Em duas passadas a garota chega em mim e beija meu rosto em cumprimento.

— Oi, Sam. Sua irmã me disse que vocês vão ficar o final da semana aqui em Porto Alegre. — Fala na maior intimidade, como se já me conhecesse. Adolescentes. Não consigo evitar e arqueio uma sobrancelha.

A garota é um espetáculo mesmo. Usa um vestido curto, solto e florido, de alças finas. Os seios firmes e perfeitos, com os bicos duros. Não está usando sutiã. Os cabelos são longos e pesados, castanho-aloirados. Olhos incríveis azuis. E a boca. Caralho! Parece pedir beijos.

— É. Ainda temos trabalho para concluir — digo enquanto caminho para o balcão onde os outros estão sentados. Peço apenas água tônica com limão.

— Sam, fomos convidados pela Madu para uma festa hoje à noite, na agencia onde ela trabalha. — Olho para a garota que sorri, animada.

— Vocês vão adorar. Comida boa. Muita bebida, gente bonita e bacana.

— Pode contar que nós vamos, Madu. Certo, primos? — Com a afirmação de Mirela, o entusiasmo de Ângelo e Selena, acabei vencido e ficaria patético sendo do contra.

A verdade é que a festa acaba sendo uma grata surpresa e me sinto muito bem em ter vindo. Como imaginei, Madu está deslumbrante num minivestido de veludo na cor vinho, colado no corpo, evidenciando suas formas perfeitas. Nos pés, botas cano curto estilo coturno. A garota é puro estilo e elegância. E eu preciso beber algo forte, porque caralho! A garota me fascina.

Fico no canto vendo o pessoal dançando, se divertindo, namorando. Já tomei boas doses de uísque e não consigo parar de olhar para a bonita garota.

— Você não dança? Vai ficar aí a noite toda só olhando?

Caralho! Como é que dá para resistir falando toda insinuante com essa boca que pede beijos? Eu pego a mão dela e vou para a pista. A música que está tocando é *93 Million Miles* de Jason Mraz. Ela cola o corpo ao meu e fica impossível não me excitar. Afasto-me evitando causar um constrangimento e a diaba ri.

— Vai continuar fingindo que não está interessado em mim até quando? — fala e corre as mãos por baixo do meu cabelo usando os dedos para alisar a minha nuca.

— Você é mesmo direta, não? O que te dá tanta segurança de que possa estar interessado em você?

— Não se engane quanto a minha idade, Samuel França. Desde os quatorze anos ando por esse mundo e posso te dizer que já vi e vivi muita coisa. Inclusive um quase sequestro de um sheik árabe que se disse apaixonado por mim e achou que poderia me comprar com sua bilionária fortuna, não aceitando minha recusa.

Não duvido nada que um cara faça loucuras por essa garota.

— Imagino que deva se sentir bem poderosa, levando os homens a cometerem loucuras por você. Não é mesmo? — Eu a afasto do meu corpo, porque quem está quase cometendo uma loucura sou eu.

— Não me sinto poderosa. A verdade é que gostaria de viver um grande amor. Ter um homem apaixonado por mim, Maria Eduarda, e não loucuras de homens interessados apenas em exibir a modelo Madu Fernandes. — Ela suspira verdadeiramente decepcionada. Mas logo em seguida sorri sedutora e passa a mão na minha barba. — E você, Samuel? Vai ficar curtindo fossa pela ex-noiva infiel, até quando?

Que porra é essa? A reação foi automática. Dois segundos depois e eu a afasto de mim.

— Que sabe sobre a minha vida? Nem me conhece, garota.

Ando rápido para o bar e ela me segue.

— Espera, Samuel! Escuta. Desculpe! Não quis ser invasiva...

— E quis ser o quê? O remedinho para a minha fossa?

Sei que fui escroto, mas estava de saco cheio de todo mundo achar que sabia tudo de mim. Engulo o uísque que o barman me serve num só gole.

— Não precisa ser babaca. Sei que você não é assim. — Arqueio uma sobrancelha olho para ela, irritado. — Ok! Não te conheço e nada sei sobre você. Apenas te achei maravilhoso! E não só por ser bonito, não. Arranjo homens bem mais bonitos que você.

Bufo, entediado. Sei que ela está muito certa.

— Escuta. Fiquei mesmo interessada em você. É todo sério. Não ficou babando em cima de mim, como alguns ficam. — Revira os olhos. — A bem da verdade, até me ignorou solenemente. Achei que ficou mais interessado em minha mãe...

— Como é?

Porra! Isso só piora.

— Eu perguntei de você a Mirela e ela me falou algumas coisas. Inclusive sobre essa... Essa situação com a sua noiva. A Mi falou que era melhor eu desistir. Que você é ainda muito apaixonado pela garota. Sério! Eu só não entendo como uma mulher pode fazer isso com um homem como você? Ela tá louca ou o quê?

— Qualquer mulher que se sinta abandonada. Ou largada de lado por causa da empresa, do trabalho. Olha, Madu, você realmente não me conhece. Estou longe de ser esse cara perfeitinho que você idealizou aí. Aliás, nem quero. Perfeição é chato pra caralho.

— Isso quer dizer que vai voltar pra sua ex?

— Isso quer dizer que estou indo nessa. Sua festa tá muito bacana. Mas é hora de ir. Agradeço ter nos convidado.

Afasto-me em direção a Selena e os primos e, sinalizo que estou indo embora.

— Já está indo, maninho? Vou só dar tchau pra Madu. Ela foi gentil convidando a gente.

— Não precisa vir comigo, Lena. Volta com os primos mais tarde.

— Não. Também estou cansada.

— Está bem. Eu te aguardo lá fora. Vou chamar um carro no aplicativo.

CAPÍTULO 6

Isadora

Pela primeira vez na vida, vejo a minha filha quieta, calada, triste. Está claro que Maria Eduarda sofreu uma desilusão. Falou por alto sobre a festa que foi com os netos e sobrinhos de Érica Brenner, mas não entrou em detalhes e posso apostar que tem a ver com o empresário de São Paulo.

— Dona Isa, eu fui ao quarto da Madu, avisar que já vou servir o jantar, mas a menina está deitada, disse que não está com fome. Será que está doente? Nunca vi a Madu assim. Também não quis comer nada no almoço.

— Pode deixar, Judite, eu vou lá falar com ela. Deve ser alguma indisposição menstrual. Escuta, prepare aquela vitamina com abacate, que ela adora, leve no quarto, por favor. Vou convencê-la a tomar.

— É mesmo. Essa vitamina, Madu nunca recusa. Vou fazer e já levo.

Sigo para o quarto da minha filha e a encontro deitada. Fones nos ouvidos, o celular sendo trabalhado nos dedos ágeis. Ela nem me vê entrar.

— Pelo visto, doente você não está. — Sento na cama, ao lado dela. — O que está acontecendo? Quer conversar?

— Mãe, você já teve de lutar pra ficar com algum homem? — Logo ela está sentada na cama, segurando a minha mão.

— Que pergunta é essa, Maria Eduarda? — Acabo rindo da carinha curiosa que faz.

— Eu sei que você casou jovem com o papai, que era bem mais velho, amigo do seu pai E essas coisas todas que já me contou. Mas, e antes? Certamente você teve outros namorados. Precisou correr atrás para ficar com algum?

— Não, filha. Antes do seu pai só tive um namoradinho da escola, quando tinha dezesseis anos. Casei com seu pai aos dezenove, ele tinha quarenta e cinco. Quando concluí a graduação em Artes Plásticas, engravidei de você. Essa é toda minha história romântica. Satisfeita?

— Não sei como fazer um homem ficar interessado, mamãe. Nunca precisei, na verdade. — Minha filha está mesmo apaixonada?

— Não tem de fazer nada, filha. Apenas seja você mesma. É uma menina linda, carinhosa, inteligente. Já teve muitos homens apaixonados, até mesmo um sheik árabe. — Sorrio para deixá-la mais confiante.

— Pelo visto, nem todos os homens estão interessados num rosto ou num corpo bonito. — Suspira, desolada.

— Maria Eduarda, se qualquer homem não enxergar que você é mais que uma garota bonita, não merece seu amor, minha filha. Fala pra mim o que está acontecendo? — Pego em seu queixo e a faço olhar pra mim.

— É aquele homem, mamãe. O empresário lá de São Paulo, primo da minha amiga, Mirela. O que esteve numa reunião com você lá na empresa.

Ouvir com todas as letras que o homem no qual a minha filha está interessada é o mesmo que não paro de pensar, deixa-me gelada por dentro.

— Vocês... conversaram? Houve algum... envolvimento?

Estava apavorada em escutar o que poderia ter acontecido entre eles.

— Não. Até pensei que num momento ele pudesse está interessado em mim. Mas aí, fui falar da ex-noiva...

— Ele é noivo? O que quer com um homem comprometido, Maria Eduarda?

De repente eu explodo. Minha filha arregala os olhos para o meu destempero. Meu Deus! O que está acontecendo? Eu claramente senti ciúmes do homem que ela está interessada.

— Calma, mamãe. — Madu também levanta e se aproxima de mim. — Ele não está mais noivo, e não aconteceu nada entre a gente. Mas ficou claro que ainda tá a fim da ex. Ficou todo irritadinho, foi embora de cara amarrada. Só sei que no fundo, bem que me desejou. E eu vou lutar por ele, mãe. Não paro de pensar no Samuel, no quanto o quero pra mim. Ele é maravilhoso, lindo, um tesão de homem. Precisava ver como estava gato, lá na festa. De calça jeans escura, camisa de mangas longas preta, realçando os cabelos e os olhos negros maravilhosos.

— Maria Eduarda, esse homem mora em outro estado. Pelo que disse, é apaixonado pela noiva, com quem provavelmente vai reatar. E ainda é bem mais velho que... — Ela imediatamente reage.

— Ah, não! Você! Falar de homem mais velho? Samuel é bem mais novo que o papai, quando você casou com ele. Esqueceu, *dona Isa*? E quanto à ex, eu vou dar um tempo, logo fico sabendo se voltaram mesmo.

— Pelo visto você já tomou todas as decisões. — Perco a paciência. — Agora saia desse quarto, vá até a cozinha jantar e pare de preocupar a Judite.

Saio do quarto, como um raio, e ainda ouço a minha filha me chamando, mas não posso parar para dizer mais nada, nem olhar nos olhos dela e explicar a dor sem sentido que estou sentindo no coração.

Procuro me envolver no trabalho, evito conversar com a minha filha sobre a paixonite dela por Samuel França.

Chega a hora de Maria Eduarda voltar para Paris, para cumprir uma agenda de compromissos como modelo. A minha sobrinha, Cecilia, que é a agente e cuida dos interesses da Madu, sempre consegue bons contratos e cuida dela como se fosse sua própria filha.

Cecilia é, na verdade, sobrinha do meu falecido marido. É uma amiga querida que esteve a vida toda do meu lado. É mais nova que eu e madrinha da Madu. Foi modelo, quando jovem, casou e há poucos anos se separou, agora vive exclusivamente para cuidar da carreira da minha filha.

Cissa já me contou que Maria Eduarda não fala em outra coisa que não seja Samuel, até quer adiantar todos os compromissos e voltar mais rápido para o Brasil. Tudo indica que o rapaz não voltou mesmo com a ex-noiva e a minha filha tem mantido contato com ele.

Já me convenci que a felicidade da minha menina está acima de qualquer sentimento que eu possa ter em relação ao homem que fez o meu coração bater sem controle, pela primeira vez na vida.

Mário, meu falecido marido, já era um grande pecuarista, dono de muitas terras, quando eu o conheci. Fazendeiro, muito rico, tinha um grande frigorífico que sempre foi seu grande orgulho.

Meus pais vieram de São José do Rio Claro, cidade mais a oeste no Mato Grosso. Eu tinha só sete anos quando viemos viver em Porto Alegre. Meu pai sempre trabalhou em fazendas e recebeu uma proposta para trabalhar na cidade de Rio Pardo, a uns 146 km de Porto Alegre. Nessa fazenda vivemos por dez anos, até que meu pai recebeu outra proposta, dessa vez do senhor Mário Werner Fernandes, dono da Fazenda Olho D'água e do Frigorífico WF. Nessa época, já havia perdido a minha mãe, acometida por um câncer de mama que a levou muito rapidamente, eu só tinha nove anos.

Mário Fernandes tinha perdido a esposa num acidente de avião e contratou meu pai para tomar conta da fazenda, enquanto ele ficava mais tempo no frigorífico. Era só eu e meu pai, que não quis casar novamente. Eu amava a vida no campo, ajudava o meu velho cuidando dos pastos, dos cavalos. Madrugada eu já levantava, corria para as baias para alimentar, escovar e levar os cavalos para exercitar.

Nunca tinha visto o patrão do meu pai, dono da fazenda. Quando o papai veio a Porto Alegre, no escritório central, falar com ele, fiquei na antiga fazenda. E quando mudamos para a fazenda dele, fomos recebidos pelo gerente da empresa.

Um dia estava correndo no pasto, montada no cavalo mais lindo, pelo qual eu era apaixonada. Senti outro cavalo emparelhando ao meu, me assustei, acabei caindo. Fiquei desacordada por um tempo, quando reagi, estava com muitas dores no corpo e já dentro de um carro seguindo em velocidade. Fui levada para o hospital e felizmente apenas houve uma torção num braço, algumas luxações pelo corpo. Meu pai estava comigo, muito preocupado.

Até que vi um homem enorme e muito forte, cabelos loiros, olhos muito azuis. Rosto bonito, olhar intenso. Ele me olhou sem piscar e eu fiquei nervosa. Seis meses depois, se declarava apaixonado por mim e pedindo minha mão em casamento.

Mário era um homem maravilhoso. No início, meu pai se revoltou. Quis deixar a fazenda e a cidade. Falou que a filha dele não estava à venda. Até perceber que eu também estava apaixonada pelo patrão e um ano e poucos meses depois, estávamos casando.

Meu marido era completamente apaixonado por mim e me fez uma mulher muito feliz. Continuei a estudar. Eu me formei e, aos vinte e seis anos, me tornei mãe da minha Maria Eduarda. Passaram-se alguns anos, já dividia com o meu marido, o comando da empresa. Anos depois perdi meu pai, numa enchente do rio que passava próximo a fazenda. Ele já não trabalhava mais no serviço pesado, mas não conseguia ficar longe e não quis morar na cidade conosco. Foi ajudar os peões a salvar alguns animais que se afogavam, acabou sendo pisado por um boi e se afogando.

Poucos anos depois, Mário também se foi. Só agora volto a me olhar como mulher. A me achar bonita, atraente, desejada. E foram aqueles olhos negros que me devolveram o desejo de voltar a amar e ser amada por um homem. Dessa vez... Um homem mais novo.

CAPÍTULO 7

Samuel

Envolvido no trabalho, não percebi que já era noite, eu nem sequer tinha saído para almoçar. Até a mulher do papai entrar no escritório depois de dar duas batidinhas à porta.

— Oi. Tudo bem, Samuel? — Luciana se aproxima da mesa e passa os olhos ao redor. O paletó jogado sobre a poltrona. A gravata sobre a cadeira, três botões da camisa abertos e as mangas dobradas. — Está pretendendo morar aqui mesmo?

Olha para mim como se estivesse diante de um louco.

— Hoje foi mesmo puxado. — Afasto a cadeira da mesa, relaxo o corpo. — Você e o papai não iam ao cinema? Que horas são?

Olho para o relógio no meu pulso e fico surpreso de ser tão tarde.

— Pois é. Fiquei esperando seu pai acabar uma ligação internacional e lá se foi o cinema. Saí da sala para respirar um pouco, vi a luz da sua sala acessa e resolvi vir conferir o que já devia imaginar. Tal pai, tal filho.

Luciana torce os lábios em desgosto. Senta-se na cadeira a frente da minha mesa.

— O papai não precisa mais ficar até tão tarde aqui. Aliás, nem deveria vir mais todos os dias à empresa. Por isso mesmo assumi a direção. Essa foi a promessa dele. — Levanto, sirvo água pra mim e para minha madrasta. Volto a sentar.

— Desculpe se pareço estar dando uma de mãe. Principalmente para um homem da sua idade. Mas gosto muito de você e de suas irmãs. E me preocupo com vocês.

— Aconteceu alguma coisa com uma das meninas? — Estranho a escolha de palavras de Luciana.

— Não. As meninas estão ótimas. Quanto a você... Bem, já não podemos afirmar o mesmo — diz me encarando.

— Como assim, Lu? O que quer dizer com isso? Estou muito bem. — Olho para ela tentando entender aonde quer chegar.

— Samuel, é muito claro para todos da família, que você tem se matado de trabalhar. Só que nenhum deles tem coragem de te falar que deixar sua vida de lado e se enfiar aqui no trabalho, não vai trazer a Roberta de volta.

— Opa! Espera um pouco aí. Agora você conseguiu chamar a minha atenção. — Levanto e passo as mãos nos cabelos, fazendo ficarem ainda mais bagunçados. Devo estar parecendo um alucinado mesmo. — O que deu a vocês a ideia de que estou *trabalhando mais*... — Faço aspas com os dedos. — Para esquecer a Roberta? Pelo que me lembro, fui acusado pela própria Roberta, de trabalhar demais e nem dar atenção a ela.

— Precisa então repensar a sua vida, Samuel. Não considera estranho que tenha rompido um relacionamento e até sua família esteja ficando incomodada pela maneira como está vivendo?

Ando até as grandes janelas de vidro, que vão do teto ao chão, olho o movimento da cidade lá embaixo, na grande avenida Paulista. Ao contrário do que todos acham, eu penso, e muito, no rumo que a minha vida está tomando. Ainda penso na Roberta, sim. Até porque ela não se deixa esquecer. Mais de seis meses se passou, desde que rompi o nosso noivado, e a minha ex ainda aparece sorrateiramente aqui na empresa. Ou na quadra de tênis do clube onde, às vezes, vou jogar umas partidas. Até mesmo chegando de surpresa na casa do meu pai, convenientemente quando estou lá, com ajuda da minha irmã caçula. Mas não é na Roberta que tenho pensado ultimamente.

— Sam.

Só então me viro, percebendo que me perdi nos pensamentos. Luciana se aproximou.

— Lu. — Seguro as mãos dela nas minhas. — Ainda penso em Roberta, sim. Não vou negar. Mas está longe de ser na Roberta os meus pensamentos agora.

Ando até o sofá e levo a minha madrasta comigo, fazendo com que se sente também. Ela olha para mim, curiosa.

— Do que está falando? Ou melhor, de quem está falando? — Os olhos dela brilham em expectativas.

— Conheci uma jovem quando fui a Porto Alegre. Ela é uma modelo internacional, amiga da nossa família lá. É bem jovem ainda. Tem a idade da Marina. É inteligente, esperta, bem-humorada e bem madura para idade. Ela ligou pra mim semanas atrás e de lá pra cá temos nos falado sempre. Não faz tipo, nem qualquer sedução barata. Não escondeu seu interesse por mim, mas também sabe ser sutil e tem um excelente papo.

— Você está interessado nessa jovem. — Não é uma pergunta.

— Sinceramente, ainda não sei o que sinto por essa garota. E não quero iludi-la. Madu é muito jovem e eu ainda estou tentando sobreviver a um terremoto chamado Roberta Azevedo. — Não posso dizer que já esqueci a minha ex. Não seria verdade.

— Samuel. Não tem de se envolver com ninguém mais seriamente agora. Viva um dia de cada vez. Não precisa forçar nada. Apenas deixe acontecer. No momento que essa menina entrar no seu coração, com certeza a Roberta terá saído.

— É, acho que você tem razão. A minha vida não está condicionada a da minha ex. Quando a Madu... Bem, por hora tem me feito muito bem conversar e conhecê-la melhor.

— Meu bem, perdoe, eu acabei me estendendo na ligação. — Papai irrompe sala adentro. — Filho, venha com a gente lá para casa. Tenho uma reunião amanhã cedo e quero que vá comigo.

O Seu André França e suas decisões. Pego meu paletó, gravata e o sigo já andando para o elevador.

— Me diga onde é a reunião e o encontrarei lá. Vou para meu apartamento.

Também sei jogar esse jogo do velho.

— Não seja impertinente, menino. Sairemos de casa juntos, eu te explico tudo o que faremos e, diremos, nessa reunião. Vou com você no seu carro.

Luciana apenas olha pra mim e torce a boca num sorriso divertido.

O elevador chega, olho nos olhos do pai. Não gosto do que vejo... Medo. Descemos calados, sinto o meu peito comprimir. Algo está acontecendo com o meu velho e vou descobrir o que é.

Minutos após nossa chegada a casa deles, minhas irmãs retornam da rua.

— Onde estava até tão tarde, Marina? — Papai ainda tenta controlar a minha irmã caçula. — Bem, estou indo para o quarto, querida. Sairemos cedo amanhã, Samuel. Boa noite, crianças.

Não aguarda a resposta da filha mais nova. Parece disperso.

— Relaxe, *doutor* André, fui ao cinema com a sua filha responsável! — grita Marina, uma resposta atrevida. — Sam? O que faz aqui tão tarde? Reunião com o chefão? — Ela nem toma fôlego e já me encara com a velha ladainha. — Por que continua evitando a Beta, Sam? Ela disse que nem as ligações que faz para o seu escritório, deixam passar. Eu até já imagino quem deve ter dado as instruções. — Marina olha feio para Selena e Luciana.

— Por que é tão importante pra você que eu continue falando com a Roberta, Marina?

— Não é importante para mim, é importante para você, sabe disso. A Beta te ama. Assim como sei que você ainda a ama.

— Que absurdo, Mari! O nosso irmão já terminou com a Roberta há meses e você continua insistindo com essa conversa dele voltar com a sua amiga. Que talvez tenha esquecido, que o traiu.

— Sempre falando pelo Sam, como se fosse a dona dele. Mas não é. Ok, Selena?! — Ela olha para Selena com raiva. — Sabe qual é o seu problema? Vive sozinha. Nunca dá uma chance a nenhum homem que se interesse por você. Não sabe o que é amor de verdade!

Marina despeja um monte de merdas, enquanto uma Selena lívida, nada responde. Apenas vira-se e sobe correndo as escadas para o quarto. Que porra foi essa?

— Marina! Chega! — Luciana intercede, antes que eu mesmo possa dizer qualquer coisa. — Não tem o direito de falar essas maldades para sua irmã! Essa sua obsessão com a família Azevedo está indo longe demais. Não confunda sua paixonite por Marcos Azevedo, com o sentimento que seu irmão tinha pela irmã dele.

— Por quê? Hein? Vocês dizem tudo que querem pra mim! Nunca se preocupam se vão ferir ou não os meus sentimentos. Mas, se a coisa é com o Samuel ou a Selena, aí o mundo vem abaixo, não é? — A pirralha ainda berra se sentindo a ofendida.

— Marina, que porra é essa? Está sendo mimada e sem noção. Além de equivocada sobre os sentimentos da sua amiga Roberta. E, para seu conhecimento, eu mesmo proibi que passassem ligações da Roberta. Do mesmo jeito que não atendo as ligações que ela faz para o meu celular. Está satisfeita agora? — confronto-a, cheio das merdas dela.

— Não entendo, Sam! Você era louco pela Beta. Ela só quer te pedir perdão. Está sofrendo muito. Reconhece que errou, mas te ama.

Caralho! Minha paciência acabou. Mas antes que acabe com a ladainha da minha irmã, Luciana intercede mais uma vez.

— Marina, por favor, deixe o seu irmão em paz para decidir o melhor para a vida dele.

— Até quando vai me tratar como uma criancinha boba e idiota, hein, Luciana? Porque não teve seus próprios filhos, para encher o saco, acha que pode fazer comigo? Não pode! Não sou sua filha! Não manda em mim!

— Para, Marina! Que porra acha que está fazendo? — explodo. A minha irmã consegue me tirar do eixo com sua rebeldia desnecessária. Finalmente ela sobe para o quarto. — Luciana, você está bem?

Claro que ela não está. Está pálida. Triste.

— Ela é só uma menina. Não percebe o peso das coisas que diz. — Ainda assim, tenta proteger a pequena malcriada.

— Mari não pode sair por aí, na cobertura de adolescente, magoando as pessoas. Marina é inteligente e sabe o quanto esse assunto entristece você. Foi perversa e o papai precisa ter uma conversa muito séria com ela.

— Não, Sam. Por favor não fale nada para o seu pai. Só vai causar uma dor desnecessária ao André. Eu consigo sobreviver às implicâncias da Mari.

— O que o Samuel não deve me contar sobre a Marina e que te magoou tanto, Luciana?

A chegada do papai nos surpreende. Olho para Luciana.

— As bobagens de sempre sobre a amiga Roberta. Nada que deva tirar o seu sono, meu amor. — Ela engancha o braço no dele e sai levando-o de volta ao quarto. — Pensei que já estivesse dormindo?

Meu pai para e vira-se para mim.

— O que a sua irmã aprontou dessa vez? — Ele não engoliu a explicação da esposa.

— Pode deixar, Sam. Boa noite, querido. Venha meu bem, já que quer tanto saber, André, eu vou te falar. Mas o problema não é com a Mari. É comigo! Eu que não consegui dar o filho que você tanto queria. Não consegui ter um filho seu.

Luciana começa a chorar e eu saio discretamente. Eles precisam ficar sozinhos.

Ainda ouço meu pai falando o quanto a ama, o quanto ela trouxe paz e felicidade para nossa família. O que é a mais pura verdade. Todos nós estávamos meio que perdidos com a morte da mamãe. Luciana nos devolveu a alegria, o gosto pela vida. Papai voltou a sorrir.

CAPÍTULO 8

Isadora

Acabo de chegar do escritório e vou direto ao quarto da minha filha, porque estou surpresa com algumas decisões que ela anda tomando.

— Filha, posso entrar?

— Claro. Entre mamãe.

— Cissa me ligou, falou que você foi convocada para um desfile em Tókio, semana que vem, e que pediu para ela recusar sua presença. Não me falou sobre isso?

Madu está sentada na cama, de pernas cruzadas o notebook no colo. Ela continua olhando para a tela do computador, ao me responder.

— Estou me sentindo cansada, não achei interessante ir para tão longe agora. Acabei de chegar de Milão, onde tive vários desfiles bem desgastantes. — Continua, sem olhar para mim, e demonstra desinteresse no assunto.

— Filha, existe alguma coisa com que deva me preocupar? — Sento na cama de frente para ela. — Já faz um tempo que tenho observado o seu desinteresse pelas viagens, pelos desfiles. O que está acontecendo, Maria Eduarda?

— Não há nada com o que se preocupar, mãe. Só estou cansada, desanimada. — Olha para mim, impaciente. — Mas não abandonei a carreira, e negociei com o Vilan, tirar umas folgas para compensar essas horas. Se era isso que lhe afligia...

Levanta e entra no banheiro.

— Maria Eduarda. — Levanto, vou atrás dela. — Acho que já passamos dessa fase de "a mamãe não precisa saber dos meus segredinhos adolescentes". Não preciso e nem quero invadir a sua privacidade, filha. Sempre fomos muito amigas e confidentes. Se existe alguma coisa te aborrecendo, relacionado ao trabalho, realmente gostaria de saber.

Tinha certeza de que havia algo. Conheço a minha filha.

— Escute, *dona Isadora*, não está acontecendo nada com o meu trabalho. — Ela sai do banheiro e volta a sentar na cama. Dessa vez me olha nos olhos. — Tenho conversado bastante com o primo da Mirela, lembra? O empresário lá de São Paulo. — Meu coração acelera. — Ele é maravilhoso!

Os olhos da minha filha brilham encantados. Meu coração bate como louco.

— Está mesmo apaixonada por esse rapaz, Madu? — Nem eu reconheço o meu tom de voz sussurrado.

— Ah, mãe, não sei. Nunca senti isso por nenhum outro homem. — Ela cruza as pernas dobradas, prende os longos cabelos no alto da cabeça, num coque frouxo. — Samuel é bonito, másculo, viril, charmoso e inteligente, o que é o melhor. Tem um papo interessante e me escuta. O que por si só já é um ganho extraordinário. Não tenho paciência com esses moleques bobos que mal sabem falar do próprio umbigo. A não ser no lado físico.

— Então, já estão amigos? — Mal consigo articular as palavras, tal o incômodo que sinto. — Como fica o fato dele morar em outro estado, Maria Eduarda? Você não vai poder cancelar seus compromissos indefinidamente.

— Qual o problema, mamãe? — Minha filha se levanta da cama e olha para mim, aborrecida. — Percebi sua antipatia pelo Samuel desde que esteve lá no seu escritório. A maneira formal como o tratou. Assim como sua óbvia implicância quando comentei sobre nossa interação na festa da agência. Qual é, hein, mamãe? Por que não gosta do Samuel?

Essa é a grande questão. O meu problema é exatamente por gostar um pouco demais. Tudo isso é tão absurdo e o meu comportamento é no mínimo ridículo. Está na hora de parar de me comportar como uma adolescente apaixonada. Pois esse é o lugar da minha filha.

— Não é nada disso, Maria Eduarda. Só achei o comportamento dele: frio, seco, distante. Até um pouco arrogante. Bem diferente da irmã, que foi muito gentil e simpática. — Eu me aproximo, seguro as mãos da minha filha. — Apenas fiquei surpresa com as novidades. Mas você está certa. Nunca me preocupei com os seus amigos, namorados, ou ficantes, como você preferir nominar, os garotos com quem costuma sair. Sempre confiei e vou continuar confiando em suas escolhas e decisões, minha filha.

Beijo a minha menina no rosto, saio do quarto dela e vou para o meu quarto. Encosto à porta fechada, sentindo toda angústia e ansiedade que vem me consumindo desde o dia que coloquei os meus olhos naquele homem.

Há uma semana evito falar com a minha filha acerca das decisões dela sobre o trabalho. Madu parece viver nas estrelas, tal a felicidade que demonstra cada vez que fala com Samuel. É sempre à noite, depois que, provavelmente, ele sai do trabalho. Enquanto eu tento desesperadamente tirar a única imagem que tenho desse homem da cabeça.

Samuel

— Vai mesmo fazer essa viagem até Porto Alegre para ver essa garota, Sam?

Paro de assinar os documentos na minha frente e olho para o sorrisinho debochado na cara do meu diretor financeiro e amigo, Eduardo.

— Você é mesmo um filho da puta fofoqueiro. Está parecendo a Marina na obsessão com a Roberta. E você, tentando me empurrar para a garota gaúcha. — Volto a olhar os papéis que estou assinando. — Sabe muito bem que estou indo a Porto Alegre acompanhar essa remessa especial para a nova empresa em Portugal que fechou contrato com a Fex'In.

— Certo. E só vai mesmo trabalhar, quando estiver lá?

Cara chato.

— Ah, vai se foder, Edu! Se quer mesmo saber, vou ver a Madu, sim. A gente tem se falado todo esse tempo. A garota tem sido uma grata surpresa pra mim.

Penso no rosto bonito e... me vem à cabeça uns olhos negros. E não os olhos azuis da Madu. Que porra é essa?

— Samuel! — Viro a cabeça e me deparo com os olhos arregalados do meu amigo. — O que está acontecendo, cara? De repente você ficou distraído não me ouviu te chamar.

— Acho que estou trabalhando muito. Estou cansado.

Não quero falar com ninguém sobre meus pensamentos na mãe da Madu. Nem eu entendo, jamais saberia explicar, nem para o meu melhor amigo.

— Estou começando a achar que ficar tanto tempo sem uma mulher pode estar te arruinando, amigo. Ficar só na punheta não é saudável. — Ele gargalha.

— Agora também vou te dar satisfação sobre eu estar fodendo e com quem? É o quê? Cristina não está mais te satisfazendo e você está querendo experimentar o gostoso Sam?

Ele continua gargalhando e eu acabo rindo também.

— Falando sério, Sam. Está mesmo interessado nessa garota? Não acredito que já tenha, de fato, esquecido Roberta. E tenho visto o cerco que ela ainda te faz.

— Porra, já tô ficando de saco cheio, com essa insistência da Roberta. E o que me deixa mais puto é a minha irmã fazendo torcida e facilitando para a louca chegar até mim. — Esse assunto me deixa irritado. Levanto e vou até a janela. — Ainda penso na Roberta. Foram muitos anos, cara. Mas, percebo que algo mudou. Não penso mais na minha ex, como uma possível volta. Entende?

Pego água no frigobar. Sei que preciso falar dessa porra com alguém ou fico louco.

— Sam. Estou te achando um tanto confuso, cara. — Edu levanta, aproxima-se. — Afinal, está mesmo apaixonado pela gaúcha Madu? Ou... pode acontecer um revive com a Roberta?

Não tenho resposta para essa dúvida do meu amigo. Porque não tenho nem para mim. Respiro aliviado porque o meu pai entra na sala. Pelo menos não preciso falar nada agora. Sobre meus sentimentos confusos.

— Samuel, acha mesmo necessário ir pessoalmente até Porto Alegre, agora? — Ele se volta para Edu. — Podemos pedir ao Eduardo para ir. Não acho um bom momento para você ficar fora do escritório.

Edu ergue a sobrancelha, sem saber o que responder. Olha pra mim.

— Preciso mesmo ir a Porto Alegre, pai. — Coloco as mãos nos ombros dele para que sinta que está tudo tranquilo.

Desde o momento que o papai me contou sobre o problema com a saúde, não consigo relaxar nos cuidados em observar cada movimento que ele faz. No dia que falou que iríamos a uma reunião, foi na verdade uma consulta com o cardiologista. Ele se tornou hipertenso e desenvolveu pequenas taquicardias, deixando a ele e a mim, que é o único que sabe, bem tensos. Apesar de o médico fazer recomendações e alegar que não há com o que se preocupar, se ele seguir as recomendações a sério, ainda assim, fico bem preocupado.

— Devo ficar apenas um ou dois dias, no máximo, lá em Porto Alegre, pai. Eu me comprometi com o senhor Afonso Correia, o CEO da empresa portuguesa, e o português é bem exigente. — Coloco água num copo e dou ao meu pai, que ainda olha para mim com insegurança. — Edu vai cuidar de toda parte logística, Lena com a divulgação.

Nesse momento, Selena também entra na sala e, está formada uma pequena reunião.

— Pensei que fosse com você, Sam — minha irmã fala meio aflita.

— Nem pensar, Selena! Você ficará com o Eduardo para dar início ao nosso projeto. Essa filial tem de estar pronta em no máximo dois meses.

Olho para Lena, que parece desconfortável e não interage com Edu. Meu amigo apenas mantém os olhos nos papéis na minha mesa.

— Senhor André. Sam está certo. Não há com o que se preocupar. Está tudo pronto para o lançamento da filial. Faltam só pequenos ajustes e já estamos resolvendo. — Edu tranquiliza meu pai.

— Fique tranquilo, papai. Só achei que a minha ida com o Sam fosse necessária, mas já sei que não precisa.

— Bem, a empresa agora está nas mãos de vocês. Espero que não me arrependa de deixar uma vida de trabalho e luta nas mãos de jovens aventureiros. — E com isso meu velho deixa a sala, enquanto nós três rimos dos temores dele.

— Bem, *crianças* — Edu fala em tom de brincadeira. — Tenho assuntos de gente séria para resolver agora. — Deixa a sala gargalhando.

— Palhaço! — Estou rindo, mas percebo que a minha irmã apenas fica vendo meu amigo sair, com uma expressão séria. — Lena... — Espero que ela olhe para mim. — Está tudo bem com você, minha irmã?

— Está — diz sem me olhar de volta. — Está tudo perfeito, irmãozinho. Não demore muito por lá, está bem?

Ela me abraça forte e depois sai rapidamente da sala.

CAPÍTULO 9

Isadora

Um dia muito cansativo. Tive duas reuniões em outros frigoríficos fora da minha empresa e preferi vir para casa direto.

— Judite!

— Boa noite, dona Isa! Chegou mais cedo, hoje.

— Cheguei, sim, Judite. Estava em reuniões fora do escritório e preferi vir pra casa e trabalhar no escritório daqui. Por favor, chame a Maria Eduarda, já pode servir o jantar. Preciso verificar uns documentos para amanhã cedo.

Sigo para a sala de jantar, Judite me acompanha.

— Madu não está, dona Isa. Saiu não tem muito tempo, disse que ia jantar com um amigo. Vou servir seu jantar.

— Janto na cozinha mesmo e você me conta quem é esse amigo com quem a Maria Eduarda foi jantar.

Vou atrás da minha ajudante, para cozinha, curiosa para saber com quem a minha filha saiu.

— Pelo que entendi, era um rapaz de fora. Eu ouvi Madu perguntar a que horas ele chegou ao aeroporto hoje pela manhã.

— Deve ser algum amigo dela, modelo, que veio em viagem a trabalho, por aqui. Pode deixar que me sirvo, Judite. Você já jantou?

— Ainda não.

— Sente-se e jante comigo. Ainda tenho trabalho me esperando. É possível que minha filha me encontre acordada quando chegar.

— Ela estava tão bonita. E parecia bem feliz.

Paro o garfo antes de chegar à boca. Devolvo ao prato. Só uma pessoa deixaria minha filha tão animada e feliz assim, nos últimos tempos: Samuel França. Não imaginava que ele estivesse em Porto Alegre. Certamente veio a trabalho e... se levou a Maria Eduarda para jantar... Então, eles estão realmente se envolvendo.

— Dona Isa, a comida não está boa? — Olho para Judite. — A senhora parou de comer e fez uma cara triste.

— Não... A comida está ótima. Eu é que estou muito cansada. — Tento continuar a comer normalmente, mas não consigo. A comida trava na garganta. — Vou deixar o prato no forno. Mais tarde esquento e como. Obrigada por me fazer companhia, Judite. Depois que arrumar aí, vá descansar. Boa noite!

Entro no quarto e o zumbido na minha cabeça aumenta. Devo estar ficando louca.

Droga de homem dos infernos que está tirando a minha paz de espírito. Acabo indo para o banheiro, tiro a roupa e entro no boxe. A água fria cai em minha cabeça. Deixo que esfrie todo o meu corpo. Preciso fazer alguma coisa para tirar esse homem da minha mente. Ele é o homem por quem a minha filha está apaixonada e ela será muito feliz.

Porque eu vou garantir isso. Custe o que custar.

Samuel

Visto-me com calça social grafite, camisa de mangas compridas branca e blazer azul-escuro. Não coloco gravata. De alguma forma me arrumo pensando que vou sair com uma garota que é modelo e, bem jovem. A constatação da nossa diferença de idade não me é de todo ignorado.

Um carro de última geração para e eu a vejo. Entro no carro, beijo o rosto bonito. Ela está deslumbrante.

— Olá, Samuel. Nossa! Você está ainda mais bonito do que eu me lembrava. — Os olhos azuis brilham, ela retribui o beijo próximo a minha boca.

— Nada comparado a sua beleza, Madu. Está deslumbrante. — Ela olha para mim intensamente e viro-me para colocar o cinto de segurança. — Aonde vai me levar, linda menina?

— Num lugar bem legal. Acho que você vai gostar. Vamos lá!

Madu me leva num restaurante elegante e sofisticado, cercado por um belo jardim florido e perfumado, muitas árvores e um pequeno riacho com peixes ornamentais. Ocupamos uma mesa reservada numa posição que parece fazer parte de toda a beleza rústica do lugar, que é maravilhoso.

Um som ambiente toca um jazz da cantora Nina Simone, *Feeling Good*.

Estou totalmente encantado, impressionado e envolvido por essa garota. É sem dúvida uma mulher completa com a idade de uma garota. Inteligente, culta, madura. Preciso levar Madu a São Paulo para que Marina a conheça. Com certeza minha irmã ganharia muito mais com a amizade dela, que com Roberta.

Quando entramos no restaurante não teve um só homem que não a apreciasse. Vestido longo e justo azul-escuro, com uma fenda lateral começando na coxa esquerda, revelando a perna bonita e macia. Cabelos arrumados de um lado e soltos até abaixo do seio empinado. Brincos longos nas orelhas delicadas.

— Confesso que fiquei muito surpresa quando você ligou dizendo que viria hoje e me convidou para sair. Após sua partida para São Paulo, achei que não tivesse qualquer interesse por mim. — Ela está insegura e isso me surpreende.

— Será então que fiz uma leitura equivocada ao interpretar nossas últimas conversas ao telefone, durante todo esse tempo? — Deixo os meus olhos prenderem os dela. — Me pareceu que já havíamos percorrido um caminho até aqui. Conversa franca e olho no olho.

— Você é sempre assim? Direto ao ponto. — Não consegue esconder que está insegura. Nervosa. É nesse momento que encontramos a garotinha dentro da mulher sedutora. — Não que eu esteja reclamando. Não! Longe disso. É que a gente mal se conhece. Achei que fosse isso que estivéssemos fazendo todo esse tempo.

Penso na minha atitude impulsiva. Talvez tenha me precipitado. Ela é só uma menina.

— Uma coisa sobre mim, Madu. Não costumo fazer joguinhos, não tenho tempo para romances longos e a distância. — Os olhos se arregalam assustados e prefiro que ela perca qualquer ilusão. — Você sabe que me encantou desde o primeiro momento que a vi. Sou um homem maduro, Madu. Bem mais velho que você. Acabei de sair de uma relação falsa. Desrespeitosa. Infiel. Não estou procurando uma diversão passageira. Pensei que podíamos nos conhecer melhor.

Sei que a estou assustando, mas preciso saber o que ela espera de mim.

— Escuta, Samuel. Estamos atraídos um pelo outro e com certeza não é só você que sente desejo por mim. Também não estou pedindo que me peça em casamento. Só não quero viver um momento e depois ser esquecida como um brinquedo quebrado.

O olhar ainda é inseguro, apesar da atitude firme.

— Madu, eu...

— Espera, Samuel. Preciso confessar que quero muito você. E não gosto de ser rejeitada. Só pare de me tratar como uma adolescente boba, apaixonada. Sou grandinha o suficiente para me envolver com um cara e depois, se não for para continuar juntos, tchau e tudo bem.

— Está certo. Me desculpe se pareci frio e desinteressado. Só não quero que tenha uma ideia errada e ache que desejo me aproveitar de você. Pode não parecer, mas não é fácil lidar com a nossa diferença de idade.

— Relaxe. — Sorri lindamente e pisca sedutora. — Vamos só curtir nosso jantar. A noite é uma criança e o que rolar, será porque vamos querer.

— Ponto pra você. — Faço o que ela mandou. Relaxo. — Então, você não fica a maior parte do tempo em Milão? O que a trouxe ao Brasil? Algum problema na família?

Não consigo esconder a vontade de saber mais sobre ela e a mãe.

— Você prestou mesmo atenção às nossas conversas, não é? — Levanta uma sobrancelha, impressionada com o meu interesse. — Tem razão. Vivo metade do ano em Milão. Resolvi pedir umas férias. Estou bem cansada e a mamãe tem ficado tempo demais sozinha. Depois que o papai morreu, ficamos só nós duas. Ela trabalha tanto. Eu me preocupo.

O olhar agora é nostálgico.

— E... por que a sua mãe não voltou a casar? Ela é ainda tão jovem...

Preciso saber mais sobre Isadora.

— Não acho que a minha mãe esteja interessada em casar de novo. Tem só três anos que o papai morreu. Eles eram tão felizes. Não acredito que a minha mãe pense em colocar outro homem no lugar dele.

— Você, pelo visto, seria contra sua mãe refazer a vida dela?

Não acredito que seja egoísta a esse ponto.

— Claro que não. Quero, sim, que mamãe refaça a vida e volte a ser feliz como foi com o papai. É jovem ainda, bonita, trabalhadora. Tenho imenso orgulho dela. Pelo que andei sabendo, existem dois homens que são muito a fim da minha mãe. Claro, *a dona* Isa finge não perceber.

Puta que pariu! Ouvir isso realmente me incomoda.

— Que homens? Não deve permitir que qualquer um se aproxime da sua mãe. Ela é uma empresária competente, bem-sucedida, deve ter caras mal intencionados querendo se dar bem. — Eu me excedo.

— Samuel... — Madu me encara, espantada. — A minha mãe não é nenhuma donzela indefesa. Ela sabe se defender muito bem. Tanto é que não quis saber de nenhum até agora. E para seu conhecimento, o senhor Emiliano Galvão é um viúvo milionário. Só o acho muito velho. E mamãe já teve um homem muito mais velho na vida. E o Wagner. Que apesar de ser diretor de nossas empresas, é um homem muito bom, honesto e sempre esteve ao lado dela ajudando em tudo. Já ele, é mais novo.

— Algum problema sua mãe se envolver com um homem mais novo, Madu? — Fico ansioso.

— Não tenho nada contra. Ela é que não gosta. O meu pai era vinte e seis anos mais velho. Isso deve dizer alguma coisa — diz, decidida. — Chega de falar da minha mãe e suas escolhas românticas. E você? Já sei algumas coisas da sua família. Os seus primos falam muito sobre vocês. Mas... E a sua ex? Como andam as coisas com ela?

Sempre desconversa quando o assunto é a mãe dela.

— Não sei nada da minha ex. Só quero saber de você. — Sinalizo para o garçom que traz a conta. Entrego o meu cartão e seguro às mãos de Madu. Na verdade, não gostaria de acabar a nossa noite. Ela é uma companhia maravilhosa. — E agora? Para onde a linda menina vai me levar?

— Eu sei bem para onde quero ir. Mas agora é sua vez de escolher... Eu te deixo à porta do hotel ou vai me convidar para conhecer o seu quarto?

Os olhos brilham, sedutores.

— Certo. Não quero deixá-la ir ainda. Tem permissão para chegar tarde? Sei que você já é crescida e dona da própria vida, mas, é filha única e sei que a sua mãe deve ficar preocupada.

Preciso ter certeza que não estou infligindo nenhuma lei.

— Maior de idade. Dona da minha própria vida, sim. A minha mãe confia em mim. Ela sabe que não saio e nem me envolvo com alguém que não possa confiar. Quero muito ficar com você, Sam.

CAPÍTULO 10

Samuel

— Certo. Vamos? — Estendo a mão, Madu segura firmemente e me acompanha. Lá fora abro a mão pedindo a chave do carro, quando o manobrista para a nossa frente. — Gostaria de dirigir dessa vez. Se você não se importar em deixar outra pessoa dirigir seu carro.

— Na verdade, não gosto mesmo. Porém, vou abrir uma exceção para você. Antes me diga o porquê de querer ir dirigindo. Acha que dirigi mal? — Faz carinha aborrecida.

Sorrio largamente e pego a mão que ela segura a chave e beijo o dorso. Abro a porta do passageiro, aguardo-a entrar. Sigo para o outro lado, entro no carro e enquanto ajusto o banco para mim respondo à pergunta dela.

— Muito pelo contrário. Dirige melhor que muitos amigos meus. — Pisco para ela. — Isso jamais poderá sair daqui. Nunca conte a eles que falei isso. — Continuo rindo, agora da carinha descrente que ela faz. — Só estou tentando ser o cavalheiro que leva uma linda dama para passear.

— Agora você está falando como um verdadeiro homem das cavernas. — E a ninfetinha solta uma gargalhada debochada.

— É...? E qual dos dois você prefere?

Viro-me e delicadamente passo o dedo indicador ao longo do seu rosto bonito, contornando os lábios macios, que se abrem e aguardam o beijo que não nego. Colo meus lábios nos dela e sinto a maciez, a doçura. Em seguida enfio a língua buscando a língua dela, beijo-a com a vontade que estava de provar aquela boca gostava há muito tempo.

— Eu... Eu quero os dois. O mauricinho educado e o homem das cavernas grosseirão.

Eu a beijo novamente até tê-la sem ar e entregue nos meus braços.

— Para sua idade, até que você sabe bem, enlouquecer um homem, linda.

— Bem, sair com homens mais velhos deve deixar a gente mais experiente.

Sedutora e debochada. Mistura venenosa.

— Pra mim, é nova a experiência de ter uma garota jovem nos braços. É muita responsabilidade. — Olho para os olhos brilhantes e pidões. — Nossa diferença de idade é considerável, Madu. Tenho trinta e dois anos e você é só uma menina. São quatorze anos de diferença. Não é pouca coisa.

— Treze. Vou fazer dezenove em pouco tempo.

— Grande mudança, hein, senhorita? Não devia confiar tanto assim em homens mais velhos.

— Como não? São os mais legais, mais cavalheiros e lindos.

— Lindos é...? — Volto a beijar a boca gostosa. Em seguida ligo o carro para nos tirar dali. — É melhor sairmos daqui ou seremos presos por atentado ao pudor.

Entramos no quarto nos beijando loucamente. Difícil tirar as mãos de Madu. Ela é uma mulher quente e suave ao mesmo tempo. Magra com curvas nos lugares certos.

Ela tira o meu blazer e rapidamente desabotoa a minha camisa. O olhar é do mais puro desejo. Faço o mesmo e tiro delicadamente o vestido, surpreendendo-me que esteja sem sutiã. Os seios do tamanho certo. Mamilos durinhos e empinados. Não perco tempo e a levo para a cama. Coloco cada mamilo na boca alternadamente, chupando gostoso. Passo a mão na calcinha de renda vermelha, destacando o tom branquinho da pele e, evidenciando uma boceta delicada e com uma depilação parcial, deixando poucos pelos apenas no púbis. Está encharcada e enfio o dedo na fenda babada, masturbando o clitóris durinho. Madu geme descontrolada.

Eu a venero com os dedos, a boca e a língua. Madu se entrega de forma deliciosa. Vejo fogo e prazer explodindo num orgasmo inebriante da garota. Coloco a camisinha, penetro-a com vigor e ela grita em êxtase. Eu a fodo com estocadas firmes e logo ganho gritos e suas unhas arranham as minhas costas, em mais um orgasmo que me leva junto e eu gozo satisfeito.

Madu se aninha ao meu corpo e parece adormecer. Penso que há muito tempo não trepava com nenhuma outra mulher, só com a Roberta. A traição dela me deixou inseguro sobre a minha predisposição sexual, em um dado momento. Agora percebo claramente que não foi falta de um bom sexo que a fez me trair. Foi vaidade. Arrogância em achar que pelo fato de ser bonita e gostosa, não poderia pertencer a um só homem. Minha ex-noiva queria ser amada e adorada por quantos a quisessem. O amor não foi suficiente diante de tanta vaidade.

Acabo adormecendo também. Acordo com meu corpo bem acesso com uma ereção poderosa. Mãos delicadas estão passeando do peito ao pau que nesse momento está sendo bem masturbado.

— Hummm... Está aí um jeito bem gostoso de acordar. O garotão aí em baixo agradece o carinho... — Se ela não parar vou acabar gozando... —Linda eu... Ahh

Viro-me e cubro o corpo delicioso, devorando a boca com a minha língua conhecendo cada canto.

— Você é muito gostoso, Sam... — fala manhosa entre gemidos, com minha língua contornando sua boca e os dedos enfiados na bocetinha apertada.

— Quero te foder duro e forte. Vira essa bunda gostosa pra mim, vira.

Ela fica debruço na cama, deita a cabeça no travesseiro, empina a bunda linda, que eu beijo passando a língua até chupar vigorosamente a bocetinha rosada. Logo coloco o preservativo e enfio com tudo, meu pau duro como ferro. Fodo-a rápido e duro e explodimos num orgasmo alucinado.

Acordo ao lado de uma garota linda, dormindo plenamente, de bruços com um braço sob a cabeça e os longos cabelos cobrindo as costas lisas e macias.

Levanto sem fazer barulho e vou para o boxe onde tomo um banho relaxante. Faço a minha higiene matinal, volto ao quarto e Madu dorme sem se mexer. Visto-me rapidamente, vou para a sala contigua e peço para servir um farto café ali, no quarto.

— Oi... Bom dia!

Viro e olho a beldade a minha frente, vestindo um roupão, descalça, com um sorriso glorioso no rosto. Meu ego vai a mil em ver uma mulher feliz e bem comida, na minha frente. Vou até ela, coloco as mãos no rosto bonito e beijo os lábios ternamente.

— Bom dia, linda! Espero não ter te acordado. Você dormia tão gostoso.

— Não. Não me acordou... — Ela enrosca os braços no meu pescoço e aprofunda o beijo. O hálito com o sabor de menta do meu creme dental. — Na verdade, você deveria ter me acordado. Me deixaria aqui sozinha, dormindo?

— Claro que não. Não sou nenhum cafajeste, Madu. Tenho uma reunião agora pela manhã, mas é óbvio que me despediria de você antes de sair. Tive pena de te acordar. — Afasto-me dela e ando até a mesa. — Olha, tem um café completo aqui. Não sabia bem o que você costuma comer. Modelos normalmente passam a alface e água, como reza a lenda. — Faço graça para desfazer o clima tenso que ficou. — Se bem que ontem comeu muito bem. Você me surpreendeu positivamente.

— *Senhor* Samuel França, não tem nenhum defeito? Nunca erra? Até quando penso que vou me decepcionar, você é que me deixa envergonhada. Desculpe. — Ela se aproxima de novo e me dá um beijinho rápido. — Tenho mesmo que correr pra casa ou a minha mãe vai surtar. Aliás, não sei porque ela está agindo assim. Nunca ficou tão aborrecida quanto aos meus horários ou se dormisse fora.

De repente, engancha o braço no meu, conduzindo-me até a porta.

— Vá, não se atrase para sua reunião. Vou tomar um café rápido. — Olha para a mesa. — Para não perder essas guloseimas maravilhosas. E... Sam, essa foi a noite mais incrível da minha vida.

Beijo-a mais uma vez nos lábios e me despeço, prometendo ligar mais tarde.

CAPÍTULO 11

Isadora

Vim para a empresa para uma reunião importante, embora ainda esteja preocupada com a atitude de Maria Eduarda. Saí de casa e ela nem tinha chegado. O celular desligado e nem as minhas mensagens ela respondeu.

— Bom dia, Isadora! Nádia falou que você já tinha chegado, mandei preparar a sala de reuniões.

— Bom dia! Obrigada, Wagner. Você marcou a reunião com o senhor Otávio para que horas?

— Às 10h. Ele pediu desculpas por marcar uma reunião tão em cima da hora, parece que tem um empresário português visitando a empresa deles e querendo inspecionar pessoalmente a primeira remessa dos produtos que vai receber lá em Portugal. Isadora?

— Oi... — Droga! Estou distraída, olhando o celular. Minha filha não retorna minhas mensagens. — Tudo certo, Wagner. Não há problema algum em que ele inspecione a nossa remessa. Tenho certeza de que você fez tudo da melhor forma possível.

Minha secretária chama no interfone.

— Sim, Nádia?

— *Dona Isadora, o pessoal da empresa Fex'In acaba de chegar.*

— Mande-os entrar, por favor!

Eu me ponho de pé e me junto a Wagner para receber os empresários.

Quase sofro uma síncope ao ver Samuel França, imponente no seu terno escuro, parar à minha frente.

— Como vai, senhora Fernandes.

Ele estende a mão grande, morena, mostrando um relógio bonito e muito caro. Abotoaduras elegantes. Está impecável e lindo, como eu lembrava. Fico parada. Muda. Sem ação. Wagner toca o meu braço discretamente.

— Bom dia... Desculpe! Não sabia que o senhor viria pessoalmente de São Paulo. — Encaro o diretor comercial da empresa dele. — O senhor não falou nada sobre a presença do seu CEO, senhor Otávio.

— Na verdade, Otávio também não sabia que eu participaria da reunião. Esse contrato com a empresa portuguesa é muito importante para a minha empresa e eu preferi acompanhar de perto o fechamento do negócio. — O mesmo modo frio e seco.

A arrogância permeando cada palavra e o modo soberano em cada gesto.

— Compreendo. — Viro e sigo para minha mesa. — Wagner, que o senhor já conhece, vai acompanhá-los até a sala de reuniões. Já os encontro lá.

— Isadora, está tudo bem? — Wagner olha para mim, preocupado.

— Estamos atrapalhando alguma coisa, senhora? — O homem coloca os olhos pretos e intensos sobre mim. Logo, porém encara friamente meu diretor. — O senhor poderia me deixar sozinho com sua chefe?

— Posso perfeitamente resolver os assuntos da exportação com o senhor — Wagner o enfrenta.

— Wagner. Pode nos deixar a sós. Por favor! Leve as outras pessoas para o galpão e mostre a nossa remessa já preparada para seguir. — O meu amigo ainda reluta por segundos e eu o olho incentivando. Em seguida, indico a cadeira à frente da minha mesa para Samuel, e sento na minha cadeira. — Pois não, doutor. Algum ponto no nosso contrato que não esteja de acordo?

Ele olha para mim com desdém. Sei perfeitamente que não gosta de ser chamado de doutor.

— Não sou doutor. E me pareceu que a senhora é que não ficou satisfeita com a nossa visita e eu gostaria de saber o porquê.

— Olha, me desculpe. Na verdade, só fiquei surpresa que o CEO em pessoa viesse tratar do assunto. Quero saber se tem alguma restrição à minha empresa.

— Nenhuma restrição. Apenas uma pequena exigência do nosso parceiro comercial, para que eu o acompanhasse na inspeção aos produtos que está comprando conosco. Não vi dificuldade em atender esse pedido. Até porque, tenho outros interesses aqui em Porto Alegre, queria vir. — Não tira os olhos de mim. Como se tentasse ler os meus pensamentos. — Ficou tudo claro, para senhora?

— Bastante claro. — Sustento o olhar dele em seguida levanto. Parece que estávamos falando de outra coisa. — Podemos para sala de reuniões encontrar os outros. Por favor, me acompanhe.

Samuel me segue de perto. Perto até demais. Sinto o corpo trêmulo, desejo ardentemente que Wagner apareça e eu não tenha que ficar mais nenhum minuto a sós com aquele homem.

A reunião se estende por todo o horário da manhã e discutimos assuntos de interesses mútuos, fechando excelentes negócios para a empresa França Exportação e também para a minha empresa. Durante toda reunião, fica evidente o excelente profissional que o homem é. Não posso dizer a mesma coisa da minha atuação, com aqueles olhos, mais tempo do que o necessário, em cima de mim. Deixa-me nervosa com muitas perguntas, inclusive sobre a gestão do meu falecido marido.

— Logo a pauta da reunião e os documentos estarão prontos para o senhor assinar. — Olho-o, brevemente, enquanto aperto as mãos dos demais.

— Tudo bem. Estou indo direto para o aeroporto. Volto agora mesmo para São Paulo, mas Otávio cuidará de tudo por aqui. Ele mesmo fará a assinatura do contrato. Tem poderes para isso.

— Pode deixar que a partir de agora eu assumo aqui, dona Isadora. Samuel está com o avião da empresa e tem compromisso em São Paulo. Virei pessoalmente assinar, assim que o nosso setor jurídico tiver analisado.

— Está ótimo. Desejo ao senhor uma boa viagem.

Estendo a mão para cumprimentá-lo, ele a envolve com a mão grande e bonita. Sinto o corpo reagir como se tivesse levado um choque, ele parece perceber e nos soltamos assustados. Ele se vira e sai rapidamente.

Peço para Wagner os acompanhar, sigo para minha sala e ando para a janela de vidro, onde os vejo entrar num carro que os aguarda.

Meu coração está acelerado e já não posso mais negar o quanto estou envolvida por esse homem. Ele mexe com as minhas mais profundas emoções. O meu corpo está numa verdadeira erupção de sentidos e sinto os tremores realmente físicos. Sento-me para sustentar as pernas trêmulas. Levanto, segundos depois, para beber água e olho o meu celular com algumas mensagens da minha filha.

Maria Eduarda vai logo dizendo que está bem e que não precisava que eu ficasse preocupada, pois não era a primeira vez que dormia fora de casa. Meu coração falha uma batida. Sabia com quem a minha filha estava, só não queria aceitar.

Uma hora depois, Madu entra no meu escritório. Percebo que está com o semblante um pouco abatido.

— Filha, está tudo bem? — Levanto e, depois de abraçá-la, levo-a para sentar no sofá de dois lugares do meu escritório. — O que houve?

— Não houve nada, mãe. Apenas tinha um compromisso... — Ela baixa os olhos para as nossas mãos presas no meu colo. — Mas, não aconteceu. Paciência.

— Devo presumir que o seu compromisso era com o mesmo amigo com quem passou a noite, Maria Eduarda? — Não consigo evitar a censura implícita na voz.

— Qual é o problema, mãe? — Ela se levanta e se afasta. — Não há novidade em eu dormir fora. Ou será que a sua irritação é por ter sido com a pessoa que você não gosta. E eu não entendo até agora o porquê.

Realmente não tenho paciência. Também me levanto, muito irritada. Na verdade, decepcionada com a leviandade da minha filha.

— Está me dizendo que passou a noite com o empresário paulista, Maria Eduarda? Com o Samuel Lessin França? — Ando de um lado a outro da sala, explodindo de irritação. — Você dormiu com o homem que esteve durante toda manhã na sala da minha empresa, com a postura mais arrogante e soberba do mundo, como se não tivesse acabado de dormir com a minha filha.

— Calma, mãe! — Ela se aproxima, cautelosa. — Eu não sabia que Samuel viria aqui ao escritório. Ele não me disse nada. E você também não falou! — grita.

— Não seja infantil, Maria Eduarda! Também só soube que ele estava na cidade, quando o vi entrar aqui neste escritório, hoje cedo. — Sento na minha cadeira e tento me acalmar.

— A que horas o Samuel saiu daqui mamãe? — Ela está muito nervosa, ansiosa e isso me deixa ainda mais irritada. — Fui ao hotel, onde ele estava hospedado, e me informaram que já havia fechado a conta e saído. — Os olhos estão perdidos. — Não consegui falar com ele. O celular está caindo na caixa.

— Há quase duas horas. — Filho da puta! Transou com uma garota de dezoito anos e depois vai embora sem nem dar tchau. — Ele saiu daqui direto para pegar o avião da empresa e voltar para São Paulo. Esse senhor não se despediu de você, minha filha?

Mato esse cachorro se fizer a minha menina sofrer.

— Na verdade... — Ela está arrasada. Levanto e a trago de volta para sentar comigo no sofá. — Samuel mandou uma mensagem. Vi há pouco. É que ele tinha prometido falar comigo antes de ir embora. Não esperava apenas uma mensagem. Dizendo que precisava voltar, urgentemente, para São Paulo. Mãe! Você falou alguma coisa com o Samuel sobre mim? Pediu a ele para não me ver mais? Fala mãe!

Ela agora está em pé. Completamente fora de si.

— Que absurdo é esse, Maria Eduarda? Eu nem sabia que ele esteve com você, até você me dizer isso há instantes. — Eu me levanto, seguro-a firme pelos ombros para que me olhe. — Presta atenção, filha. Esse rapaz esteve aqui para tratar de assuntos estritamente profissionais. Como já lhe disse, nem sequer sabia que vocês estiveram juntos. É possível que, realmente, tenha precisado seguir, com urgência, para a cidade dele e deve te ligar depois, meu amor.

Abraço forte a minha menina. Estou transtornada. Ela está apaixonada e me sinto cruel pelos verdadeiros motivos de não aceitar essa relação entre os dois.

Madu não segura as lágrimas e enfia a cabeça no meu ombro em desalento.

— Ah, mamãe... Ele foi tão maravilhoso comigo. Acho que estou sendo mesmo mimada, só porque mandou mensagem e não me ligou.

— Não, querida. É normal que você tenha criado expectativas. Considero um envolvimento bem sério, dormir juntos, transar com uma pessoa. É algo muito íntimo e merece um comportamento diferenciado. É disso que tenho medo, minha filha. Vocês moram em cidades distantes. Como pretende levar essa relação à diante desse jeito?

— Isso nunca foi um problema, mamãe. Todos os meus relacionamentos anteriores foram com homens de outros países. Sabe bem como me sinto em relação aos moleques daqui. Não tenho paciência. Samuel mora em outro estado e eu passo parte do ano fora do Brasil. Garanto que isso não será motivo pra a gente não ficar junto. Quando a gente gosta, mamãe, nada é impossível. Você mesma casou com um homem bem mais velho, e o papai casou, pela segunda vez, com uma moça de família humilde. Sabe por quê? Porque vocês se amavam.

— Estão... apaixonados? — Precisava entender isso de uma vez por todas.

— Estamos nos conhecendo — diz cautelosa. — Não entendo você não gostar dele. Sam é tão maravilhoso. — Beija o meu rosto enquanto me puxa para sentar na minha cadeira e se senta à beira da minha mesa. — Dê uma chance ao Sam, mãe. Ele é muito importante pra mim. Nossa noite foi mágica.

— Chega, Madu! Já entendi. Não tenho motivo nenhum para não gostar desse rapaz. Eu mal o conheço. Apenas não esqueci que você mesma me contou que, até recentemente, ele estava noivo e era muito apaixonado pela ex-noiva. — Seguro a mão da minha filha e faço um carinho em demonstração de paz. — É puro cuidado de mãe, com sua única filha. Nunca vi você tão envolvida e desesperada por nenhum outro rapaz assim.

— Fique tranquila, mãe. Sam e eu estamos nos conhecendo, no momento. Ele é diferente de todos os outros caras que conheci antes. Sam é íntegro, honesto, intenso. Apaixonante...

Minha menina está perdidamente apaixonada por Samuel França. Preciso me acostumar e aceitar.

CAPÍTULO 12

Samuel

Precisei voltar para casa mais rápido porque soube, pelo Eduardo, que o papai passou mal na empresa. Estou muito preocupado com a saúde do meu velho. Por mim, ele deveria se afastar por uns tempos da empresa e saí em viagem com Luciana.

Não me senti bem viajando e deixando apenas uma mensagem para Madu. Foi escroto da minha parte, depois de passar uma noite maravilhosa com a garota. Pelo menos deu tempo de comprar umas flores, um mimo de pelúcia, escrever de próprio punho um cartão e mandar para ela. Embora não seja na bela modelo que os meus pensamentos insistam em voltar, sim, em um par de olhos pretos e embriagadores. Pareceram tão misteriosos.

Graças a Deus, quando cheguei à clínica, para onde vim direto do aeroporto, o meu pai já havia sido atendido e não passou de um pico de pressão causado pela ansiedade com uns projetos novos da empresa. E agora a pedido de Luciana, estou na casa deles.

— Obrigada por ter vindo com a gente pra cá, Sam. Pelo menos, depois que te viu, André conseguiu ficar tranquilo e a pressão regularizou totalmente. — Minha madrasta é uma mulher muito especial e o amor que tem pelo meu pai é algo bonito de se ver.

— Não precisa agradecer, Lu. É minha obrigação cuidar do papai.

Estou sentado numa poltrona da sala, tomando uísque.

— Parece cansado. Eu pedi ao Genaro para levar sua mala para o seu antigo quarto. Espero não ter atrapalhado os negócios lá em Porto Alegre, com seu retorno rápido.

— Não. Consegui resolver os assuntos importantes da empresa, mesmo no pouco tempo.

— Vou te deixar em paz. Quando quiser ir descansar, já está tudo arrumado. Boa noite!

Ela se vira para seguir e eu a chamo:

— Luciana, espera. Consegui resolver tudo. Só fiquei preocupado com o pai. Estou bem. Não precisa sair.

Sirvo-me de mais uma dose.

— Sei. É só mesmo com o seu pai que está preocupado? Não quero parecer intrusa, mas, eu te achei um tanto distraído, pensativo, distante.

Sempre bem intuitiva. Observadora. Os olhos verdes parecem ver através da alma da gente.

— Não há nada, Lu. Está tudo bem com a empresa, e também com o papai. Só estou cansado. — Viro o resto do uísque, de uma vez, e levanto para ir para o quarto. — Vou descansar um pouco. Não precisa se preocupar com mais nada. Caso sinta fome, eu mesmo desço e como alguma coisa. Boa noite, Lu.

— Boa noite, Sam.

Pela manhã, para a nossa alegria, papai desce para tomar o café da manhã conosco.

— Esse contrato com a empresa portuguesa foi um excelente negócio, filho. E você foi surpreendente.

— Não fiz nada sozinho, pai. O pessoal, lá em Porto Alegre, tem feito um trabalho muito bom. Sem contar que a empresa WF tem os melhores produtos da região e nos garante o selo de qualidade tanto na pecuária quanto na fruticultura.

— Soraya reclamou que, dessa vez, você nem passou lá para visitar a tia Érica. Só ficaram sabendo porque, ontem, Mirela soube pela amiga modelo. — Luciana levanta uma sobrancelha, interessada.

— Que modelo é essa, Sam? A mesma que você conheceu quando foi lá com a Lena?

Sabia que a pirralha da Marina logo se interessaria por essa parte.

— Essa mesma, Mari. A Madu é uma garota linda, tem a sua idade, mas é bastante madura. — Sorrio para a carinha emburrada da minha irmãzinha caçula.

— Quer dizer que, mal deu um chute na Beta, já está de namorico com uma fedelha que poderia ser sua filha.

Absurda essa minha irmã.

— Que absurdo, Mari! — Luciana ri com gosto, meu pai olha para mim, surpreso.

— Que história é essa, Samuel? Está namorando uma adolescente de menor idade?

— Claro que não, pai. Madu vai fazer dezenove anos, já é modelo consagrada, faz desfiles pelo mundo todo.

— Além de linda. Gente, vocês não têm ideia de como Madu é bonita, inteligente, gente boa.

Pisco para Selena, em cumplicidade.

— Que ridículo! Vocês todos concordando com essa palhaçada de arranjar uma ninfeta para Samuel. Ele precisa de uma mulher feita. Na verdade, ele precisa da Roberta! Porque é a ela que ele ama.

Haja paciência.

— Vocês estão invadindo a privacidade do Samuel, sem o menor respeito. Parem de se meter na vida romântica dele. Isso tudo é um absurdo. E mais, ele mal conhece essa garota e não acredito que possa ter qualquer compromisso com ela, já que os dois moram tão distantes. — O velho lobo não deixou de dar o seu recado também para mim.

— Bem, quero informar a todos! — Olho em volta da mesa. — Que já sou grandinho e dono da minha própria vida há bastante tempo, para decidir o que é melhor pra mim. Com quem namoro ou não e quem eu quero na minha vida ou não! Entendido, Marina? Está claro de uma vez pra você? — Levanto da mesa. — Bem, estou indo para o escritório. Pai, por favor, obedeça aos conselhos médicos e fique em casa esses dias.

— Calma aí, garoto. Você é dono da sua vida, e eu com certeza da minha. Não se preocupe. Não há mais motivos para ficar ansioso.

Apenas balanço a cabeça me rendendo às palavras dele e me despeço beijando cada uma daquelas pessoas que tanto amo.

Estou dirigindo para o trabalho, os pensamentos se misturando e correndo como água em minha cabeça. Não estou arrependido de ter passado a noite com Madu, tampouco estou convencido de ter feito a coisa certa. Ela é só uma garota, cheia de sonhos e expectativas. Expectativas essas que não estou certo de querer cumprir. Principalmente que em meio a tudo isso, uma imagem não sai da minha cabeça: Isadora. Ela não faz absolutamente nada para parecer mais bonita. No rosto apenas um brilho nos lábios carnudos, talvez um pouco de pó nas bochechas que acomodam lindas covinhas. Olhos negros adornados por cílios espessos que acho não precisarem de maquiagem. Vestida numa saia justa preta até os joelhos e uma camisa de seda branca de botão e mangas longas, elegante e linda.

Na sua beleza natural e simples, considerei-a deslumbrante. E naquele momento me senti um tremendo cafajeste, porque depois de ter passado a noite fazendo sexo com a filha dela, eu a olhava com cobiça.

Caralho! Fiz merda. Sei que fiz. Mas, por que não consigo me arrepender? Que porra estou querendo fazer me envolvendo com a filha enquanto não paro de pensar na mãe?

O dia hoje está sendo dos infernos. Estou trabalhando que nem um cão raivoso e, porra, o mau-humor na estratosfera. Estou chegando à sala da Selena e... Que porra está acontecendo? Lena está aos berros, discutindo com o Edu.

— Ei! Vocês dois? Que porra está acontecendo aqui? — Lena olha para mim, assustada, os olhos esbugalhados, Edu fecha os olhos e aperta a ponte do nariz com os dedos, num claro sinal de impaciência. — Selena! — Olho incisivo para ela.

— Não está acontecendo nada!

Como é? Ela vai mesmo fingir que não estava berrando e que todo mundo fora da sala estava ouvindo? Que caralho está se passando com a minha irmã?

— Selena, olha pra mim e me conta o que a deixou tão nervosa a ponto de falar nesse tom? — Ela está visivelmente transtornada.

— Ah, vai cuidar dos seus assuntos que já são muitos, Samuel!

Ela dá as costas e sai da sala! Olho para o meu amigo, que parece tão perdido quanto eu.

— Nem olha pra mim. Também não sei o que está acontecendo com a sua irmã. Desde que você viajou e eu fiquei cuidando do lançamento com ela, Selena passou a me tratar desse jeito. — Meu amigo suspira, cansado, e olha para mim num quase pedido de ajuda. — Trouxe o último *briefing* com as chamadas para os banners, para ela analisar e autorizar, para que eu possa destinar a verba necessária. E, de repente...

Ele para, como se tivesse pensado em algo. Faz um gesto quase imperceptível de negação com a cabeça e em seguida começa a deixar a sala.

— Que porra é essa, Eduardo! Também vai fugir? Que caralho está acontecendo com vocês? Enlouqueceram?

— Sam. Não sei de nada. Procure a sua irmã e veja com ela. Tenho mais o que fazer do que ficar aturando chiliques de menina rica.

Eduardo desaparece em poucos passos, fico parado na sala da minha irmã, sem ter a menor noção do que possa estar acontecendo. Mas eu vou descobrir ou não me chamo Samuel França.

Foi uma semana estressante, mas consegui sobreviver. Saí do trabalho e vim direto para o clube. É o melhor horário para jogar boas partidas de tênis, meu esporte preferido. Pelo menos me sinto mais calmo e disposto.

— Hoje você estava mais afiado que nunca, Samuel França. Toda essa energia tem a ver com o que andam comentando por aí? Que está namorando uma modelo internacional, gaúcha, e novinha como sua irmã Marina?

Fernando Lacerda era a última pessoa que eu queria encontrar hoje. Namorou Selena por dois anos, sendo ainda hoje ressentido por não aceitar que acabou.

— Essa novidade também tem sido assunto na mesa das refeições da minha casa. A minha irmã não anda nada satisfeita com essas notícias.

Marcos Azevedo é um amigo. E, apesar de ser irmão da Roberta, minha ex-noiva, é um cara bacana e gosto muito dele.

— Acho que se vocês se concentrassem mais nas partidas de tênis, que na minha vida pessoal, teriam melhores resultados.

Continuo recolhendo o meu material e prefiro ignorar os comentários.

— Ah, qual é, cunhado. Conta aí pra gente quem é essa beldade? Por que tanto mistério?

Idiota!

— Não é mais meu cunhado, Fernando. E a minha vida pessoal com certeza não é da sua conta. — Não estava para conversa fiada.

— Pelo visto o nosso amigo Fernando ainda não se curou do fora recebido da Selena. Não é mesmo?

Encaro o Marcos e tento entender o que isso pode interessar ao meu amigo.

— E pelo que sei a Selena também não aceitou as suas tentativas frustradas de conquista. Ou pensa que não sei que você morre de amores pela minha ex?

Que porra é essa! Olho para Marcos, que abaixa a cabeça e não me encara.

— Que merda tá acontecendo aqui? Que papo é esse, Marcos? Você interessado na minha irmã?

— Então o seu grande amigo não sabe que você andou se declarando para minha namorada logo depois que eu saí de cena?

— Deixe de ser escroto, cara! Não vou ficar aqui discutindo com você a vida da Selena. Sam! Sabe que respeito muito sua irmã e não vou comentar nada sobre ela aqui e agora. Tô indo nessa. Amigo, se aparecer aqui amanhã, jogamos outra partida. — Meu amigo bate de leve no meu ombro e vai embora.

— Que palhaçada foi essa aqui, Fernando? Que história é essa que o Marcos gosta da minha irmã? De onde tirou essa ideia absurda?

Estou muito puto de saber menos da minha irmãzinha que esses caras.

— Nunca foi segredo para ninguém a paixonite do Marcos por sua irmã Selena. Confesso que estou surpreso de você, noivo da irmã do cara, vivia dentro da casa dele, não saber. Souberam esconder isso muito bem de você. Assim como outras coisas, né?

Parto pra cima do filho da puta e o empurro. Doido para tirar sangue daquela boca com um sorriso debochado.

— Calma, cara! Não queira descontar no mensageiro! — Ele é esperto, afasta-se bastante. — Na época até achei que a Selena estava terminando comigo por causa dele. Mas logo percebi que não é nesse cara que a sua irmã está interessada.

Ele realmente está falando sério? Ou está pedindo porrada?

— Que papo é esse, Fernando? Acha que a minha irmã está interessada em alguém só por ter te dado o fora? Ela me disse que vocês já não estavam se entendendo mais e resolveram terminar.

— Então essa foi a versão dela para a família? Muito conveniente. Só que eu nunca quis terminar com a Selena. Ainda sou louco pela sua irmã.

Porra! Ele ainda gosta mesmo da Selena.

— Fernando. Acabou. Coloca isso na cabeça e segue sua vida, cara. — Ele olha para mim, ressentido.

— Como você fez com a Roberta Azevedo?

Não vou mais entrar na pilha dele.

— É. É isso aí. Como fiz com a Roberta Azevedo.

CAPÍTULO 13

Samuel

Viro e sigo para o estacionamento. Está de brincadeira! Minha ex era tudo que eu não precisava hoje. A ordinária está maravilhosa, sexy feito um inferno. Encostada no meu carro com um dos seus costumeiros vestidinhos curtos e colados. As pernas lindas e bronzeadas os peitos empinados e a bunda dura, enorme, deixando qualquer macho de pau duro.

Sempre fui louco de tesão nessa mulher dos infernos. E, ao contrário do que ela tentou deixar parecer, a gente trepava em qualquer lugar e hora, sendo o bastante, se olhar e se tocar.

— Finalmente! — Ela se aproxima, sedutora. — Já não acha que me fez esperar tempo suficiente, querido?

— O que você quer?

Puta merda! Ela sabe que ainda mexe comigo.

— Que você volte a olhar para mim como antes. — Ela encosta em mim. A voz rouca e sussurrada. Absorvo seu hálito junto às lembranças dos momentos de paixão que vivemos. — São tantos meses, Sam. Sinto tanta saudade de você, meu amor. Meu verdadeiro homem.

Coloca as mãos no meu peito e eu arquejo. Meu coração batendo forte.

— Pare com isso! — Pego nos punhos dela e a afasto. — O que pretende com todo esse seu jogo? Sabe perfeitamente que a conheço muito bem.

Eu me afasto bastante para não ser traído pelos instintos masculinos. O meu pau não concorda comigo. Pulsa fortemente.

— Por que está fazendo isso com a gente, Sam? Já tive tempo suficiente para pensar na besteira que fiz. Nunca teve importância pra mim. Era só... Só imaturidade e diversão. — O tom agora é de choro. Arrependimento. — Fui irresponsável. Não pensei nas consequências. — Começa a chorar — Me perdoa, Sam. Por favor! Você é o amor da minha vida. Eu te amo.

Entre soluços, Roberta puxa minha cabeça e mergulha a língua na minha boca num beijo desesperado.

De repente tudo volta. São apenas segundos. E toda paixão, arrebatamento, tesão. O desejo avassalador, vejo-me apertando minha ex ao meu corpo e intensificando o beijo. E num estalo, tudo explode na minha cabeça. Reajo. Não é o meu coração que está presente nessa entrega. Não. É apenas o tesão. O corpo querendo recordar. Eu me afasto. Sinto-me sujo. Não estou mais apaixonado por ela. É apenas desejo. E desejo também acaba.

— Nunca mais coloque suas mãos em mim. Acabou!

Tento entrar no carro e Roberta se coloca na frente.

— Sabe que não acabou. Você ainda está aí de pau duro. Não adianta resistir, Samuel! Você ainda me ama.

— Não. Isso aqui é só reação de um homem a uma mulher gostosa. Não tem mais sentimento. Acabou. Não tem mais paixão, amor. Nada.

Tento passar por ela e continua insistindo.

— Nunca vai acabar, Samuel! E sabe por quê? Está escrito nos seus olhos e também no seu corpo colado em mim. Não tem como esconder ou negar. Se precisa de um pouco mais de tempo, eu te dou. A gente se conhece há muitos anos e não esqueça que ninguém o conhece mais que eu. E vou provar que te amo e posso te fazer feliz.

Roberta se afasta rapidamente e segue sem olhar pra trás. Deixando o cheiro do seu perfume doce e sua certeza de que o jogo ainda não acabou para ela.

Caralho! Entro em casa ainda sentindo o perfume da minha ex. Vou para o banheiro, tiro a roupa, fico nu e puto por ainda manter uma ereção. Entro debaixo do chuveiro e a água fria na cabeça acalma um pouco o corpo e a confusão que trago dentro de mim.

Saio do banheiro e pego o celular jogado na cama. Há uma ligação não atendida da Madu.

Puta merda! O celular ainda na mão sinaliza a chegada de uma mensagem.

Madu: *Oi Sam, desculpa se tiver te atrapalhando. Eu te liguei e como não atendeu, resolvi mandar a msg. Não te falei, mas o meu aniversário é amanhã e resolvi vir para São Paulo. A minha mãe nunca passa meu niver longe de mim e veio também. Queria te fazer uma surpresa e ir ao seu apartamento, (emoji de uma carinha gargalhando) claro, a mamãe não achou adequado, palavras dela. Bem, estamos no hotel...*

Bem, não posso dizer que a minha vida não é cheia de emoções. Visto o short do pijama em seguida ligo para Madu.

— Olá, Madu. Desculpe não ter atendido. Estava no banho. Então a *senhorita* fará aniversário amanhã e não me disse nada? Teria ido buscar vocês no aeroporto e preparado uma noite digna da aniversariante.

— *Oi, Sam. Na verdade, queria fazer uma surpresa para você. E comemorar só nós dois. Só que a dona Isa não abre mão de estar comigo nos meus aniversários.*

— Posso entender isso. — Sorrio para deixá-la mais tranquila quanto a presença da mãe. — O meu pai e a Luciana fariam o mesmo se fosse com as minhas irmãs. Vou buscar vocês amanhã para almoçar num lugar bacana e aproveitamos para combinar a comemoração do seu aniversário em grande estilo.

— *Está bem. Mande o horário e estaremos prontas quando você chegar.*

A garota está feliz e pretendo contribuir para essa felicidade.

— Certo. Beijo.

Desligo o celular e respiro fundo. É, Samuel, o cerco está se fechando.

Acordo impressionado que tenha dormido a noite toda. Hoje é sábado e, como não preciso sair para trabalhar, vou para piscina. Depois de uma hora de braçadas, volto para o quarto, tomo um banho e ligo para minha madrasta.

Hoje é dia de almoçar na casa deles e preciso avisar que não vou.

— *Oi, Sam. Seu pai achou que viria mais cedo hoje.* — Ela ri, animada. — *Está te esperando com as peças do xadrez já arrumadas, que segundo ele, hoje vai te dar uma surra.*

— Só que essa surra dele vai ter de ficar para outro dia. — Sorrio divertido, também. — Por isso estou te ligando, Lu. Não vou almoçar com vocês hoje. Vou encontrar a Madu e a mãe dela. Vou levá-las para almoçar.

— *Ah. Elas estão aqui em São Paulo?*

— Sim. Hoje é aniversário da Madu. Ela e a mãe vieram comemorar aqui.

— *Sam, é impressão minha ou a decisão dessa moça tem a ver com você?*

— Não quero alimentar falsas ilusões na Madu. Ela é muito jovem. E não estou preparado para viver nada disso. Pelo menos por enquanto.

— *Acha que ela esteja apaixonada por você?* — Fico mudo sem saber o que responder. — *Sam!*

— Eu não sei, Lu. Estou muito confuso.

— *Ainda a Roberta?*

— Ela me cercou ontem à noite no Clube. Não gostei nem um pouco do que ainda senti perto dela.

— *Talvez você não a tenha esquecido. Sempre foi muito apaixonado pela Roberta. O tempo é pouco para superar.*

— Não sei. Bem, fale pro pai que nossa partida por hoje está adiada. Que ele se prepare. Agora, meu tempo e atenção serão para uma garota linda que me faz muito bem.

— *O que pode ser uma ótima solução ou... uma péssima saída. Nos vemos depois, querido.*

Nem quando era jovem me senti tão nervoso como estou agora. Na hora não lembrei o quanto Isadora Fernandes me deixa desconfortável. Agora estou aqui, parado à entrada do bar do hotel, olhando para as duas mulheres tão diferentes e tão lindas, cada uma na sua beleza especial. Na verdade... A beleza da Madu é o que se espera de uma modelo nível internacional. Sem retoques. Já a Isadora... Nossa, ela é diferente. É real. Simples na sua singularidade. Única.

— Sam! — Madu me vê antes que eu possa criar coragem para me aproximar. — Nossa! Você está maravilhoso!

De repente, ela está com os braços em volta do meu pescoço, a boca grudada a minha num beijo abrasador. Afasto-me segundos depois, para ver uma Isadora totalmente constrangida, de cabeça baixa, um pouco afastada.

— Como estão? — Sinto-me errado diante daquela mulher. — Dona Isadora, como vai?

Estendo a mão que ela demora um pouco a mais para se aproximar e apertar, enquanto novamente sinto o choque cruzar o meu corpo e largamos as mãos rapidamente.

— Bem, e o senhor?

— Ah, mãe! Não seja tão careta! Chamar Samuel de senhor não faz o menor sentido. Até porque ele é bem mais novo que você.

— Maria Eduarda! Por favor, minha filha. Tenha um pouco de modos. Não foi essa a educação que seu pai e eu lhe demos.

Isadora não esconde o embaraço.

— Está certo, *dona Isa*. Está certo. Puxão de orelhas agora, não. — Madu se volta para mim. — E então, Samuel França? Aonde vai nos levar aqui na sua cidade?

— Espero que a um lugar digno de tão grande beleza e elegância. Vocês estão maravilhosas.

— Obrigada.

— Vamos, Samuel. Você também está muito lindo.

Levo as duas ao Restaurante Terraço Itália. Uma vista maravilhosa da cidade e a sofisticação que as duas merecem.

CAPÍTULO 14

Isadora

O restaurante é bem elegante e a vista é maravilhosa. Estou tentando muito não me sentir uma intrusa entre os dois. Maria Eduarda está eufórica, não para de sorrir e os olhos, nunca vi tão brilhantes. Já ele. Samuel. Parece outro homem. Vestido com jeans e camisa escuros, de mangas dobradas, parece tão jovem e despojado. Está leve, alegre. Genuinamente satisfeito com a nossa companhia.

Os dois conversam o tempo todo e sempre os olhos negros pousam em mim. Já a minha filha o toca a cada minuto e nem percebe o quanto está me ignorando, bem ali, ao lado dela.

— Recebi e-mails elogiando bastante seu carregamento de fruta que foi para Portugal, Isadora. — É a primeira vez que ele fala meu nome sem o dona o que me faz sentir mais viva. — O nosso parceiro comercial português, não só elogiou como já está querendo fazer um novo pedido. E parece que vai aumentar o pedido.

— Fico muito contente. Sempre trabalhamos primando pela qualidade e os cuidados nos nossos produtos. Mesmo para o cliente interno a qualidade é fundamental. Não vamos esquecer que a sua empresa já garante sucesso total. Eu me sinto honrada e privilegiada por poder contar com o trabalho de excelência de vocês. Você sem dúvida está fazendo toda diferença, como CEO. Sem desmerecer o senhor André, claro.

— Só estou dando continuidade a um trabalho bem-feito. — Não consigo evitar o levantar de sobrancelhas. Ele está sendo humilde em não aceitar o elogio direto.

— O meu marido trabalhou durante anos com o seu pai, com certeza, sempre mencionou a competência do comando do senhor André França. Mas não pode negar que, depois que você assumiu, a empresa ganhou outros contornos, projetos mais arrojados. Novos mercados. — Ele apenas olha para mim intensamente.

— Sam, se a mamãe diz que você é o "cara", aceite. E considere isso um baita elogio. Porque a dona Isadora Fernandes é conhecida e premiada como empresária competente, eficiente e engajada em causas sociais. A minha mãe é conhecida e respeitada lá em Porto Alegre.

Eu me emociono com as palavras da minha filha, e ela ri, orgulhosa.

— Foi uma grata surpresa saber da competência e capacidade da empresária Isadora Fernandes. O meu pai comenta a importância de trabalharmos com parceiros comerciais como o Frigorífico WF. Talvez eu não tenha feito o dever de casa direito, em só me dar conta que o senhor Mário Fernandes já não era a pessoa à frente da empresa. Claro. Devido ao seu falecimento. E quero pedir desculpas por isso. Foi deselegante da minha parte não me atentar para algo tão delicado. E ainda que tardio. Meus sentimentos.

— Não se preocupe. Apesar de já ter se passado três anos que meu marido morreu, tudo permanece do mesmo jeito de como ele administrava a empresa. Mário era um homem íntegro. Muito comprometido com a empresa e com seus clientes.

— Está vendo, Sam. A mamãe era muito apaixonada pelo papai. Acho que ainda não o esqueceu. Ele era o super-herói dela.

Olho rapidamente para Samuel e ele está me encarando com certa surpresa e... desolação? Puxei meus olhos apressados e olhei para a satisfação no rosto feliz da minha filha.

Poderia desfazer aquela idealização da cabeça dela, sobre eu ainda estar apaixonada pelo meu falecido marido, mas preferi ficar calada. Precisava mudar meu foco. Samuel França tinha diante dele uma possibilidade clara de amor, paixão e felicidade. Maria Eduarda estava pronta para assumir aquele homem. Eu não tinha mais dúvidas.

— Bem, a noite está ótima, mas vou voltar para o hotel e vocês, por favor, vão se divertir. Você merece um aniversário em grande estilo, filha.

— Pensei em levar vocês para assistir a um show, dançar, curtir a noite. Pode nos acompanhar, Isadora. — Samuel pareceu sincero no convide.

— Ah, não, Sam! Desculpe, mãe. Mas quero aproveitar a noite com esse homem maravilhoso. E sei que você não está muito à vontade.

Ele olha para mim, constrangido pela dispensa direta que a minha filha me faz.

— Maria Eduarda, querida. Não pretendo sair mesmo com vocês. Desejo que se divirtam. Só vá com calma, filha.

— Está bem, mamãe. Porém, sem sermões. Ok?

Samuel

É a melhor hora. Está começando a amanhecer e dormi apenas umas duas horas. Olhar a vista da cidade, aqui da minha cobertura, realmente não tem preço. Ainda consigo sentir no corpo as horas de paixão ardente que vivi com Madu. E na mesma intensidade, as lembranças que continuam vivas, de outro corpo. Roberta está muito presente em cada canto do meu apartamento. Tivemos momentos muito intensos aqui mesmo, na varanda da cobertura. Penso que é o momento de acabar com esse fantasma na minha vida.

Vou para a piscina, nadar um pouco, e com o dia já bastante quente, na metade da manhã, vou para o banheiro, tomo banho e me arrumo. Meu celular toca, é Luciana. Minha madrasta faz um convite inusitado que me surpreende. Ela quer que convide Madu e Isadora para almoçarem na casa deles, pretende oferecer um ambiente de festa para comemorar o aniversário da Madu.

Fico um tanto atordoado num primeiro momento, porém, depois acho uma excelente ideia, vindo bem a calhar com a decisão que tomei para a minha vida. Volto-me e vejo a linda menina me observando, parada na sala, vestindo a minha camisa. Vou até ela e tomo sua boca num beijo intenso.

— Linda. Vá se arrumar. Vamos ao hotel para você se trocar e pegar sua mãe. Teremos um dia de aniversariante.

— Ah, não, Sam. Vamos ficar aqui mesmo, neste apartamento lindo — reclama, manhosa. — Meu melhor presente de aniversário é ter você só pra mim. — Passa as mãos por dentro da camisa, no meu peito, e bem sedutora fala: — De preferência naquela cama enorme.

Aperto-a nos meus braços e volto a beijar a boca gostosa.

— Depois poderemos voltar para cá, se você quiser. — Afasto-me um pouco, levo-a pela mão para o quarto para que vista a própria roupa. — Você vai gostar da surpresa.

— Espero mesmo que seja uma surpresa muito boa — fala, emburrada. — Embora eu ache que nada poderá superar ter você inteirinho o dia todo, só pra mim.

Enquanto Madu se troca, recebo as flores que comprei para ela. Uma dúzia de rosas vermelhas. Foi notável ver os olhos brilhantes e emocionados da linda menina.

— Que lindo, Sam! — Ela sorri, pula e rodopia com o buquê de rosas no braço. Joga-se em meus braços e beija minha boca. — Obrigada!

— As flores acompanham o presente. Aqui... — Entrego a caixinha de veludo vermelho. Dentro, um par de brincos com turquesas. — Para usar hoje no nosso almoço.

— Você é mesmo um príncipe que sabe mimar e fazer feliz uma mulher. — Ou talvez eu seja só um filho da puta impulsivo. — Está sendo um dos melhores aniversários da minha vida.

— Que bom! O objetivo é agradar. — Beijo-a rapidamente e a puxo para o elevador. — Vamos antes que a sua mãe me acuse de ter sequestrado você.

— Amei seu apartamento, amor. É maravilhoso.

— Foi Selena, minha irmã, quem decorou, enquanto eu estava nos Estados Unidos, onde fiquei por três anos, fazendo MBA. Depois, quando fiquei noivo da Roberta, achei que ela ia querer vir morar aqui, eu a deixei redecorar do jeito que quisesse. Mas, ela não queria morar aqui depois do casamento. Estava comprando uma casa no mesmo bairro que minha família mora.

Continuamos conversando enquanto descíamos no elevador.

— Ela... morou aqui, com você? — pergunta, curiosa.

— Não. Roberta nunca morou aqui. Apesar de passar muito tempo. Principalmente aos fins de semana.

— Mulher burra. Como pôde aprontar com um homem como você?

— Chega de falar da minha ex.

Chegamos à garagem. Abro a porta para Madu, mas antes de entrar ela me abraça e beija.

CAPÍTULO 15

Isadora

Passei uma noite estranha. Sabia que a minha filha não estava no quarto que ocupava aqui no hotel, porque me mandou uma mensagem pedindo para não me preocupar e dormir sem esperá-la. Entendi que ela dormiria novamente com ele.

Apesar do incômodo inicial, já me dava conta de que teria de me acostumar e ficar feliz com a escolha da minha filha. Samuel parecia ser um homem bacana, sério, apesar de ontem ter apresentado um lado leve e bem-humorado. Uma conversa agradável. Mostrou que respeita as mulheres de um modo geral. Em nenhum momento fez críticas a ex-noiva. Ao falar sobre a família, não teve medo de demonstrar o tanto de amor que sente.

Foi um jantar bem agradável. Não imaginava que voltariam pela manhã ainda, e muito menos para nos arrumar e sair novamente com ele. Maria Eduarda ostentava um lindo brinco com turquesas, que ganhou de Samuel de presente de aniversário. Sabia perfeitamente que quando um homem presenteava uma mulher com joias era porque o compromisso com ela era mais sério.

Senti um prazer agridoce.

Surpresa é o mínimo que estou sentindo quando Samuel entra nos grandes portões de uma mansão extraordinária, e nos diz que era um almoço na casa do pai dele. Principalmente quando diz que o convite partiu da madrasta. Mais um ponto para Samuel França. Que estava respeitando a minha filha a ponto de falar sobre ela com a família.

É uma casa absolutamente linda. Uma mansão muito requintada, na verdade. Samuel logo nos leva para dentro da grande porta e somos recebidos pelos próprios donos da casa: senhor André França e a esposa, muito bonita e jovem, diga-se de passagem.

— Esta é a Luciana, esposa do meu pai. — Ele nos apresenta à bela mulher. — Lu, estas são Isadora Fernandes, mãe da Maria Eduarda. — Abraça e indica com um leve entortar da cabeça, a Madu.

— Madu. — Minha filha se antecipa e todos riem.

— Como estão? Um prazer conhecer vocês. São lindas e parecem irmãs. Você é muito jovem, Isadora. — Gostei dela. Ela nos abraçou e beijou no rosto. — O meu marido, André, pai desse rapaz lindo.

Ela pisca para Samuel, enquanto puxa o senhor André para nos cumprimentar.

— Como vai, dona Isadora? E você minha jovem?

Ele aperta a minha mão e em seguida a mão de Madu. Já o conhecia há anos. Temos negócios com a empresa dele desde quando meu marido era vivo.

— Muito prazer! É uma grande honra sermos recebidas na casa de vocês. Desculpem, não sabíamos que estávamos vindo aqui. Não trouxe nada... Um vinho, flores para sua linda esposa.

— Por favor, Isadora. Se me permite chamá-la assim. Estamos todos muito felizes em poder oferecer um almoço de aniversário para a Madu. E esperamos que se sintam totalmente à vontade na nossa casa.

Luciana vai nos conduzindo para dentro da casa e logo nos vemos diante de duas jovens: uma eu já conheço, é a irmã que esteve com Samuel na minha empresa. A diretora de marketing da Fex'In. É uma moça bem bonita, e consigo comprovar que os dois, ela e Samuel, são muito parecidos com o pai. A outra é bem jovem. Deve ter a idade da Madu. Só que é completamente diferente dos irmãos. Loira, cabelos longos bem claros, olhos azuis. Bonita, mas não estava com uma expressão muito amigável.

— Como vai, dona Isadora? — Selena dá um beijo em cada lado do meu rosto e em seguida beija também Madu. — Madu, que bom ver você novamente. Está ainda mais bonita. — Vira-se e puxa a irmã pelo braço. — Esta é a minha irmã, Marina.

— Prazer. — A mais jovem apenas acena de longe e coloca um sorriso ensaiado no rosto.

— Obrigada por nos receber tão carinhosamente na casa de vocês. E sem o dona, Selena. — Sorrio para linda menina.

— A minha mãe está certa. Confesso que ainda estou gratamente surpresa com o convite para vir almoçar na casa de vocês. — Madu volta-se para a caçula dos França, e fala num tom de paz. — Fico feliz em te conhecer, Marina. Seus irmãos falaram muito sobre você. É muito bonita. Parece uma boneca.

— Até imagino o que os dois prodígios falaram de mim. Eu sou a ovelha desgarrada da família.

— Marina... — O pai a olha em advertência.

— Não precisa ficar com medo, papai. Não vou envergonhar a nobre família. — Aproxima-se do irmão e cruza o braço no dele. — Falaram muito também sobre você aqui em casa. Não é irmãozinho? — Olha para Madu de cima a baixo. — Você é mesmo muito bonita. O meu irmão tem um gosto muito apurado para mulheres. Só pega as mais bonitas.

— Marina, menos. — Samuel se afasta da irmã e fala com ela em tom sério.

— Estou falando alguma mentira? — Olha em deboche para o irmão. — Roberta, ex-noiva dele, é deslumbrante.

— Bem, agora que todas as apresentações foram feitas, fiquem à vontade. Vocês querem beber o quê? — A bonita dona da casa se impõe e nos indica a sala elegante. Depois, vira-se para o marido. — Pode servir as nossas convidadas, querido? Em instantes o almoço será servido.

— Então. O que vocês querem beber? — O distinto homem nos indica uma mesa redonda, pequena, sofisticada, com uma variedade de bebidas.

— Pode deixar que eu sirvo Madu e Isadora, pai. Na verdade, Madu não bebe bebidas alcoólicas e nem refrigerantes. Para ela um suco de tomate temperado. — Samuel sorri piscando para minha filha.

— Por isso tem essa pele, esse cabelo, esse corpo. A base de grandes sacrifícios alimentares. — A mais nova continua com os comentários sarcásticos. — Só acho que é muito jovem para você, não é não, maninho?

— Pode até parecer na questão cronológica. — Madu não se deixa intimidar. — Mas posso te garantir, Marina, sou mais madura e experiente com a vida do que você possa imaginar. Trabalho como modelo desde os quatorze anos. Viajo sozinha, há muito tempo, para muitos países pelo mundo. — Ri sarcástica. — Quanto à alimentação. Bem, apenas sigo as preferências do meu pai, por uma alimentação saudável, e não tolero bebida alcoólica.

Minha filha ganha ali a admiração de todos.

— Veja só, maninha, Madu seria uma amiga perfeita para você. Aposto que aprenderia coisas bem mais positivas e interessantes com ela.

A irmã mais velha parece se divertir com o desconforto da mais nova.

— Seu marido era naturalista, então? — Luciana é uma mulher sábia e muda o rumo da conversa.

— Na verdade, meu marido nasceu e cresceu numa fazenda, e procurou criar hábitos saudáveis na alimentação. Quando nos casamos me adaptei e criar Maria Eduarda dentro dessa condição foi perfeito para nós. Quanto à bebida, minha filha nunca tolerou. O pai bebia e eu também, socialmente.

— O que não me impede de ter uma vida normal. Apenas mais moderada. O papai nunca interferiu em nossos gostos. Ele só orientava, e tanto eu, como a minha mãe gostamos de manter certos cuidados com a alimentação.

Fomos servidas então, Madu com um suco de tomate caprichado e eu com champanhe. A caçula da família acabou se afastando e mostrando interesse apenas no celular. Enquanto eu, Luciana e o senhor André conversávamos sobre a nossa cidade, Porto Alegre. Embora não tenha nascido lá, cheguei ainda criança e considero como minha terra. Conversamos muito sobre a cidade maravilhosa onde eles nasceram.

Maria Eduarda, Samuel e Selena se mantinham mais afastados, numa conversa animada. E sempre me distraia ouvindo as gargalhadas de Samuel, que me deixavam encantada.

Depois de conversas agradáveis e champanhe gelado, fomos todos para a grande sala, com paredes ornamentadas com quadros de pinturas abstratas e cores vibrantes e uma parede mais ao fundo toda de vidro com abertura para um jardim de flores coloridas que jogavam seu perfume para o ambiente, trazendo luz natural e beleza extraordinária ao lugar. Ao centro uma mesa moderna para doze pessoas, que está lindamente arrumada com requinte e sofisticação.

Tudo na casa é grandioso e exuberante. Onde fica evidenciado o poder econômico da família. O que, surpreendentemente, não os torna soberbos ou arrogantes. Ao contrário, são de uma simplicidade e generosidade impressionantes.

Mesmo com o distanciamento imposto por Marina, tivemos um almoço divertido, com conversas alegres e variadas. Pude conhecer melhor aquela família que, sem dúvida, fariam parte do cotidiano da minha filha. Samuel não esconde o envolvimento dos dois, com carinhos sutis, mas claros, de dois namorados. O senhor André os observa, calado, não deixando transparecer o que pensava sobre aquela relação. Luciana parecia feliz, mas, de forma discreta, acabava olhando para mim pelo canto dos olhos. Coisa que percebi por estar atenta a cada um.

Após o almoço, fomos para a encantadora sala de estar. Cercada de paredes de vidro, tornando o ambiente cheio de luz e de cor.

— Bem, o almoço estava ótimo. E enquanto vocês ficam aí tomando cafezinho e falando sobre negócios. Vou encontrar as minhas amigas. Foi um prazer conhecê-las.

— Marina, não seja descortês, minha filha. — O senhor André parece ser um pai amoroso, mas rígido.

— Seu André. Se me permite, não considero descortesia da menina Marina. Ela é jovem, tem os divertimentos dela. Por mim, fique à vontade para ir encontrar os seus amigos, querida. Gostei muito de conhecê-la. É uma linda garota — falei de coração e os olhinhos azuis brilharam.

— Obrigada, dona Isadora. Saiba que gostei muito da senhora e a acho uma das mulheres mais bonitas que conheci. — A jovem vem até mim, envolve o meu corpo com os braços e beija delicadamente meu rosto.

Todos ficam calados e de olhos arregalados em cima de mim e da jovem menina.

Aparentemente, não estavam acostumados a uma atitude espontânea e sincera de Marina. Que logo sai da sala. Em seguida, Samuel pega na mão da minha filha e também pede licença para ir mostrar os jardins a ela. O que também faz a anfitriã, convidando-me para conhecer sua bela casa.

— Querido, não gostaria de descansar um pouco? Lembre-se das recomendações médicas. Já que abusou, um pouco, tomando bebida. Cuidarei das nossas convidadas, meu bem. Fique tranquilo.

— Por favor, senhor André. Não deixe de se cuidar por nossa presença. Deve ir descansar.

— Obrigado, Isadora. Vou deixá-la aos cuidados da minha mulher. Ela será uma ótima companhia. Com licença.

Logo, o senhor caminha em direção as escadas, que levam ao andar superior. Volto-me e percebo que Luciana se afastou, indo de encontro a Selena que continua de pé junto as portas de vidro olhando lá fora.

Percebo que a jovem está cabisbaixa e a madrasta a abraça afetuosamente. Mesmo estando afastada, consigo ouvir um pouco do que falam.

— Lena. O que foi, querida?

— Lu, Sam e Madu parecem estar mesmo namorando, não acha? — O tom é sussurrado e melancólico e eu, de repente, não compreendo o que está acontecendo. Ela então continua falando: — Todo mundo segue com a vida. Menos eu. Só eu não consigo superar e esquecer, Lu. Por que sou tão idiota? Tão burra?

E ela irrompe em lágrimas silenciosas.

— Oh, minha menina. — Luciana aperta Selena entre os braços com carinho, sinto uma angustia ao vê-la tão sofrida. — Não fale bobagens, meu amor. O tempo cura tudo. Isso vai passar, meu anjo. Vai passar. Escuta, sobe um pouco. Vou pedir a Chica para levar um chá de ervas para você. Descansa.

Afasto-me um pouco mais, bastante constrangida. Selena assente, segue rápido para as escadas.

— Vamos começar pela cozinha, Isadora. Aproveito e peço para levarem um chá para Selena. Está um pouco tristinha. — Olha com pesar para o caminho que a enteada seguiu. — Mas vai passar. Ela é forte. Vamos?

Assinto e seguimos caladas. Ela sabe que devo ter ouvido. Mas jamais perguntaria algo tão pessoal e íntimo da menina.

CAPÍTULO 16

Samuel

Madu está encantada com tudo que vê, é empolgante vê-la feliz, os olhos brilhando com tudo ao redor.

— Sua casa é maravilhosa, Sam. A minha mãe ficaria extasiada morando aqui com todas essas flores. Essa riqueza de cores. Ela ainda lamenta por termos ido morar num apartamento e vendido a casa.

O olhar fica perdido e triste ao falar sobre as mudanças.

— Quando o papai morreu, ela preferiu vender a casa. Era muito grande, quase não fico aqui no Brasil, ela ficava muito tempo sozinha. O apartamento é bem legal. Tem quatro suítes. Escritório, duas salas amplas, sala de TV. Além de ser uma cobertura, ter piscina interna e jardim de inverno. Parece um pouco com o seu apartamento. Mas, não é como na fazenda e na nossa antiga casa, que era cercada por jardins.

— Deve ter sido difícil para sua mãe, quando o seu pai morreu. Ela teve de assumir tudo, sozinha. — Cada vez admiro mais a Isadora pela mulher excepcional que é.

— Não foi mesmo fácil para nenhuma de nós. Para a mamãe foi ainda mais difícil. Ela teve de organizar, rapidamente, as coisas práticas do dia a dia. Assumir a empresa e cuidar da fazenda. Ela quase não teve tempo para chorar a perda do marido. Seu amor da vida toda — Madu fala, emocionada, de cabeça baixa.

Penso que Isadora é ainda muito jovem, merece voltar a amar e... ser amada.

— Acabei fazendo você se lembrar de coisas que a deixam triste. Que tal me contar quando volta para o trabalho, minha linda? — Eu a agarro e beijo seu pescoço. Ela ri, deliciada. — Em que país vai estar nos próximos dias?

Continuo a beijando e logo estamos num beijo longo e gostoso.

— Em uma semana viajo para Nova York. Tenho um desfile lá. É provável que siga direto para Paris. — Madu envolve o meu pescoço com os braços e olha para mim, consternada. — Não quero ficar tanto tempo sem te ver. Longe de você.

Sei que não há mais como recuar.

— Teremos de ir ajustando aos poucos, Madu. Já estamos fazendo desse jeito. Nos falamos todos os dias por vídeo chamada e nos vemos pessoalmente entre suas folgas. — Ela fica de cara amarrada e se afasta. — Sabíamos desde o início que seria complicado, Madu. Olha pra mim... — Seguro o queixo dela, para que olhe nos meus olhos. — Se confiar em mim e no que estamos começando, tudo dará certo. Só precisa ter paciência.

— Mas pra mim não é suficiente, Samuel! — Afasta-se irritada. — Olha só há quanto tempo a gente não se via? A não ser por internet. E mesmo assim quando você não está nas suas intermináveis reuniões de negócios.

Não vou entrar nesse círculo de cobrança de novo.

— Escute, Madu. Talvez isso aqui... — Indico com a mão eu e ela. — Não vá funcionar como gostaríamos. Você é muito nova, não tem de se prender a um cara mais velho e que gosta de trabalhar muito.

Agora sou eu que me afasto.

— Não, Sam! — Ela me agarra por trás, prende-me com os braços em volta do meu corpo. — Amor, não estou te cobrando nada. Longe de mim, ser uma chata reclamona e grudenta. — Vira-se para olhar direto nos meus olhos. — Estou apaixonada por você, Sam. Prometi que seria paciente e vou ser. Apenas, sinto saudade. Quero estar com você. Quero te abraçar. Fazer amor gostoso como só você sabe fazer...

Madu me puxa, toma minha boca num beijo ardente e apaixonado. Eu a envolvo e aprofundo o beijo. Compreendo a necessidade de mudar algumas coisas na minha vida para fazer aquela relação dar certo. E queria muito que desse certo. Por que infernos, eu não sabia. Não é como se estivesse louco de amor pela garota. Mas não gostava da ideia de me afastar dela.

Peguei na mão de Madu e a levei para uma escada na área da piscina, que dava acesso ao andar superior da casa. Levei-a para meu quarto. Lá demos vazão ao desejo e paixão que sempre nos consumia.

Olho para o lado, na cama, e vejo a garotinha, nua e linda, dorme profundamente depois de uma maratona de sexo delicioso. Busco meu celular, vejo que já é bem tarde. Saio da cama, vou para o banheiro, tomo um banho e visto uma das minhas bermudas, que ainda tem aqui. Cubro Madu com o lençol, saio em silêncio e desço para comer alguma coisa na cozinha.

Fico surpreso ao ver Luciana sentada na cozinha, com uma caneca de chá na mão e o olhar perdido em pensamentos.

— Lu. Não conseguiu dormir?

Vou até a geladeira e pego algumas coisas para fazer um sanduíche.

— É. E Madu? Ainda está aí?

Paro o que estou fazendo e encaro a minha madrasta.

— O que está acontecendo? É o papai? Ele não está bem? — Sento de frente para ela.

— Seu pai está ótimo, Sam. Desculpa, não quis assustar você. Gostei muito da Madu e da Isadora. São mulheres incríveis. Pelo que vi, você assumiu mesmo o namoro com a garota?

Ela não quer falar o que houve, vou dar um tempo, mas não vou desistir de entender o que está acontecendo.

— Resolvi dar uma chance para nós dois. Vamos ver onde tudo isso vai dar.

Levanto e volto a preparar o meu sanduíche.

— Quer que prepare algo para você comer, Sam? Temos sobras do jantar, posso fazer um prato pra você. Madu ainda está aí? — Luciana também se levanta e segue para a geladeira para pegar as vasilhas.

— Lu. — Eu a paro e a puxo para que esqueça a tarefa de buscar algo para eu comer. — Ficarei bem com o sanduíche. Obrigado, mas não precisa se preocupar comigo. Quero que me conte o que está acontecendo para te deixar tão preocupada.

Luciana volta a sentar e suspira alto. Percebo que não quer falar do assunto que a está preocupando e sento também, paciente, esperando.

— Samuel. Não posso falar sobre um assunto muito íntimo de outra pessoa. O que posso dizer é, que... Preste mais atenção em Selena. Converse mais com ela, sobre ela.

Segura minhas mãos, fala quase como numa súplica.

Fico totalmente atônito. Embora de súbito a minha memória começa a jogar uma enxurrada de acontecimentos e momentos que tenho percebido no comportamento da Selena.

— O que está havendo com Selena, Lu?

— Calma, Sam. Sua irmã está bem. Só precisa de compreensão e respeito.

— O que isso quer dizer exatamente? Porra! Desculpe, Luciana. Mas, não dá para não ficar nervoso, sabendo que a pessoa que tanto amo está sofrendo e eu nm sequer sei do que se trata.

— Samuel, me escuta. Sua irmã precisa falar com você. Não adianta ficar irritado. É um assunto particular dela e se quiser saber deve conversar com ela. — Lu se afasta em direção à porta e se volta. — Olha, sua sogra saiu daqui um tanto constrangida, embora tenha tentado disfarçar, por você ter levado a filha dela para o quarto. A garota em sequer voltou para falar com a mãe. Talvez você devesse mandar uma mensagem para Isadora, informando quando levará a filha dela de volta para o hotel.

Nem tenho tempo para responder, porque minha madrasta sai da cozinha sem olhar para trás. Caralho! Não gosto nem um pouco de ser tratado com um moleque inconsequente. Sou envolvido por uma raiva cega.

Preciso tomar algumas atitudes para consertar os dois temas da minha conversa pouco tranquila com a mulher do meu pai. Esqueço o sanduíche, pois a essa altura a fome já foi para o espaço. Volto ao quarto e Madu ainda dorme, serena. Passo levemente os dedos nas costas dela, e aos poucos ela vai abrindo os olhos que brilham satisfeitos.

— Preciso levar você para o hotel. Sua mãe não deve estar muito feliz com o nosso comportamento.

Sigo para o closet e coloco um jeans e um moletom.

— Nossa! Esqueci mesmo da minha mãe. Dê-me só um minuto... Vou me vestir. — Ela se enrola num lençol e se volta pra mim. — Voltaremos para Porto Alegre depois do horário do almoço.

— Certo. Vou te esperar lá embaixo.

Viro para deixar o quarto e Madu me chama.

— Sam, aconteceu alguma coisa? Por que está tão sério?

— Não se preocupe. Estou bem. Use o que precisar no banheiro. Tenho poucas roupas no closet, mas pode pegar alguma se quiser.

Dou um selinho nos lábios dela e saio do quarto.

Madu não demora e seguimos para o hotel. Ela percebe, pelo silêncio, que não estou muito a fim de conversa, mantém-se quieta.

Quando chegamos, desço do carro e sigo com Madu até o elevador.

— Quero subir, pedir desculpas a sua mãe pelo constrangimento que a fiz passar.

Preciso olhar nos olhos da Isadora e ser sincero.

— Sam, acho que está exagerando. Mamãe e eu temos uma relação muito aberta, ela já está acostumada.

Sorri, despreocupada, e eu não gosto que ela trate a mãe sem a menor consideração. Muito mimada.

— Para mim não importa o tipo de relação que você tem com sua mãe. A questão que não sou um cafajeste e foi descortês ter esquecido que dentro da minha casa havia outra pessoa que eu convidei.

— Calma, Samuel! — Madu percebe que estou muito aborrecido. — Olha, você até pode pedir desculpas a minha mãe. Mas não agora. Com certeza ela está dormindo. Voltaremos para Porto Alegre no início da tarde. Até lá, você terá tempo para se desculpar. — Ela torce a boca. — Se acha importante.

Apenas assinto com a cabeça, dou um beijo rápido nos lábios dela e sigo para o meu carro.

Dirijo devagar de volta para casa do meu pai. Preciso pensar em como vou conseguir fazer a minha irmã falar sobre o que está se passando com ela. Ainda é madrugada e todos na casa dormem. Volto para o meu antigo quarto, mas não tenho sono.

Saio na varanda, sento numa poltrona e vejo no celular todos os compromissos de trabalho que tenho naquele dia. Adianto alguns e-mails, agendo algumas reuniões, quando me dou conta já está amanhecendo. Tomo um banho demorado. Aparo a barba. Prefiro vestir um jeans e camiseta. Quando sair daqui passo no meu apartamento e troco de roupa.

CAPÍTULO 17

Samuel

Saio do meu quarto e vou para o de Selena. Bato duas vezes à porta. Essa hora ela deve estar se arrumando para ir trabalhar. Entro e para minha surpresa, minha irmã está deitada, mas não está dormindo. Sento na cama e passo os dedos delicadamente nos cabelos que estão caindo no rosto dela.

— Lena, você está doente? — Ela apenas vira os olhos para mim e nada fala. — O que está acontecendo com você, minha irmã? Não vai trabalhar hoje?

— Não. — A voz não passa de um sussurro e ela não faz qualquer movimento.

— O que está sentindo?

Passo a mão levemente na cabeça dela. Corro os dedos no rosto para ver se estar com febre.

— Não sinto vontade de sair do quarto, nem de ir a lugar algum. Não estou com febre, Samuel. Só quero ficar sozinha. — Fecha os olhos.

— Lena. Você me pediria ajuda caso estivesse precisando, não é minha irmã?

Sinto um leve tremor sacudir o corpo dela.

— Não estou precisando de nada. E espero não ser obrigada a sair de casa, para que ninguém venha me encher de perguntas só por não ir para o maldito trabalho hoje.

Selena se levanta num pulo e segue para o banheiro onde se tranca. Fico perdido durante minutos, sem compreender o que de tão terrível está acontecendo com minha irmã. Porque agora não tenho mais dúvidas que existe algo muito sério a fazendo sofrer.

Não saio do quarto. Continuo sentado na cama. Escuto som de choro e bato à porta do banheiro.

— Lena! Abra a porta, maninha. Não vou embora sem saber o que está acontecendo com você. Somos amigos. Não temos segredos um com o outro, lembra? — Ouço os soluços da minha irmã e fico desesperado. — Lena... Só quero ajudar, meu anjo. Seja o que for sempre ficarei do seu lado. Sabe disso.

Um minuto depois a porta abre e minha irmã sai. Os olhos inchados, vermelhos, perdidos. Ela se joga nos meus braços escondendo o rosto no meu peito. Aperto a maninha nos braços, deixo que coloque todo seu pranto para fora. Depois de um tempo, afasta-se, senta na beira da cama, puxa a minha mão para que eu sente também.

— Vi o convite da festa de bodas de dez anos do casamento do Eduardo.

O quê?! Não entendi ela falar de um assunto totalmente fora do drama que estava vivendo... Espera um pouco. De repente, uma luz acendeu em minha cabeça e olhei dentro dos olhos da minha irmã.

— O que as bodas do casamento de Eduardo têm a ver com o que está se passando com você, Selena? — Os olhos se encheram de lágrimas, a dor se fez aparente. Tudo ficou claro então. — Eduardo e você...?

Fiquei atônito. Levantei-me. Selena baixou a cabeça e voltou a soluçar. Cobriu o rosto com as mãos.

— Eduardo seduziu você?! Eu mato aquele desgraçado! — explodi.

— Não! — gritou. — Eduardo nem sabe o que sinto por ele.

Voltei a sentar na cama ao lado dela. Dei o tempo que precisava. Calado. Só remoendo aquela loucura que acabei de ouvir. A minha irmãzinha, delicada, sensível, adorável. Apaixonada pelo meu melhor amigo. Casado e pai de dois filhos. Como era possível ele não saber?

Quando Eduardo chegou à empresa há dez anos, tinha vinte e cinco anos, um casamento de pouco tempo e uma enorme vontade de crescer, de aprender, além de muita competência. Um ano depois, meu pai ficou impressionado com o rendimento profissional do jovem funcionário. Eu tinha concluído a faculdade, estava com vinte e dois anos, cheio de energia para trabalhar. Papai me colocou ao lado dele e disse que nós dois ainda seríamos os grandes cérebros da Cia.

E durante todos esses anos trabalhamos unidos, no propósito de fazer a empresa crescer e chegar aonde chegou. Toda nossa família gosta muito do Edu. O que não podia imaginar era que a minha irmãzinha estivesse apaixonada por ele.

— Lena... Não vou te julgar. Nem te censurar de maneira alguma. Peço apenas que me conte tudo. Tudo que está acontecendo.

— Conheci Eduardo na comemoração de vinte anos de fundação da empresa.

Lembrava perfeitamente desse evento. Estávamos muito felizes com os bons rendimentos da empresa. Eduardo já era um amigo inseparável. Também já conhecia a esposa dele, Cristina, que na época tinha acabado de ter seu segundo filho.

— Quando o vi a primeira vez não sabia quem ele era. — Continua a falar com a voz carregada de tristeza. — Vocês dois estavam juntos, rindo. Achei que fosse um colega seu de faculdade.

Ela olha para mim cheia de culpa, meu coração aperta.

— Não costumava ir à empresa e nem sequer me interessava em conhecer os funcionários. Eu... me apaixonei por ele ali. Naquele momento. Nunca tinha visto um sorriso tão bonito. Feliz. Durante a festa não conseguia parar de olhar para ele, até que o papai resolveu discursar e foi nesse momento que apresentou Eduardo como o novo diretor financeiro e contou um pouco da trajetória dele desde que chegou à empresa. Falando também sobre a família linda que ele tinha.

Caralho! Minha irmã não precisava passar por toda essa merda se eu tivesse tido o cuidado de apresentar Edu para ela. Ele também só conhecia as minhas irmãs de vista. Selena não teria como se lembrar dele. Era uma menina, na época.

— Quando fiquei sabendo que ele era casado e pai de dois filhos, eu me senti suja. Errada. Falei com a Lu que queria ir pra casa, ela pediu ao motorista que me levasse, achando que estava apenas entediada. Você viajou para os Estados Unidos para fazer o MBA. Eu me concentrei na faculdade e tentei esquecer Eduardo. Evitava ir à empresa ou ter qualquer tipo de contato com ele. Quando me formei, papai fez a proposta de ir trabalhar com ele na área de marketing. A princípio quis dizer não, mas era o meu sonho trabalhar no que gostava e na empresa da família.

Ela para de falar, levanta da cama. Anda de um lado a outro. Aguardo, paciente. Não quero que deixe de me contar nada. Vai até as portas de vidro, puxa as cortinas e olha o jardim lá embaixo.

— Lena... — Não quero que desista de contar.

— Eu estava apavorada, Sam! — Olha pra mim em desespero. — Precisava encontrar um jeito de manter esse sentimento preso dentro de mim. Ninguém jamais poderia saber. Muito menos ele. Tentei esquecer. Não fiz outra coisa senão tentar arrancar esse amor idiota de dentro do meu coração e não consegui.

Minha irmã irrompeu num pranto desesperado. Cheguei até ela em dois passos e apertei com os meus braços em volta do corpo delicado. Esperei que colocasse aquela dor para fora.

Selena se afastou e foi para o banheiro, mas não fechou a porta. Aguardei, ouvindo o som da água da pia caindo. Ela estava lavando o rosto das últimas lágrimas.

Voltou de cabeça erguida e sentou novamente na beira da cama. Voltei a sentar ao lado dela para que continuasse a falar.

— Durante o tempo que você esteve fora, Eduardo passou a estar frequentemente ao lado do nosso pai e, portanto, a frequentar também a nossa casa. Num aniversário do velho, Eduardo foi convidado, conheci de perto então a esposa Cristina e os dois filhos. Conheci de perto uma família feliz. Perfeita.

— Não existe família perfeita! — Porra! Ver a minha irmãzinha sofrendo desse jeito está acabando comigo. — Edu nunca percebeu nada? — Olho pra Selena, que abaixa a cabeça em silêncio. — Ele sabe o que se passa com você, Lena?

— Ano passado, quando ainda namorava Fernando, tivemos uma discussão na minha sala lá na empresa. Eu já tinha tentado terminar com ele algumas vezes. Fernando não aceitava. Nesse momento, Eduardo chegou ao meu escritório e eu... não consegui esconder. Fernando percebeu no meu olhar. Virou-se para Eduardo, cheio de ódio, e gritou que eu estava louca por querer alguém que já tinha dona. Eduardo ficou lívido. Surpreso. Paralisado. Achei que não houvesse percebido nada. Mas, depois disso, sei que tem me evitado. Já não consigo ficar perto dele.

Agora eu que levanto. Sinto-me um merda de nunca ter percebido o sofrimento de Selena. Tudo acontecendo debaixo do meu nariz com as duas pessoas que são mais próximas de mim. Não sabia o que fazer. Nem o que dizer a minha irmã.

Eduardo era feliz no casamento. Ou pelo menos era o que demonstrava. Ele e Cristina se conheciam da vida toda. Começaram a namorar ainda adolescentes. Tinham os filhos: Davi, de nove anos, e Andressa, de seis, que é minha afilhada.

— Sam. Não quero que essa conversa saia desse quarto. Prometa!

Minha irmã se colocou à minha frente, bem decidida.

— Selena, só me diz o que mudou? Sim, porque algo aconteceu para que você esteja fragilizada desse jeito. E por que você contou a Luciana e nunca me falou nada?

— O que mudou é que estou enlouquecendo ao ver os preparativos para a grande festa de dez anos de casamento. Quero ir para longe ao mesmo tempo em que quero dizer pra ele tudo que sinto. Conversei com a Luciana recentemente. Ela também não sabia. Até sentir meu coração explodindo dentro do peito. Lu percebeu que havia algo errado e como estou fazendo agora com você, acabei contando tudo.

— Me diz como te ajudar, maninha? Porque deixar você sofrendo desse jeito... Nem fodendo! Não mais.

Porra de situação fodida que parece que vai tirar o chão de debaixo dos meus pés.

— Sam, olhe pra mim! Você não vai fazer nada, entendeu? Nada! Não tenho mais dezoito anos. Sou adulta. Responsável pelos meus atos, eu mesma vou resolver a minha vida! Não quero nem você e nem Lu fazendo nada. Prometa pra mim! Prometa que vai me deixar cuidar da minha própria vida.

— Selena, não...

— Prometa!

— Ok, caralho! Prometo! Mas se eu a vir destruída assim novamente, as coisas vão mudar. Entendeu?

Ela assente e segue para o banheiro, trancando a porta. Saio do quarto e vou trocar de roupa para trabalhar.

CAPÍTULO 18

Samuel

Não consigo raciocinar direito, preocupado com minha irmã. Situação do caralho. Vê-la lutando sozinha, contra uma porra de um sentimento que, eu sei, ela não vai conseguir dar conta, está me deixando fodido.

Tomei um banho e preferi comer algo em casa mesmo o que achei no freezer que Chica, empregada da casa do meu pai, prepara e congela para mim.

Vejo no relógio que a essa hora Madu e a mãe devem estar retornando para Porto Alegre. Acabei não tendo tempo de pedir desculpas pessoalmente para Isadora e nem me despedir da minha linda menina. Resolvo ligar.

— *Oi Sam. Achei que você viria se despedir de mim*.

— Esse era meu propósito, linda. Mas aconteceu um problema bem sério e pessoal que precisei dar atenção. Peço desculpas, prometo que nos veremos em breve. Já estão no aeroporto, imagino.

— *Sim. Mamãe está fazendo o check-in. Nosso voo sai em uns quarenta minutos.*

— Me ligue quando chegarem lá, certo?

— *Sam. O que aconteceu que você precisou resolver, foi com sua ex?*

— Não, Madu. Nada relacionado a ela. Já te pedi para esquecer minha ex. Acredito que depois de ontem não há motivos para ficar insegura.

— *Eu sei. Estou muito apaixonada por você, Sam. Se pudesse viria morar aqui em São Paulo só para ficar pertinho de você.*

— Quem sabe logo isso acontece, não é? Mas por enquanto nos vemos através de vídeos chamadas. Já estou com saudade dessa boca gostosa. Prometo não demorar muito pra gente se ver.

— *Vou contar os minutos. Agora tenho de ir. A mamãe já está me chamando para o embarque. Um beijo cheio de amor na sua boca maravilhosa, que me deixa louca.*

— Menina malvada. — Sorrio sentindo saudade da leveza e da sedução daquela garota encantadora. — Boa viagem, linda!

Logo que chego ao meu escritório, deparo-me com uma montanha de trabalho que já se acumulou por não ter ido pela manhã. Depois de horas concentrado em responder e-mails, assinar documentos, examinar relatórios, levanto da cadeira, alongo-me, dobro as mangas da camisa e retiro a gravata. Bebo uma água e sigo para a sala do meu pai.

Para minha surpresa, encontro Marina, Eduardo e meu pai conversando animadamente.

— Marina, em que você gasta tanto dinheiro, minha filha? — Meu velho sempre carinhoso com a gente.

— Ah, papai, eu sou filha do grande empresário André França e não posso sair por aí de qualquer jeito. — Minha irmã beija o nosso pai na cabeça.

— De qualquer jeito, Marina? Tem um closet já aumentado para caber tantas roupas. Já, já precisarei reformar a casa para aumentar ainda mais. Como gastou toda sua mesada? Ainda nem chegamos à metade do mês.

— Olha isso? — Mari torce a boca. — Mesada é coisa para criança. Já passou da hora de ter direito a retiradas justas, e um cartão de crédito preto.

— Sorte a sua que seus filhos ainda são crianças, Eduardo. Mas vá já se preparando. Depois de um tempo viramos apenas uma entidade financeira, para os nossos filhos.

Meu pai sorri balançando a cabeça e olha para o meu amigo que está sentado à frente dele na mesa. Permaneço encostado à porta só observando a conversa dos três.

— Acredito que seja apenas uma fase da idade. Embora as meninas pareçam mais dispendiosas. Vejo em casa a minha filha. Andressa tem seis anos e já sabe cobrar com força, tudo que quer. — Edu dá sua opinião.

— Olha, Selena nunca foi de gastar muito. E por isso mesmo, *senhorita* Marina, sua irmã trabalha e ganha o próprio dinheiro.

— Lena não passa de uma tonta metida a santinha. — A pirralha faz bico de revolta. — E não me venha você defender sua protegida, Samuel!

— Não me envolva nas suas artimanhas, Mari. — Sigo até próximo da mesa e Edu se levanta para sair.

— Bem, deixo vocês tentando dar conta de uma garota de dezoito anos. — Ele ri divertido. — Estou saindo agora para ir ao Clube resolver os últimos detalhes da festa de minhas bodas. Conto com todos vocês lá.

Meu coração acelera. Lembro-me das lágrimas da minha irmã. Pela primeira vez na vida sinto raiva de Eduardo. Desejei não ser amigo dele, e principalmente de não ser um homem justo e honrado e o mandaria para longe da minha maninha.

— Eduardo, imagino que a sua festa será um arraso. Mas já combinei de ir com a Beta num show nesse mesmo dia.

— Sem problema, Marina. — Edu se vira para mim e acabo o encarando. — Sam. Temos uma reunião agendada para amanhã pela manhã. Imagino que a Olívia tenha colocado na sua agenda. Eu remarquei a de hoje, quando soube que você não viria.

— Olívia já colocou na minha agenda. — Sinto-me sufocando diante do meu amigo. Sei que ele não tem culpa de nada, mas preferia que pudesse fazer a minha irmã feliz. — Pai, preciso de sua assinatura neste contrato. — Volto-me para Marina. — Maninha, deixa pra fazer um pouco mais de manha para o papai durante o jantar.

— Não seja chato, Sam. Volte pra sua sala que ainda quero falar com papai.

— Pai. Estamos precisando de estagiários, que tal contratar a Mari?

Minha irmã me fuzila com os olhos. Meu pai acha graça, saio e volto para a minha sala.

— Vai sonhando, Samuel o CEO. Vai sonhando.

Escuto a reclamação da Marina já no corredor, acabo rindo da pestinha mimada. Entro na minha sala e dou de cara com Roberta sentada na minha cadeira atrás da minha mesa.

— Como você entrou aqui?

A ousadia dessa mulher me assusta.

— Esperei seu cão de guarda chamado de secretária sair e entrei. — Esboça um sorriso cínico.

Aproximo-me da minha cadeira, onde ela está solenemente sentada, e faço um gesto com a mão para que saia. O que ela faz de pronto, aproveitando para se esfregar em meu corpo.

Mantenho-me frio e sento, dando atenção aos documentos que tenho nas mãos e a ignoro.

— Nem pense que me dando gelo eu vou superar a canalhice que fez comigo, Samuel.

— Perdão? — Levanto as duas sobrancelhas e a encaro; deve estar louca.

— Mari me contou que levou a garotinha gaúcha para almoçar com sua família. O que pretende com isso? Acha mesmo que vou aceitar ser trocada por qualquer uma, sem lutar? Nunca!

Já suspeitava que Marina tivesse trazido a louca da minha ex.

— Roberta. Preste bem atenção porque só vou falar dessa vez. Não existe mais qualquer possibilidade entre nós. Entendeu bem? Acabou. Fim. Estou apaixonado por outra garota. O fato de levá-la para a minha família conhecer, já diz tudo. Não acha?

— Não! Nunca! Você é meu, Samuel!

Ela entra no meio das minhas pernas entre a cadeira e a mesa e eu me levanto, colocando distância da maluca. Porque ela só pode estar louca, agindo assim.

— Por favor, Roberta. — Sigo até a porta e abro. — Saia da minha sala.

— Não adianta, Samuel! Não vou desistir de você. Não vou permitir que um amor de anos seja destruído por uma pirralha que nem saiu das fraldas. — Ela continua falando um monte de asneiras e a minha paciência vai chegando ao limite.

— É melhor sair. Não quero ter de ser rude com você. Não jogue fora o pingo de consideração que ainda lhe tenho pelos anos que ficamos juntos. Podemos ser amigos. Eu não odeio você.

— Não quero ser sua amiga... Eu te amo... Quero o seu amor de volta. — Irrompe em lágrimas e se ajoelha na minha frente abraçando as minhas pernas.

— Beta?! Amiga, levanta, o que está fazendo? — A minha querida irmã tem a decência de puxar a amiga para que pare de fazer papel ridículo.

— Marina, escute. Se trouxer sua amiga aqui no meu escritório mais uma vez, vou proibi-la de entrar na empresa. Entendeu bem?

— Sam, eu não mandei que Beta viesse para sua sala. Ela me disse que ficaria me esperando no carro.

— Porra, Marina! Cresça! Esta palhaçada já foi longe demais. Não tenho a menor paciência mais. Agora vá embora e leve sua amiga. Ela está fora de si.

— Estou levando, meu irmão. E, por favor, não fale para o papai. Vamos, Beta. Já aprontou muito hoje.

— Não vou desistir de você, Samuel. Nunca.

Aquilo só poderia ser um carma. E uma praga. Preciso tomar uma decisão definitiva para dar um fim a esses delírios da minha ex.

CAPÍTULO 19

Isadora

Dois meses sem ver a minha menina, surpreendo-me com a chegada dela de Milão. Maria Eduarda não tinha me falado nada, de repente avisa, por mensagem, que está chegando ao Aeroporto Salgado Filho. Vou buscá-la e tentar entender o que está se passando.

— Por que não avisou a mais tempo que estava vindo, filha? O que houve para chegar assim tão abruptamente? Achei que viria no final do mês que vem.

Madu está calada, porém há um brilho diferente nos olhos dela.

— Eu precisei antecipar. E a Cissa chega daqui a dois dias.

Olho para ela rapidamente, sem entender. Estou dirigindo, acho melhor esperar chegar em casa para saber o que está acontecendo.

— Estamos chegando e você me conta exatamente o que está se passando.

Ela apenas assente e sorri. Parece ter um grande segredo para contar que a está deixando muito feliz.

Logo que entramos em casa, Maria Eduarda me puxa pelas mãos e me faz sentar no sofá, sentando-se também, mantendo as minhas mãos presas as dela.

— Mamãe. Vou precisar que você faça um jantar aqui em casa no próximo sábado. O Samuel virá aqui pedir a minha mão em casamento e marcar a data.

— Quê?!

— O que ouviu, mãe! Eu vou me casar com Samuel. O amor da minha vida. Estou tão feliz...

Parei de ouvir o que a minha filha está falando. Tem um zumbido nos meus ouvidos. Parece que não estou escutando direito. Devo ter entendido errado. Não pode ser. Não...

— Mamãe! Mãe! Está me ouvindo? Mamãe! — Madu está me sacudindo e gritando.

— O quê? Desculpa, filha. Não entendi bem o que está falando. Você disse...

— Que Samuel virá a nossa casa no sábado próximo. Em dois dias. Pedir a minha mão em casamento. E já vamos marcar a data. Queremos casar logo. O quanto antes.

— Espera! Para! — Eu me levanto e passo a mão no rosto para ter certeza que estou acordada. — Desde quando você e Samuel estão planejando casamento? Vocês mal se veem. Há dois meses, quando fomos para São Paulo, e na casa dele, não me lembro de nenhum pedido de namoro. Menos ainda de casamento. Vocês mal se conhecem. Se conheceram há cinco minutos e já querem casar? Que desatino é esse, Maria Eduarda!

— Eu pensei que você fosse ficar feliz. Sou completamente apaixonada por esse homem e você sabe disso. Por que ainda implica tanto com Samuel, mamãe? — Madu também se levanta.

Dou-me conta do quanto a estou magoando e a puxo para sentar novamente.

— Filha, não tem nada a ver com Samuel, meu amor. — A quem eu estou querendo enganar. É claro que tem tudo a ver com ele. — Escute. Ninguém mais do que eu, quer que seja feliz, filha. Que se case, construa família. Mas da forma certa. Na hora certa. Por acaso você está grávida, Maria Eduarda?

— Não, mamãe. Não estou grávida. E tão cedo não pretendo ficar. Samuel e eu nos falamos todos os dias, a distância não vai nos separar. Ao contrário, está nos unindo.

— Me diz com calma, o que esse rapaz falou pra você?

— Ele disse que sente muita saudade de mim. Que não vai atrapalhar os meus compromissos de trabalho, mas de agora em diante juntos, quando estiver no Brasil. Samuel quer casar comigo, mamãe. O quanto antes. Cissa ficou superfeliz por mim. Ela quer vir participar desse momento e conhecer o Samuel.

— Então Samuel vem sábado pedir você em casamento? E a família dele, também vem?

— Não. Ele disse que informou a todos de sua intenção, mas que não precisava da presença de ninguém, apenas do apoio. Sei que a família do Sam me aceita e gosta de mim, mamãe. Apenas Marina, por ser amiga da ex, é que implica.

— Apesar de só ter dezenove anos, você sempre foi madura e responsável. Por isso mesmo a deixei tomar suas próprias decisões sem nunca interferir. Eu mesma casei aos dezenove anos, na época o meu pai não ficou nada feliz com a minha decisão. E o que me levou a ir em frente mesmo assim, foi a certeza do amor do Mário por mim. E disso o seu avô não tinha como duvidar. — Mantenho os olhos dentro dos olhos da minha filha. — Se você me disser aqui e agora que tem absoluta certeza do amor de Samuel por você, serei a mãe mais feliz do mundo.

Madu desvia rapidamente os olhos dos meus e ofega. Ela não tem essa certeza. Na verdade, o que ela mais tem são dúvidas sobre o real sentimento daquele homem.

Minha filha levanta e anda pela sala como um bicho acuado. Eu apenas espero calmamente. De repente, ela me encara, os olhos são duas fogueiras em brasas. Arde fogo, determinação e firmeza naqueles olhos.

— Ele está apaixonado por mim. Pode ainda não ser amor. Apenas desejo e carinho. — Ela é decisiva. — E é com esse sentimento que vou, sim, me casar com ele. Tenho certeza de que um dia ele me amará como meu pai amou você.

— Está certo. — Eu me rendo aos argumentos e necessidades dela. — Diga qual o cardápio que deseja para o seu pedido, vou preparar um jantar digno da minha linda filha.

Maria Eduarda me agarra tão esfuziante que quase me joga ao chão. Eu abraço a minha filha e faço uma reza, em pensamento, para que a minha garota seja realmente amada e feliz como ela merece.

Senti meu coração bater desesperado e em seguida parar, deixando-me sem ar. Dentro do meu quarto, trancada no banheiro, pude gritar e expurgar um sentimento sem sentido e indevido que ousou invadir até a minha alma. A partir daquele momento não haveria mais espaço para Samuel França se infiltrar nem na minha cabeça nem no meu coração. E para isso eu faria o que fosse preciso.

O apartamento está elegantemente arrumado para receber Samuel. E ele não faz por menos. Trouxe flores para mim. Um enorme buquê de flores do campo coloridas e perfumadas. Para Cissa, ele dá uma caixa de bombons finos e para a Maria Eduarda, além de um maravilhoso anel de noivado, presenteou com um conjunto de colar e brincos com turmalinas azuis; da cor exata dos olhos dela.

Respeito a vontade da minha filha e não convido ninguém para o jantar. A conversa está leve e divertida. Samuel nos conta histórias interessantes sobre a família dele e o admiro ainda mais, por ser amoroso e apegado com os seus.

Apenas eu me sinto em carne viva. Algo se mexia dentro de mim e precisava resolver. Após o jantar, convido meu genro para uma conversa no escritório do apartamento. Não sei se foram as várias taças de champanhe que tomei, ou a comichão que está me consumindo por dentro, mas eu precisava daquela conversa.

Durante um ou dois minutos apenas nos olhamos. Direto, olhos nos olhos. E estavam lá, as mesmas chamas de um inferno particular.

— Imagino que espera ouvir de mim, juras e promessas de que farei a sua filha a mulher mais feliz do mundo, essas coisas que são importantes para as mães. — Ele se adiantou; o olhar analítico de um empresário acostumado a ler pessoas e intenções.

— Não. Não é isso que espero ouvir de você. O que quero saber é por quê?

Samuel arqueia uma sobrancelha e não esconde a surpresa da pergunta.

— Por que eu quero me casar com Madu?

Ele aguarda que eu assinta. Mas também não é isso o que quero saber.

— Por que resolveu que a minha filha é a escolhida para você superar sua ex-noiva? E não me venha dizer que está apaixonado pela Maria Eduarda! Que eu sei que não está!

Não tinha tempo para meias-palavras.

— O quê? Agora vai insinuar que sabe meus sentimentos? Não seja absurda, nem me conhece!

Ele também não tinha meias-palavras. E me encarou com desdém.

— Mas não ama Maria Eduarda e quer casar com ela só pelos sentimentos dela? Ah, não me faça de idiota! — O tom já estava elevado e não tinha retorno.

— Não vou discutir com você os meus sentimentos ou motivos para casar com Madu. Ela é adulta e não precisa de sua permissão para dizer sim.

Filho da puta! Vira-se para sair e eu o puxo pelo braço.

— Não vai me dar às costas, seu arrogante de merda! Não pretendo intervir nas decisões da minha filha. Ela é muito madura para saber o que está fazendo. Mas isso não quer dizer que eu não vá com tudo para cima de você caso a magoe. Não vai gostar de me ter como inimiga, Samuel França!

Encaramo-nos e... Por Deus! Eu não daria conta do que vi nos olhos daquele homem. Era cru. Intenso. Por pouco não dominou a nós dois. Ele me segura nos ombros e se aproxima perigosamente. Senti o seu hálito de vinho, vi sua língua passar pelos dentes. Vi desejo, paixão, loucura nas íris pretas. Eu o empurro e saio correndo do escritório.

Passo como um raio pela sala entro no meu quarto. Corro para o banheiro e, diante do enorme espelho, eu vejo olhos enlouquecidos olhando para mim. Pego a primeira coisa que a minha mão alcança e atiro naquela cara desesperada.

— Isa! Meu Deus! Mulher, o que aconteceu? Olha isso? Venha. Vamos sair daqui antes que resolva quebrar o resto do espelho.

Cissa pega na minha mão e me senta na cama. E eu me dou conta. O que diria a minha filha se fosse ela a encontrar meu surto.

— Onde está Maria Eduarda? — Minha voz um chiado estranho.

— Samuel a levou para comemorarem o noivado só os dois. Aliás, que noivo é esse? Já tinha visto milhões de fotos dele que a Madu me mostrou. Mas ao vivo. — Ela se abana. — O homem é um monumento. Sexy feito um pecado. — Cala e olha para mim. — O que está acontecendo? Não gosta do seu genro? Não quer que a sua filha case na mesma idade que você?

Abaixo a cabeça. Não sei o que falar. Não sei se devo repartir com a única pessoa que me ouviria sem julgar a minha canalhice. Estou com vergonha de mim mesma. Estou chocada com o que poderia ter acontecido se não tivesse saído correndo daquele escritório.

— Isa... Olhe pra mim. — A culpa está piscando em meus olhos. — Fale comigo. Somos amigas que aguenta ouvir qualquer coisa que uma disser para outra.

Encaro a minha amiga e começo a falar. Tudo. Desde o primeiro minuto que pus os olhos naquele homem, até os minutos atrás que estive com ele no escritório do apartamento. Como já esperava, Cissa apenas me ouve sem nenhum comentário ou olhar de julgamento. Nem de pena.

— Entendo agora. Os olhos dele estavam tempestuosos quando voltou à sala. Madu não teve tempo de ir falar pra você que iam sair. Ele segurou na mão dela e saiu a levando.

— Não, Cissa! Ele não sabe de nada disso. Está louca?

Meu Deus! Nem pensar que ele pudesse suspeitar. Eu morreria.

— Isa. Não estou dizendo que ele sabe sobre o que você sente por ele. Estou dizendo o que ele também sente. E agora tenho certeza depois de todos os sinais que ele deu durante toda a noite.

— Não! — Eu me levanto e repito mil vezes não. — Ele não seria tão canalha em querer casar com a minha filha ainda apaixonado pela ex-noiva e com interesses em mim. Não! Seria nojento e sujo demais. Não acredito que ele seja assim.

— Eu não conheço esse rapaz e prefiro achar que você e Madu estejam certas quando dizem que ele é um homem de caráter, honesto, sincero. Minha amiga. — Ela me olha e eu vejo a força que faz para esconder que está com pena de mim. — Você não fez nada de errado. Esse sentimento é algo que não temos como evitar. Na posição em que me encontro só posso dizer que não suporto ver qualquer uma de vocês duas sofrendo pelo mesmo homem.

— Não fique preocupada comigo. Desde que a minha filha se mostrou interessada por ele, enterrei essa loucura dentro de mim. O que aconteceu aqui foi um descontrole momentâneo e não vai mais acontecer. — Eu me levanto, pego o celular na mesinha de cabeceira. — Vou tomar providências para que a Maria Eduarda não veja o meu descontrole.

— Isa, é sábado à noite. Não vai encontrar ninguém para fazer o serviço agora. Olha, digo a Madu que eu fui desastrada e quebrei o espelho. Vamos só tirar os vidros para ninguém se machucar.

Apenas concordo e ajudo a minha amiga a tirar os cacos do espelho e do perfume.

Após limparmos a bagunça, sigo Cissa até a sala e ela nos serve uma dose de uísque. Segundo ela, é do que eu estou precisando.

CAPÍTULO 20

Samuel

Estou fora de mim. Uma raiva cega me consume. Saio puxando Madu pela mão e ao contrário da alegria dela, eu sinto uma vontade do caralho de xingar e esmurrar o que estivesse à minha frente.

Controlo-me. Levo a minha garota para o hotel. Sem uma palavra, tiro a roupa dela e ainda vestido, tiro o pau, visto uma camisinha que cato na carteira e me enfio nela. Madu ofega e geme alto. Invisto duro e rápido e logo ela grita num orgasmo alucinado.

Sei que, assim que as coisas esfriassem, ela me cobrará uma resposta. Sinto-me um merda. Um fodido do caralho que poderia machucar e muito essa garota linda.

Levo-a para o banheiro e depois de beijá-la profundamente entro com ela no boxe. Eu a lavo delicadamente com todo carinho. Tomo meu próprio banho e depois de enxugá-la e a mim, fomos para cama e deitamos de frente um para outro.

Logo ela me encara e me preparo para responder apenas o que tinha de concreto e certo na minha cabeça. Ela será minha mulher. Disso não tenho mais dúvidas e nem abrirei mão.

— O que a mamãe disse para te deixar tão irritado? Sei lá... Puto? — Demorei a responder, ela continuou: — Até entendo as razões dela. Mas isso não me fará mudar de ideia, Sam. Eu amo você. E vou casar contigo a minha mãe gostando ou não.

— Vamos casar, sim. E logo. Sua mãe saberá que lhe farei muito feliz. Eu te prometo.

— Só quero que você me ame. Como eu te amo.

Essa promessa eu não teria para dar a ela.

— Você é a minha garotinha. Vou mimá-la tanto que vai acabar cansando desse velho grudento.

Consegui fazê-la rir. Os olhos brilharem. Eu a apertei em meus braços e logo ela dormia.

Dormimos a noite toda e, no início da manhã, acordamos e fizemos um amor calmo e gostoso. Sem palavras para atrapalhar a nossa bolha, apenas ficamos nos amando e curtindo um ao outro, até dormirmos novamente.

Hoje é domingo e, mesmo assim, não consigo acordar tarde. Levanto, vou ao banheiro. Depois, leio as notícias no meu celular e respondo algumas mensagens do papai, Luciana, Edu e Selena.

A minha irmãzinha parecia mais tranquila, depois da fatídica festa de bodas de casamento do Eduardo, que acabei não indo para ficar com ela. Foi difícil explicar ao meu amigo a nossa ausência. Principalmente a minha, sendo padrinho da filhinha dele. Conversamos muito e Selena me garantiu que faria tudo que fosse necessário para esquecer Edu. Ela me fez prometer que jamais falaria para ninguém, menos ainda para o meu amigo.

Após garantir a todos que no dia seguinte estaria de volta, eu me preparei para passar o domingo com a minha noiva. Em qualquer lugar menos na casa dela. Não estava pronto para ver Isadora no momento.

Liguei para casa da tia Érica e acabei nos convidando, Madu e eu, para almoçar com a família dela. Antes, deixei-a em casa para que trocasse de roupa e falasse com a mãe e a prima. Consegui convencê-la a ir me encontrar na casa da minha tia. Não quis voltar no apartamento de Isadora. A culpa é uma bactéria que contamina tudo dentro da gente. Era assim que me sentia. Culpado e nem sabia o porquê.

O dia foi perfeito. Meus parentes ficaram surpresos, mas contentes com o nosso noivado.

Saímos da casa da tia e fomos passear. Depois jantamos num restaurante mais afastado e só bem mais tarde voltamos para o hotel.

— Não sei se conseguirei continuar distante, Sam. Estou muito viciada em você, amor.

— Também quero você comigo logo. — Beijo-a lentamente, ainda entrelaçados na cama, depois de um sexo gostoso. — Preciso que verifique sua agenda de trabalho, Madu. Quero, pelo menos, uns dois meses com você para o nosso casamento, lua de mel e não vou querer ficar sem a minha mulher logo depois.

— Eu também não quero deixar você sozinho. Vou aproveitar que a Cissa está aqui na cidade e já vejo com ela, prefiro deixar que resolva tudo com o Vilan, o meu agente. Acredito que possa ter duas férias seguidas. Sam?

— O quê?

Ela sai dos meus braços e se senta.

— O que aconteceu entre você e a minha mãe, de verdade?

Também me sento e recostei nos travesseiros. Desvio os olhos dos dela.

— O que sua mãe te disse, Madu? — sondo.

— Apenas que avisasse com antecedência quando marcássemos a data do casamento. A minha mãe parecia tão... distante, temerosa. Eu a conheço bem. Embora tenha negado estar triste, ela me abraçou e ficou me apertando longos minutos. E há muito tempo não a via chorar. Ela chorou enquanto me abraçava e desejava que fosse muito feliz.

— Natural que sua mãe se sinta abalada, garotinha. Você é a única família dela depois do falecimento do seu pai. Considere que ainda é apenas uma jovem de dezenove anos. E depois, você irá morar em São Paulo e ela ficará sozinha.

— Coitada da mamãe. Se pudesse a levaria para São Paulo para ficar perto da gente. Mas, tem a empresa. Os negócios todos aqui.

— Madu. Sua mãe vai certamente refazer a vida dela.

— Casar, você quer dizer?

— É uma possibilidade. Não é?

Por que é difícil dizer essas palavras?

— Não sei. Não vejo a minha mãe interessada em ninguém.

— Ela é uma mulher jovem. Muito interessante. Uma empresária de sucesso. — E linda. — Logo terá alguém disposto a lutar por ela.

O gosto amargo persistia.

— Torço muito para, que mesmo ainda amando o meu pai, que a mamãe volte a se interessar por outro homem. Tenho dó de vê-la sozinha. Minha mãe é linda e muito bacana. Merece e vai ser muito feliz.

Trago Madu para meus braços de novo e, cada um perdido nos próprios pensamentos, adormece.

Acordo cedo. Faço a higiene matinal enquanto ela dorme. Preciso deixá-la em casa e voltar para São Paulo. Já vestido num terno completo, eu a acordo.

— Garotinha... — Aliso o seu belo rosto, ela abriu os olhos.

— Oi... Você já está vestido. — Abre mais os olhos e olha totalmente para mim. — Vai para o escritório aqui em Porto Alegre?

— Não. Estou voltando para São Paulo e vou direto para a empresa. — Levanto-me e sigo para a sala onde pedi o café. — Venha me acompanhar no café. Depois te espero se arrumar e te levo para casa.

— Poxa, Sam. Pensei que fosse ficar mais um tempo.

Resmungando, segue para o banheiro. Meia hora depois se apresenta na sala, já vestida.

— Venha tomar café comigo. — Puxo-a para os meus braços e a beijo ternamente. — Quando você volta para Milão?

— Preciso estar lá até quinta-feira. Tenho desfile no sábado.

— Certo. Veja se consegue me informar sobre a sua agenda de trabalho antes de viajar. Está bem? Quero marcar a data do nosso casamento.

— Sim! — Madu corre para meu colo e me beija longa e profundamente.

Minha noiva está de carro e me leva para o aeroporto. Chegando em São Paulo, sigo direto para o escritório.

— Bom dia, Olívia. O papai já chegou?

— Bom dia, senhor Samuel. Já. E o senhor Eduardo pediu que o chamasse logo que chegasse.

— Certo.

Entro na minha sala e ligo para a minha madrasta. Preciso comunicar oficialmente à minha família sobre o meu noivado.

— Oi, Lu! já cheguei a São Paulo e estou querendo ir para aí almoçar com a família. Pode pedir a todos para irem pra casa no almoço?

— *Oi, Sam. Claro, querido. Falo com Marina e você pode falar com a Selena e seu pai. Os dois estão no escritório*.

— Faço isso. Até mais tarde e obrigado.

— *Vou pedir para preparar algo especial para você. Tchau, Sam*!

Primeiro chamo Edu. Preciso deixar para falar com o papai depois.

— E então, cara, pode parar de fazer mistérios e contar para o seu velho amigo o que tá acontecendo? Essa viagem corrida para Porto Alegre. Problemas no escritório de lá?

— Não. A verdade é que nem fui à empresa lá. — Edu olha para mim, curioso.

— Fui resolver de uma vez a minha vida. Pedi a mão da Madu em casamento. Ficamos noivos e pretendo casar o quanto antes.

— Sério isso, cara? Está mesmo apaixonado pela jovem gaúcha?

— Ah, cara. Não sei se é paixão o que sinto pela Madu. Não quero nominar. O que sei é que ela traz paz para a minha vida fodida. Para o caos que a Roberta deixou. Além de que é linda, inteligente, e me encanta muito.

— Bem, o que posso é te desejar parabéns e que seja muito feliz com a sua decisão. Talvez esteja certo. Casamento exige mais que paixão, amor. Requer desapegar às vezes até de você mesmo.

Olhei mais atentamente para o meu amigo. Suas palavras tinham um peso angustiado.

— Está tudo bem com você? — Tive que perguntar.

— Vai ficar. — Ele levanta.

— Edu. O que tá pegando, cara?

— Depois. Não quero atrapalhar a sua alegria. E a família? O que estão achando dessa sua decisão?

— Vou saber logo mais no almoço que pedi a Luciana para preparar para nós. Vou dar a notícia.

— Boa sorte, amigo! Preciso que assine estas liberações pra mim.

Empurrou a pasta para as minhas mãos. Enquanto você assina os documentos, vou fazer umas ligações, volto para pegar e tenho uma reunião no início da tarde fora da empresa, vou direto depois do almoço.

— Edu. Vamos beber alguma coisa à noite. Podemos ir direto quando sairmos daqui.

— Pode ser. Eu te vejo na volta. Até.

Tinha me afastado do meu amigo depois que descobri os sentimentos da minha irmã por ele. Sem que o coitado tenha culpa de nada.

CAPÍTULO 21

Samuel

— Samuel, veio direto de Porto Alegre? Conseguiu fechar outro grande negócio por lá? Luciana me disse que você pediu para nos reunirmos para contar as novidades. — Meu pai estava animado... e equivocado.

— Vim, sim, pai. Tinha documentos importantes, aqui, para assinar e liberar. Queria falar logo com vocês sobre algumas decisões. Por isso pedi para marcar o almoço.

— Qual é, Sam? Desde quando eu quero saber sobre os negócios da empresa? Luciana não me disse que esse almoço era para falar de trabalho.

Precisava falar logo ou teria uma grande confusão para resolver.

— A empresa em Porto Alegre está muito bem. Mas não estive no escritório, nessa viagem. O assunto era outro. — Confesso que estava protelando prevendo a surpresa que seria para a minha família.

— Não estou entendendo muito bem o que está acontecendo, Samuel. Aliás, essas suas viagens repentinas e particulares tem me deixado bastante intrigado. Fala logo o que está se passando, garoto!

— Não há nada com o que se preocupar, papai. Os assuntos que me levaram até Porto Alegre nada têm a ver com a empresa. São assuntos meus. Pessoais. — Melhor jogar a bomba logo. — Eu fui pedir a mão da Madu em casamento. Nós ficamos noivos e pretendo me casar o mais breve possível.

— O quê?! — Primeira reação, claro, Marina se levanta gritando.

— Como assim ficou noivo e vai se casar, sem nem dizer nada à sua família, Samuel? — Papai olha para mim como se eu fosse um garoto de cinco anos.

Porra, difícil lidar com tudo isso.

— Poxa, Sam, até eu estou surpresa agora. Isso é que é ser decidido. Parabéns, maninho! — Selena, como sempre, me apoia em qualquer decisão.

— Pessoal! Que tal deixar o Samuel falar? — Luciana sempre objetiva. — Não esqueçam que ele é adulto e dono da própria vida.

— Como bem disse a nossa querida Luciana. É isso mesmo. Fiquei noivo e pretendo me casar com a Maria Eduarda, logo seja possível. Será uma cerimônia simples e acontecerá lá em Porto Alegre, na cidade dela. E a nossa. — Eu os lembrei. — Exijo toda minha família lá comigo.

— Exige? Não tem o direito de exigir nada, rapaz! — Meu pai se levanta transtornado e atira o guardanapo sobre a mesa. — A vida é sua e tem o direito de decidir o que bem entender. Mas, eu decido se vou a um casamento do qual não entendo e não concordo.

— Por quê? — Paro na frente dele e exijo saber. — Fala, papai! Por que você não concorda que me case com Madu? Você não gostava da Roberta, eu até podia entender. Da Maria Eduarda não pode dizer nada. Nem a conhece.

— Exatamente. Nós não conhecemos essa moça. E nem você! Não tenho nada contra ela ou a família. Penso ser uma decisão precipitada. Vivem distantes. Mal se veem. Só acho que é muito cedo para casamento. — Meu pai me encara. Há decepção nos olhos dele. — Mas como você disse, a vida é sua. Vá em frente. Só tome cuidado para não estar cometendo outro erro. Bem, vou descansar um pouco antes de voltar para a minha empresa.

Meu pai deixa a sala e sobe as escadas para o quarto. Sei que não seria fácil. Mas não pensei que o papai ficaria tão aborrecido.

— O papai está certo. Você está se precipitando em casar com essa garota, gostando ainda da Beta. Vai se arrepender, Sam. — Marina também deixa a sala.

Suspiro e passo as mãos nos cabelos, impaciente.

— Parece que só Lu e eu ficamos felizes com sua decisão, maninho. O papai logo se acostuma com a ideia. A Marina vai mudar de opinião quando conhecer melhor e se tornar amiga da Madu. Aliás, vou ligar agora mesmo para a cunhadinha e desejar parabéns. E claro, oferecer a minha ajuda em tudo que ela precisar.

Minha irmã beija meu rosto e segue com o celular nas mãos.

Sigo até a mesinha de bebidas e sirvo um conhaque. Luciana acompanha com os olhos, os meus passos. Depois se senta e me chama.

— Sam...

— Vai dizer também que me precipitei? — Estou sem paciência.

— Me diz você. Acha que se precipitou ao pedi-la em casamento?

— Não. Não sei... — Eles me deixam confuso. — Madu é beleza, juventude, tesão, paixão. — Quero que Luciana me entenda. — Ao mesmo tempo, é calmaria. Ela traz paz e sossego para a minha vida. Sei que está apaixonada por mim.

— Para ser sincera, não tenho dúvidas dos sentimentos da garota por você. Enxerguei isso, claramente, quando ela e a mãe estiveram aqui. Minha inquietação é outra e você sabe qual é.

— Roberta?

— A mulher que esteve em sua vida por todo esse tempo. Por quem até um ano atrás você era completamente apaixonado. Samuel, sabe que por mais bonita e sensual que a Madu seja, ela é só uma garota. Roberta é uma mulher exuberante e vocês tinham algo que ninguém pode negar. Química.

— Sim. Paixão, sedução e sexo ardente. Isso não é tudo pra mim. Quero mais.

— E esse mais é o que sente por Madu? Você ama essa garota?

Porra! Essa era a pergunta de um milhão de dólares e não estava ali para discutir os meus sentimentos com a minha madrasta. Ou com ninguém. Coloco o copo vazio na mesa de centro e viro pra ela.

— Luciana... Sei que você é a única pessoa que pode convencer o papai a mudar de ideia sobre o meu casamento. Conto com isso.

Beijo-a no rosto e saio da casa rapidamente.

Durante o resto da tarde, não volto a falar com o meu pai, quando saio do escritório sigo direto para o bar que costumo ir com o Edu. Quando chego, ele já está sentado a uma mesa, distraído tomando seu uísque puro.

— Tem muito tempo que chegou? — Posso notar que o meu amigo parece cansado.

— Uns vinte minutos. E então? Como foi que o velho André recebeu a notícia do seu casamento com a gaúcha?

— Deixe de ser sacana e chame a minha noiva pelo nome. Madu ou Maria Eduarda, se preferir.

Sinalizo para um garçom pedindo o mesmo que o meu amigo, enquanto pego no pé dele para relaxar. Edu olha para mim, levantando uma sobrancelha.

— Se você tivesse tido a delicadeza de apresentar sua noiva ao seu melhor amigo, talvez já me sentisse à vontade para chamá-la de Maduzinha. — Ele ri debochado e eu acabo rindo também.

— Você tem razão. Está na hora das pessoas próximas a mim, conhecerem minha noiva. Vou ver quando ela estará no Brasil e peço a Lu para fazer uma recepção para que todos que me importam a conheçam também.

— Quer dizer que a sua família recebeu bem a notícia do seu enlace?

— Lena curtiu, ela gosta da Madu. A Lu nem tanto. O velho André França, como o poderoso chefe de máfia que gosta de parecer, não ficou nada feliz. E a Mari, continua sendo a Mari, amiga da minha ex, e, portanto, encheu o meu saco.

— Quer dizer que dessa vez Samuel França desencalha e vira homem sério. Já marcaram a data do casório?

— Acredito que em uns dois meses. Logo que a Madu resolva as questões de trabalho. E você. Fique esperto, pois será o meu padrinho. O casamento vai ser em Porto Alegre. Na cidade de nossas famílias.

— Certamente, Cristina ficará eufórica. Ela anda reclamando de falta de entusiasmo no nosso casamento.

Encaro o meu amigo. Ele demonstra esgotamento e me pergunto o que estará acontecendo e porque ele não desabafou comigo.

— Está tudo bem com vocês?

Não quero pressioná-lo. Edu demora segundos olhando para a bebida no copo, sem falar.

— Sim. Está. Acho que é acomodação de casamento. Todo casamento tem suas fases e logo, logo você também vai conhecê-las, amigo. — Ele ri e bate o copo no meu antes de virar tudo na boca.

Ficamos, ainda, um tempo conversando sobre trabalho, outras bobagens, e depois fomos embora. Fico com a sensação que pela primeira vez depois, de anos de amizade, Eduardo não quis se abrir comigo. Tenho certeza que o meu amigo está com problemas no casamento.

CAPÍTULO 22

Isadora

Desde o noivado surpresa de Maria Eduarda há um mês, que a minha vida virou um carrossel de emoções. Minha filha me encarregou de resolver tudo do casamento, junto à madrasta e a irmã de Samuel. E quase não tenho tido tempo para a empresa. Felizmente o Wagner é muito competente, tem assumido os negócios e me deixado fazer o papel inquestionável de mãe da noiva, às vésperas do casamento.

Um casamento que vai acontecer em um mês. Que está consumindo os poucos momentos de paz da minha vida. Enquanto a minha bela filha desfila, literalmente, linda e formosa nas passarelas do mundo, sabendo que não deixarei nada menos do que ela merece.

Ainda hoje seguiremos no avião particular das empresas França para São Paulo, para uma recepção de apresentação da Madu aos amigos da família. Minha menina está uma pilha de nervos e eu bem posso entender. Ela quer ser aceita. Antes de qualquer coisa, pela família do homem com quem vai se casar. Estou com muito medo. Não acredito que Maria Eduarda esteja de fato preparada para dar conta de um homem como Samuel.

Viemos direto para a mansão da família. Luciana não nos deu chance de recusar a hospedagem. A casa está magnificamente arrumada para a recepção e os primeiros convidados já começam a chegar. Madu, Cecilia e eu caprichamos para causar uma boa impressão aquelas pessoas que fariam parte, a partir dali, da vida da minha menina.

— Confesso que não estava preparada para algo tão grandioso. E ainda assim, gostei muito da família do Samuel. São todos adoráveis, educados, gentis. A dona da casa já me conquistou de cara. Que mulher linda, amorosa, receptiva.

— Sabia que você ia gostar de todos, Cissa. Luciana e Selena são maravilhosas. O senhor André é um pouco sério, mas é sempre muito gentil.

— Só a pirralhinha caçula ainda não se rendeu aos seus encantos, minha Dudinha linda. Mas, é só questão de tempo. Ninguém fica imune a Madu Fernandes. De qualquer forma, vocês não vão morar aqui, com seus desfiles pelo mundo, vocês quase não vão se encontrar.

— Ainda bem. Somos da mesma idade, mas confesso que Marina, além de abusada, é bem mimadinha. Não tenho paciência com ela.

— Tente ir com calma, filha. Não faça da sua cunhada uma inimiga. Ela só não tem a sua maturidade, e é amiga da ex. Marina no fundo é uma boa menina. — Olho para a minha filha e vejo que a sensação que me persegue há muito tempo é que a estou perdendo. Para outra cidade. Outra vida. Outras pessoas. Samuel está me tirando o que tenho de mais sagrado. Sinto-me oca. Só uma casca. — Você está seguindo sua vida, minha filha. Não sei como sobreviverei sem você.

Maria Eduarda me abraça forte. Sinto-me constrangida por não ter conseguido segurar o aperto no meu peito. Procuro disfarçar e a afasto, secando antes a lágrima que escapa sem que possa impedir.

— Ah, mamãe. Nós duas já choramos tudo que tínhamos para chorar. — Ela passa os dedos rapidamente nos olhos. — Mesmo a minha maquiagem sendo a prova d'água, não quero que essas pessoas me vejam de cara inchada de chorar.

— Não seja exagerada, Madu. Você está perfeita. — Cissa segura a minha mão. — Isa, não se preocupe que eu serei a sua sombra a partir de agora. Embora eu ache que você não vai ficar sozinha por muito tempo. — Ela olha para dois rapazes que conversam no outro lado da sala. — Aqueles garotões ali não tiram os olhos de você, minha amiga.

— Não seja ridícula, Cissa. — Reviro os olhos para ela.

— Não adianta, Cissa. A mamãe não gosta de homens jovens. Acho que quem vai acabar com essa solidão da minha mãe é o senhor Emiliano Galvão.

— Para guria! Sua mãe não vai viver o resto da vida com um velho. O tio Mário já foi o suficiente.

— Parem vocês duas. Não estou minimamente interessada em ter um relacionamento com ninguém.

E minhas palavras morrem ao cruzar os meus olhos, com um par de olhos negros ao longe me encarando. Desvio os olhos a tempo de ver a minha filha seguindo para junto do noivo.

— Isadora! Quero lhe apresentar Cristina. Ela é a esposa do Eduardo que será o padrinho do Sam.

Luciana sempre muito educada, mas não muito animada, posso perceber. Será que não gosta da mulher do amigo do enteado?

— Prazer. Sua filha é muito bonita. Ela e o Sam ficam mesmo encantadores juntos.

— Obrigada. Prazer conhecer você, Cristina. Conheci o seu marido ontem quando foi com o Samuel nos buscar no aeroporto. Sei que a minha filha estará cercada de pessoas admiráveis.

É uma mulher interessante. Um olhar astuto. Mas, gostei mais do marido dela. Eduardo me pareceu ser uma pessoa leal, amiga. Percebi o quanto é ligado com Samuel, e demonstra gostar dele.

— Sem dúvidas. Logo seremos amigas, tenho certeza. Inclusive, eu conversei brevemente com a Madu e me ofereci para ajudar na nova decoração do apartamento do Sam, onde eles vão morar. Sou arquiteta. Sam tinha me falado em fazer algumas reformas na cobertura.

— Não precisa se incomodar, Cristina. Sam já pediu a Selena que ajude a Madu nisso. Será o gosto dela, e Lena vai apenas ajudá-la.

— É verdade. Lena sempre muito ligada ao irmão. Por falar na Selena. Ela não foi à festa das minhas bodas. Edu falou que precisou fazer uma breve viagem e Sam a acompanhou. Está tudo bem com ela?

— Lena está ótima. Bem, Isadora fique à vontade. Sinta-se em casa. Com licença.

— Vou com você, Luciana. Foi um prazer, Isadora. Fique sossegada que olharei pela sua filha. Conte comigo.

A mulher segue atrás de Luciana. Fico intrigada. Não me pareceram amigas.

— Criatura, o que foi isso aqui, hein? — Cissa muito observadora deve ter percebido o mesmo que eu. — Essa moça não parece estar nas boas graças da dona da casa. E até posso entender. Essa Cristina me pareceu um tanto invasiva. Uma bela alpinista social.

— Cissa. Para com isso. Nem conhecemos a moça.

— Espero que a Madu também não. — A louca sorri, debochada. Em seguida olha para mim, séria. — E você, como está com tudo isso? Tantas mudanças e, imagino o quanto deve estar fragilizada.

— Estou bem. Cissa, vamos nos concentrar apenas em tornar o dia mais feliz da minha filha, memorável.

— Está certo. Não há mesmo o que se possa fazer. Você é uma mulher admirável, minha amiga. E muito forte.

Não quero pensar em nada. Apenas que a minha filha terá o conto de fadas dela.

CAPÍTULO 23

Samuel

Ter de aturar Fernando e as piadinhas dele é o fim da picada. O cara se transformou numa pessoa desagradável. Acreditar que possa dar em cima da mãe da minha noiva é no mínimo estupidez. Achando que por ser viúva, jovem e bonita, Isadora serviria ao propósito de fazer ciúmes a minha irmã.

— Quer dizer que a sua mãe vai mesmo ficar sozinha lá em Porto Alegre, Madu?

— Ela não ficará exatamente sozinha. Minha mãe tem muitos amigos. E Cissa, minha prima e madrinha, também estará sempre voltando ao Brasil para ficar com ela.

— Ela poderia vir morar aqui em São Paulo. Logo ela teria um companheiro.

Filho da puta babaca. Se continuar com as gracinhas eu não respondo por mim.

— Qual é a porra do seu problema, Fernando? Isadora não é pro seu bico! Vê se cresce.

— Nosso amigo fará qualquer coisa para chamar a atenção da Selena.

Novamente essa porra desses dois ficarem disputando a minha irmã, não dá.

— Talvez esteja usando a estratégia errada, Fernando. Primeiro que a minha mãe não gosta de homens mais jovens. E pelo pouco que conheço da Selena, ela não me parece interessada no que você está fazendo.

— Aproveita a dica da minha noiva e vê se fica na sua. Ok? — Viro para Marcos e falo. — E você também, Marcos. Deixem a minha irmã em paz.

— Talvez você também devesse cuidar melhor dos seus próprios problemas e deixar a Selena cuidar dos dela, Samuel.

Fernando acena com a cabeça para a porta e vejo meu pesadelo entrando na minha festa.

— Inferno!

O que a Roberta está fazendo aqui? Caralho!

— O que está acontecendo, amor? Quem é essa moça?

Em dois segundos Madu compreende de quem se trata e enrijece. Vejo minha irmã Marina correndo para impedir a Roberta de entrar na sala. Luciana também se aproxima. A infeliz passa pelas duas e vem decidida em minha direção.

— Não entendo o porquê de você não querer me apresentar a sua nova cunhada, Marina. Fique tranquila, amiga. Eu mesmo me apresento. — Roberta estende a mão para Madu. — Prazer! Você deve ser a modelo que está namorando o meu ex. Como já deve ter ouvido falar, sou Roberta Azevedo, a ex-noiva.

— Então surge a ex-noiva.

Madu deixa a mão de Roberta no ar. Aperta-se de encontro ao meu corpo e de nariz empinado ignora a outra.

— Que veio fazer aqui, Roberta? Acredito que não foi convidada. — Tento manter a calma.

— Um terrível mal-entendido, eu acredito. Não é mesmo, Luciana? Afinal, nossas famílias são amigas, estou vendo o meu irmão bem ali.

— Sua família sempre será bem-vinda nesta casa, Roberta. Assim como você. Desde que, se comporte como a moça educada que sei que você é. — Luciana, como a dama que é, jamais a trataria mal.

— Por que tanto alvoroço com a minha presença, gente? A recepção não é para que todos conheçam a menina que está ocupando o meu lugar na vida do Sam? — Ela encara Madu. — Penso que você também esteja curiosa em conhecer a mulher que foi durante anos a grande paixão da vida do seu namorado.

Diabólica.

— Ouvi mesmo falar muito sobre você, Roberta Azevedo. De como o meu noivo foi fiel e apaixonado por uma mulher que o traiu e humilhou, jogando fora todo respeito e amor que ele lhe dava. Sinto muito por você. A vida segue e hoje Sam está comigo. Eu o amo e não preciso de nenhum outro homem para completar o que ele me dá de sobra, em amor e prazer.

— Acha que o conhece muito, né? Acabou de chegar e pensa que já é dona dele. Vai pensando. Samuel gosta e precisa de uma mulher de verdade. Não de uma fedelha cheirando a xixi.

— Chega! Já conseguiu chamar a atenção. Agora acabou!

Seguro no braço de Roberta e saio puxando-a para fora da sala. Levo-a para o lado de fora e a confronto.

— Qual é o seu problema, porra? O que pensa está fazendo com essa cena patética de mulher apaixonada e trocada? Acha mesmo que pode sequer abalar a minha relação com Madu? Esse drama que você tenta encenar de vítima, é no mínimo ridículo.

— Eu falei pra você! Eu te disse que não vai se livrar assim tão fácil de mim! — Ela começa a gritar e chorar. — Me arrependi e você está sendo muito cruel. Não me deu uma única chance de provar o meu arrependimento e o meu amor por você. — Roberta me envolve com os braços e chora agarrada ao meu peito. — Eu te amo, Sam. Quero você de volta. Eu juro pelo amor que tenho pelo meu pai, que nunca mais vou fazer a besteira que fiz. Só me dá uma chance. Por favor, Sam.

Puta merda!

— Roberta, olha pra mim. — Retiro os braços dela da minha cintura e a afasto para que olhe nos meus olhos. — Eu até voltaria pra você. Até a perdoaria. Se ainda estivesse apaixonado por você, Roberta. Mas não estou. Não mais. Acabou. E se considera a minha amizade importante, pare de fazer essas cenas que só te expõe e humilha. Nem pense em confrontar Madu. Ela não é responsável pelo que houve entre a gente.

Roberta fica parada. Chorando. Marina está afastada, observando e eu sinalizo para que vá ficar com a amiga. Afasto-me rapidamente e volto para a festa dedicada à minha noiva.

Surpreendo-me ao encontrar Isadora sozinha na sala. Os convidados já foram embora e apenas o pessoal da limpeza está terminando a arrumação.

Minha sogra está distraída olhando para o jardim lá fora.

— Isadora. Tudo bem?

Ela se volta, assustada.

— Não vi você chegar. — Isadora olha para mim e sinto certa tristeza nos olhos escuros. — Estou bem.

Olha em volta, acho que naquele momento se dá conta de estar sozinha ali.

— Onde está Madu? — Não vi a minha noiva depois que fui me despedir de uns amigos.

— Eu não sei. Não vejo a minha filha há um tempo. Mas, pude ver como ela ficou desde o momento em que sua ex-noiva esteve aqui e a enfrentou. — Ela me encara com os olhos abrasivos. — Não vou permitir que ninguém magoe ou faça a minha filha sofrer.

— Por que acha que permitiria que a Madu sofresse? Vai continuar achando que sou um cafajeste que só quer se divertir com a sua filha? Nós vamos casar, inferno! Não é o suficiente para você?

— Eu não sei! O que vi muito bem foi a sua ex-noiva disposta e confiante a ter você de volta. Então me diga se devo mesmo relaxar e acreditar que você esqueceu aquela moça exuberante. Uma mulher pronta e certa do que acha que ainda sente por ela.

— Está subestimando a sua filha. E para sua informação, eu não sinto mais nada pela minha ex. Acabou. Não é culpa minha se ela não aceita ser rejeitada. O que a Roberta tenta fazer é assustar a Madu, já que sabe que não há mais chances para ela.

— Eu quero essa moça bem longe da minha filha. Maria Eduarda é muito jovem e por mais madura e esperta que queira parecer, não tem a malicia e vivencia da sua ex.

— Fique tranquila. Não permitirei que ninguém cause qualquer desconforto ou aborrecimento à Madu. Gosto da sua filha e vou cuidar muito bem dela. Vou fazê-la feliz. — Ela assente e volta a olhar lá fora. — Isadora. — Os olhos voltam para mim. — Eu não vou permitir intromissão de ninguém na nossa vida. Nem mesmo sua.

— Não pense que me tranquilizam ou mesmo me assustam essas suas palavras. Não pretendo interferir na vida de vocês de nenhuma forma, mesmo a Maria Eduarda sendo minha única filha. Não porque você possa impor isso, sim, porque conheço bem a minha filha e sei que tem personalidade suficiente para resolver seus próprios problemas. Apenas não se engane de que não vou ser muito dura caso a faça sofrer. Seja porque motivo for.

Isadora se vira para sair da sala e eu a seguro no braço. É sempre o mesmo impacto tocar nessa mulher.

— Isadora. — Ela olha para a minha mão no seu braço e eu aguardo que olhe pra mim. — Gosto realmente da Maria Eduarda. Não vou deixar que cenas como as de hoje se repitam.

— É o que espero de você.

Puxa o braço bruscamente, vira-se e segue para as escadas em direção aos quartos.

Saio procurando a minha noiva, a encontro na varanda coberta, ao lado da casa, sentada numa espreguiçadeira.

— Madu, o que está fazendo aqui, sozinha?

Ajoelho a frente dela e tomo-lhe as mãos, beijando-as carinhosamente.

— Todos já foram? — Não consegue esconder um tremor na voz e o brilho nos olhos deixado pelas lágrimas.

— Já. — Eu a trago para os meus braços. Foda vê-la tão magoada. — Não tem porque ficar assim, meu anjo. Tristeza nem combina com você.

Passo o dedo nas pálpebras ainda úmidas.

— É realmente difícil esquecer uma mulher como ela, não é, Samuel?

Que porra é essa!

— Ao contrário disso. Foi muito fácil que até me surpreende. — Ela olha para mim sem entender. — No início, acreditei que o que sentia por Roberta fosse me fazer prisioneiro dos caprichos e traições dela. Então a conheci, e descobri que para viver feliz, é preciso mais que paixão arrebatadora, desejo ensandecido. Não. É preciso apenas confiar e respeitar a pessoa. Posso até quebrar a porra da cara mais uma vez. Mas vejo tudo isso em você. Sua idade traz frescor e doçura para a minha vida. Seu amor me faz inteiro e orgulhoso. Já me basta.

— Eu te amo!

Madu se joga em meus braços e eu a beijo profundamente.

CAPÍTULO 24

Isadora

Chegou o grande dia da minha filha. Eu estou feliz. Meu coração finalmente está leve. Ver o brilho de felicidade que passou a existir nos olhos da minha menina, trouxe paz e certezas para mim.

Os últimos quinze dias foram de completa dedicação ao evento, que deixou de ser simples e pequeno só ao se saber que o grande CEO e herdeiro das empresas Lex'In estava casando com a modelo internacional Madu Fernandes. *A garota treze anos mais nova roubou o coração do grande empresário gaúcho de nascimento, como ela, e um dos solteiros mais cobiçados de São Paulo*. Esse era um dos muitos comentários das revistas e jornais locais.

Preferimos realizar a festa na minha fazenda, por ter acomodações para todos os convidados que viriam de fora, inclusive toda a família do noivo. A cerimônia religiosa acontecerá na Igreja Nossa Senhora das Dores, para quinhentos convidados.

Tudo pronto. Uma equipe está no quarto preparando a minha filha. Sorte a minha ter a Cissa ao meu lado, porque a Maria Eduarda estava conseguindo me enlouquecer.

— Isa, a nossa menina está uma verdadeira princesa. Não imaginei que a Madu ainda pudesse ficar mais linda. — A madrinha mais coruja do mundo.

— Ela está feliz. Isso faz a beleza refletir. — Olho às horas no relógio do celular. — Temos só mais meia hora para não extrapolar no atraso.

— Amiga... — Cissa se aproxima e segura as minhas mãos. — Você é uma mulher incrível. Preciso te dizer isso. A maneira como está lidando com os seus próprios sentimentos e tormentos, é no mínimo, heróica. Essa máxima de que mãe é o que existe de celestial, não é mesmo o que acho. E a gente sabe que existem mães assustadoras. Mas você ressignificou essa palavra pra mim. Eu a conheço desde que era só uma jovenzinha tímida casada com um homem enorme.

Ela abre bem os braços em horizontal e vertical.

— Por dentro e por fora. E você deu conta, com brilhantismo e verdade. Mas, paixão, amor cru e intenso, eu só vi agora, nesses olhos pretos. Pela sua filha você está enterrando esse sentimento.

— Por favor, Cecilia eu... — Com certeza iria chorar. O que estava evitando a todo custo. — Pare. Esquece. Por favor!

— Está certo. — Ela me abraça. — Vamos tirar sua filha daquele bendito quarto.

Seguimos para o quarto e meu coração volta a bater desesperado dentro do peito. Maria Eduarda está simplesmente radiante. Para dizer o mínimo. Ela corre pra mim, me abraça forte, não se importando em amassar o vestido ou borrar a maquiagem.

— Obrigada por fazer isso tudo parecer fácil pra mim, mamãe. Se eu tiver metade da felicidade que você teve com o papai, já serei muito abençoada.

Não consegui segurar. As lágrimas jorram.

— Será muito feliz, minha filha.

— Estou sentindo muita falta do papai, mãe. Era com ele que queria entrar na igreja hoje.

— Eu sei, querida. Sei também que o seu pai ficaria muito feliz e orgulhoso de você. — Eu a viro para o grande espelho do closet. — Olha só para você, meu amor. Deslumbrante e jovem indo em busca da felicidade. Pense que o seu pai estará sempre ao seu lado, no pensamento, no coração... Nas muitas lembranças. Ser levada ao altar pelo seu tio Alberto, irmão do seu pai, foi um gesto de carinho enorme, e ele está muito feliz por isso, minha filha.

— Não poderia ser diferente. O tio Alberto esteve do nosso lado o tempo todo quando o papai morreu. Apesar de estar morando nos Estados Unidos, ainda assim sempre nos procura e visita quando pode.

— Verdade, filha. E o seu tio já está pronto te aguardando. Está na hora, querida.

— Mamãe... — Ela olha para mim, ansiosa. — Será que eu vou conseguir fazer o Samuel feliz? Ele é um homem experiente. Com gostos refinados e acostumado ao melhor.

— A pergunta aqui, Maria Eduarda, é... Será que o Samuel a fará feliz? Você é jovem, mas é trabalhadora, competente, independente economicamente. Já luta suas próprias batalhas. Ele é que precisa te fazer feliz, meu bem. — Arrumo o véu sobre o rosto dela. — Pronta?

— Sim, mamãe. Obrigada. Eu te amo!

— Eu te amo, minha filha.

A emoção me toma por completo. A igreja está linda e cheia de convidados. Assisti Samuel entrar perfeito no seu terno grafite, camisa branca e gravata azul-escuro. Imponente, de barba e cabelo aparados, sendo conduzido por Luciana, que está deslumbrante num vestido azul da cor da gravata dele. Meu coração dispara quando vejo os olhos negros buscarem os meus do outro lado do altar.

No momento que vi o olhar do Samuel na minha filha, que entrava na igreja no braço do tio, percebi que não havia com o que me preocupar. Ele a faria feliz.

Maria Eduarda causou comoção na igreja ao entrar como uma rainha. Linda. O vestido que escolheu de renda bordada com forro de cetim — estilo tomara que caia —, mostrava o colo alvo e o delicado colar de pérolas que entreguei para ela mais cedo. O véu em tule branco completava a imagem de uma noiva absolutamente deslumbrante.

Mostrou-se inútil tentar segurar as lágrimas. Minha amiga Cissa, que era também uma das madrinhas de casamento da Maria Eduarda, não conteve a emoção. Juntas, tentamos ajudar uma à outra a segurar o pranto.

Uma cerimônia belíssima, comovente. Minha menina agora era uma mulher casada e dona da própria vida. Seguiríamos a partir dali caminhos diferentes.

Os poucos convidados selecionados para a recepção já se dirigiam para a fazenda que ficava a poucos quilômetros.

— Isadora, acredito que deva ir à frente para recepcionar seus convidados que vão para a fazenda. Eu e André ficaremos com o Sam e a Madu cumprimentando os outros convidados.

— Obrigada, Luciana. Estou indo na frente com a Cissa. A sua tia Érica e a família dela já seguiram. Logo nos vemos.

— Não vamos nos demorar. Até.

A fazenda passou a se chamar Olhos Negros depois do meu casamento com Mário. Ele quis me homenagear. Estava decorada com muitas luzes e flores. Nunca vi a minha fazenda tão bonita, como naquele momento, para a festa de casamento da minha menina.

Havia música, comida e bebida em fartura, nossos amigos, convidados e muita alegria.

— Isadora, guria tu fizeste um lindo casamento para tua filha. — Érica Brenner, tia de Samuel, me abraça animada.

— Que bom que gostou, Érica. Muita responsabilidade fazer um casamento a altura da família Lesin França.

— Bobagem, guria. — Ela dá um leve tapinha no dorso da minha mão em sinal de não dá importância. — Esse é meu maior orgulho. Saber que são todos, pessoas simples e trabalhadoras.

— Nome da fazenda legal. Gostei. — Marina, a caçula de André França, parece gostar do que vê.

— Madu me contou que o pai mudou o nome da fazenda de Olhos D'água, que era o nome antigo, para Olhos Negros, em homenagem a dona Isadora. — Mirela neta da Érica e amiga da minha filha, explica rapidamente. — Não é isso, dona Isa?

— Sim. É isso mesmo, Mirela. O meu marido era um homem muito generoso.

— Muito apaixonado! — Érica diz enfaticamente, olhando para mim com carinho. — Um homem assim é difícil substituir, não é, Isa?

Apenas assinto.

— Olhem que lugar incrível é esse! — Selena olha tudo, encantada.

Sinto-me realizada. A festa está maravilhosa e até André França já me parabenizou.

Todos os rituais orientados pela promoter do evento são seguidos pelo casal, e depois de atirar o buquê de flores, Maria Eduarda me arrasta com ela para o quarto, onde trocará de roupa para seguir de volta até Porto Alegre onde passarão a lua de mel e, no dia seguinte, viajam para a Grécia, o primeiro lugar de parada, depois irão para alguns países da Ásia e Oriente. Três semanas em lua de mel. Minha menina está em êxtase.

Dessa vez é uma despedida diferente. Tudo agora seria diferente. Maria Eduarda beija e cumprimenta cada um da família e em seguida me aperta por longos minutos entre os braços. Impossível controlar as lágrimas.

Samuel segue o mesmo ritual da Madu e por último se aproxima e me abraça. Sinto o bater do coração tão forte quanto está o meu. Não ficamos juntos nem um minuto e nos afastamos rapidamente como se houvesse fogo ardendo entre nós.

O casal vai embora e a festa permanece por toda noite e madrugada adentro.

Por ter a casa principal cheia com a nossa família e alguns amigos, eu e Cissa ficamos no alojamento dos funcionários. A minha amiga divide uma cama de casal comigo e ainda amanhecendo eu a deixo dormindo, preparo um café e saio para as baias dos cavalos. Preciso cavalgar no meu querido cavalo Caramelo, dei esse nome a ele pela cor linda que meu bonito animal tem.

Encontro Selena ali, alisando a cabeça da Lua, que é a égua malhada branco e preto da minha filha.

— Bom dia! Não conseguiu dormir? — Ela olha rapidamente pra mim e vira-se para o animal. Os olhos estão vermelhos. Ela chorou.

— Bom dia, Isa. Eu amo cavalos. Tenho um bem bonito que fica num Haras de um amigo do meu pai. Já faz tempo que não vou lá ver o Pirata, meu cavalo querido — fala como se estivesse falando pra si mesma.

— Também tenho paixão por essas lindezas. E esse aqui. — Mostro a ela o meu cavalo. Passo a mão na crina marrom. — É o meu amado Caramelo. Ele é filho da minha primeira égua. O meu marido me deu de presente assim que me conheceu. Infelizmente a minha Salsa morreu num parto complicado depois do de Caramelo. — Olho para a bela menina. — Vamos dar uma volta? Aposto que a Lua vai ficar contente em passear com você. A dona dela anda meio relapsa.

Os olhos de Selena brilham e ela acena concordando. Um funcionário corre para as baias para preparar os cavalos, enquanto ficamos aguardando caladas.

Saímos pelos campos apenas num galope lento, não falamos nada. Duas horas depois de darmos uma volta pela fazenda, retornamos. Não pergunto nada, apenas a abraço mostrando que estou ali para ela se precisar. Selena agradece, beija o meu rosto e segue de volta para a casa principal. Vou ver Cissa, logo nós duas seguimos também para tomar o café da manhã com os nossos convidados.

Eduardo acaba se desculpando pelo momento em que ele e a esposa andaram se desentendendo durante a festa. O rapaz me pareceu muito desnorteado e acabou bebendo além da conta. Depois das desculpas eu deixo-o com o senhor André e sigo para os meus afazeres. Não quero ser invasiva nos problemas daquelas pessoas.

CAPÍTULO 25

Samuel

Deixar aquelas pessoas para trás e seguir para a minha lua de mel foi uma catarse pra mim. Agora estava de volta. Sentia-me feliz e revigorado ao lado da minha esposa linda.

— Esperava que a Selena viesse de Porto Alegre com a Isadora. — Lena precisa reagir e enfrentar de uma vez essa porra toda.

— Sua irmã estava precisando desses dias só para ela. A Selena trabalha muito e nunca tira férias. Se bem que, tem trabalhado em alguns dias lá no nosso escritório. Não precisa fazer essa cara de poucos amigos, Samuel. Em dois dias você verá sua irmã lá em Porto Alegre.

— Está acontecendo alguma coisa que eu não saiba, papai?

— Deixe de ser tão protetor com a sua irmã. Ela ainda tem pai para cuidar dela. E já disse que está tudo bem.

— Sam, Madu falou que ficará uns dias a mais com a mãe dela lá em Porto Alegre. Isso não vai atrasar a reforma na cobertura?

— Ela ficará apenas alguns dias mais que eu. Precisa resolver a transferência da faculdade. Madu vai destrancar as aulas presenciais. E formar uma nova grade nas aulas virtuais. Em quinze dias ela retoma os desfiles.

— E você quando volta?

— Três dias no máximo, pai.

— Cristina vai precisar da Madu para resolver algumas coisas nas mudanças que ela pediu.

— Ela quer transformar uma das salas em um pequeno escritório para os assuntos do trabalho. — Olho em volta e vejo que a mulher do meu amigo não está no almoço que a Lu preparou. — Por falar em Cristina, ela não veio com o Edu?

Dou-me conta que o meu amigo está calado. Afastado de todos e bebendo sozinho.

— Como diz a tia Érica, "problemas na corte" — Luciana brinca, mas percebo certa tensão. Ela olha para Edu. — Eles se amam, logo tudo estará bem.

— Três semanas fora e tantas coisas parecem ter acontecido. Vou ver se o meu amigo precisa de alguma coisa. — Ando rápido até Eduardo.

— O casamento te fez bem, cara. Acertou em casar com Madu. Ela te trouxe jovialidade, leveza.

— Sinto-me mesmo assim. Madu é um sopro de ar na minha vida. Já você, não parece bem. O que tá pegando, amigo? Nunca te vi fodido desse jeito.

— Tem razão. Tô mesmo fodido. Mas não quero te encher com os meus problemas. Vai mesmo para Porto Alegre?

Sério que ele vai mudar de assunto?

— Edu! Sou seu amigo, caralho. Já passou da hora de me falar o que está havendo com você.

Ele olha em volta. Parece triste.

— Meu casamento tá passando por um momento do caralho. Não tô sabendo lidar e a vontade é jogar tudo para cima pra ver o que acontece.

— Do que está falando, cara? Você e a Cristina sempre foram um casal bacana. Pareciam felizes. Nunca me passou pela cabeça que pudesse ter alguma coisa errada.

— E era assim. Até a minha mulher resolver que estávamos com a vida muito simples. Que a minha posição na Fex'In me dava status para proporcionar a ela e as crianças, uma vida mais glamorosa.

— Vaidade. Ambição. Que porra algumas mulheres têm na cabeça que sempre querem mais. Nunca estão satisfeitas.

— Nem todas são desse jeito. — Ele bebe a bebida de uma vez.

— Ainda bem que não mesmo, irmão. — Sorrio e ele me acompanha, sorri brevemente. — Acho que é a lembrança das merdas da Roberta. Você e a Cristina já conversaram? O fato dela ser ambiciosa não chega ser um defeito.

— Não, quando a mulher respeita e confia nos planos do marido. Só que a minha mulher resolveu que preciso mudar. Ser mais arrojado e dar a ela todo glamour que acha que merece. E até com a quantidade da bebida que tomo Cristina resolveu implicar. A porra é que estou bebendo mais mesmo porque não aguento o caralho das cobranças todos os dias na minha cabeça.

Ele começa a falar e eu fico calado. Quero que o meu amigo despeje tudo que está se passando no casamento dele e também na sua cabeça. Desde que fiquei sabendo o drama da minha irmã por estar apaixonada por ele, que não penso em outra coisa que não seja os dois podendo viver aquele amor. Eu amo os dois e acredito que seriam muito felizes juntos. É um pensamento egoísta pra caralho. Mas é como me sinto.

Chego à fazenda da minha sogra e saio procurando por minha irmã. Selena está com uma aparência ótima. Parece mais tranquila. Em paz.

— Pode começar a me contar tudo que aconteceu enquanto estive viajando. — Ela arregala os olhos e eu sei que alguma coisa houve. — E nem tente enganar seu irmão mais velho. Andei sabendo de algumas coisas que aconteceram aqui durante a festa do meu casamento.

— É. O casal andou se desentendendo. — Os olhos ainda assim estão tristes.

— Evolua.

— Sam, tenho certeza de que seu amigo te contou com muito mais detalhes, do que eu contaria. O que vi aqui no dia do seu casamento foi um casal muito apaixonado se desentendendo. O que acredito ser normal em qualquer casamento.

— Muito apaixonado?

— Sim. E pode parar você também de querer me incentivar a criar ilusões que só farão a minha cabeça sonhadora sofrer ainda mais.

— Certo. Não acho mesmo justo criar expectativas vans na sua linda cabecinha. Mas, ou você desiste de uma vez ou confia que tudo pode mudar de um momento para outro — digo e ela olha para mim com uma chama de esperança brilhando nas íris escuras, tão parecidas com a minha.

— Você é o melhor irmão do mundo. — Ela me abraça e beija o meu rosto. — Eu te amo! E prometo que vou cuidar muito bem do meu coração.

— Vai então parar de se esconder e viver de cabeça erguida. Se alguém deve lutar, esse alguém é Eduardo. Se ele realmente for feliz no casamento, paciência. Você vai enxergar isso de verdade e esquecer. Mas, se ao contrário, e é o que verdadeiramente acho, o casamento dele não for o conto de fadas, que todos acham, você o terá sem fazer absolutamente nada.

— Meu Deus... Eu... — Ela irrompe num sorriso aberto, feliz e natural, depois de muito tempo, sombrio. Agarra-me pelo pescoço e beija várias vezes o meu rosto.

— Nossa! Se você não fosse a irmã dele eu juro que te mataria agora mesmo. — Madu gargalha com a própria brincadeira, e minha maninha fica de olhos arregalados. — Calma, cunhada. Estou brincando. Sei o quanto vocês são unidos, e o meu marido te ama.

— Madu, volto amanhã com a Selena para São Paulo. Nossa viagem de lua de mel deixou um acúmulo de trabalho, e enquanto você fica aqui resolvendo a suas coisas eu adianto as minhas.

— Não vou dizer que estou feliz com isso, amor. Nem bem casamos e já vou ficar sem você por tanto tempo. — Minha esposa se mete entre mim e a minha irmã e me abraça. Lena percebe o ciúme disfarçado da cunhada e arqueia as sobrancelhas com um leve sorriso nos lábios.

— Essa saudade vai nos dar um combustível a mais — falo ao ouvido da minha esposa e depois a beijo como ela gosta.

Foi uma semana cheia. Aproveitei que a Madu estava com a mãe e trabalhei como um louco para quando a minha esposa retornasse tivéssemos um tempo nosso antes dela voltar para os desfiles.

Precisei me livrar por duas vezes do assédio de Roberta, no clube, e prometi a mim mesmo que não deixaria a minha ex atrapalhar a minha vida com a Maria Eduarda.

Madu de volta. Viemos todos passar o final de semana no litoral, em Ubatuba, na casa de praia do meu pai.

— Estava mesmo precisando de um ar diferente com toda a minha família. E agora também com esse encanto de pessoa que é a minha nora. Madu, quero que saiba que estamos todos felizes com o casamento de vocês, e a partir de agora já a considero uma verdadeira filha — fala meu pai, todo emocionado e depois de tomar duas taças de vinho.

— Já percebeu o quanto os sentimentos dessa família são transitórios, não é querida cunhada? — Marina parece ser a única que não se esforça em aceitar o meu casamento.

— Fico feliz em ser uma das poucas pessoas que merecem o afeto da sua linda família, Marina. — Madu olha firme para minha irmã. — Agradeço ao meu sogro o carinho, e quero dizer que já tenho o mesmo sentimento em relação ao senhor, seu André.

Vai até o meu pai e o beija no rosto.

— Pronto, papai, conseguiu mais uma adoradora. — Minha irmã sai batendo os pés.

— Marina! Filha volta aqui. Eh, menina danada.

— Melhor ir lá falar com ela, meu bem. Sua filha morre de ciúmes de você.

Meu pai segue o conselho da esposa e vai falar com a Marina. Madu e eu vamos para um canto isolado da praia e nos perdemos um no outro.

CAPÍTULO 26

Samuel

O dia começou como se o inferno houvesse se estabelecido na empresa. Madu está de volta, depois de quase dois meses fora, nos desfiles. Acertamos que ela passaria na empresa, com Luciana. — As duas sairiam para comprar coisas de decoração para nosso apartamento. — E depois sairíamos para almoçar com meu pai.

Tudo certo, até Roberta dar as caras, e a minha mulher encontrar a ex sentada a frente da mesa.

— O que é isso, Samuel?! — Madu está pálida e trêmula. Assustou-me. — O que está mulher está fazendo aqui na sua sala?

— Roberta está aqui para falar sobre os negócios do pai dela. Assunto de trabalho, Madu.

Era uma quase verdade. Papai havia conversado comigo sobre o interesse de entrar como sócio na empresa do senhor Severo. Mas, claro que não seria com a Roberta que trataria do assunto. Mesmo o pai dela estando doente. Tratando um câncer que o consumia há três anos. Ela nada sabia das questões da empresa. E o assunto seria tratado com o CEO que estava à frente dos negócios, também com o Marcos, que é meu amigo.

— Pensei que você estivesse mais segura no seu casamento, menina. O Sam não gosta muito de mulheres ciumentas.

Puta. Que. Pariu!

— Enquanto trata de *negócios* com a sua ex, eu prefiro falar com você na "nossa" casa! — As palavras foram *cuspidas* e virou-se para sair.

— Madu, espera. A Roberta já disse o que pretendia, e está de saída. — Levantei e indiquei a porta para minha ex.

— O que está acontecendo aqui?!

Só me faltava o papai acompanhado de Luciana, para o circo ficar completo. E o velho mostrava bastante insatisfação nos olhos enfurecidos.

— Estou indo embora, Luciana. Marcamos outro dia para almoçar. O meu marido está numa reunião de negócios.

Caralho.

— Como é? — O velho França não deixaria passar.

— Madu! Já falei que a Roberta está indo embora! Vamos sair para almoçar e falamos a respeito, pai.

Felizmente, Roberta percebe a merda que está causando e sai rapidamente.

Luciana passa um braço no ombro de Madu e a traz para sentar na cadeira onde Roberta esteve sentada. Pede para Olívia trazer água para a minha esposa.

Meu pai se acalma e entende que não houve negligência da minha parte no que aconteceu.

— Ouvi dizer que essa moça anda desesperada atrás de recursos para ajudar a salvar a empresa do pai. Sabemos que a menina sempre foi muito ligada a Severo.

— Esse foi o motivo dela ter vindo me procurar. A doença do pai está se agravando, agora é hora da Roberta e do Marcos descruzarem os braços e trabalharem para evitar a falência da empresa.

— Mesmo assim é melhor que você trate do assunto com o Nelson Maciel, que é o CEO à frente dos negócios de Severo, ou com Marcos. Vamos barrar a presença dessa moça aqui na empresa, para evitar situações como essas.

— Não queira me ensinar a resolver os assuntos sob a minha responsabilidade, pai! — esbravejo. Não tolero ser tratado como um menino inconsequente, na idade e na posição que ocupo. — O que não pode é a minha mulher duvidar de mim — falo muito irritado para Madu.

Ela precisa segurar a porra da insegurança.

— Nunca lhe dei motivos para duvidar da minha fidelidade. E se a Roberta age dessa maneira é porque enxerga a vulnerabilidade da minha mulher. — Pego o paletó, o celular, aproveito que todos estão calados olhando para mim com olhos arregalados, encaro Madu. — Estou saindo para almoçar a sós com a minha esposa. Quanto a vocês, não precisam se preocupar. Sei cuidar dos meus assuntos, sozinho.

Indico a porta e ela segue à minha frente.

Madu continua calada de cara amarrada. Levo-a para um restaurante onde possamos conversar e resolver o primeiro desentendimento depois de casados.

— Vai continuar calada, remoendo bobagens nessa sua cabecinha linda? — Preciso fazê-la relaxar. Ela apenas me encara rapidamente e desvia os olhos para fora. — Madu, olha pra mim, querida.

Espero pacientemente ela olhar pra mim.

— Reconheço que não é fácil pra você ver a minha ex transitando no escritório. Só que, temos outros assuntos com a família Azevedo. O que não dá motivos para a Roberta vir à minha sala ou falar com você de forma cínica e debochada. Já falei e vou repetir. Não sou homem que trai e a ex seria a última com quem a trairia caso o fizesse. Precisa confiar em mim.

— Eu confio. É que realmente olhar aquela mulher me desequilibra. Só em imaginar ela olhando para você, com todo aquele apelo sexual, me enlouquece.

— Não sinto mais desejo pela Roberta.

— Eu sei, amor. — A voz suaviza e os olhos voltam a brilhar. — Acredito que essa é a única mulher no mundo que me faz sentir insegurança. Mas vai acabar. Prometo.

Aproxima-se e beija o canto da minha boca.

— Queria estar sozinho com a minha esposa agora. Quero beijar e lamber cada parte desse corpo gostoso. — Puxo a boca gostosa para mim e beijo cheio de tesão. O pau ficando duro. Contenho-me. — Pena que tenho reuniões importantes à tarde. À noite faremos um programinha só nosso.

Deixo Madu em nosso apartamento e volto para a empresa. Vou chegar atrasado à reunião.

Depois de duas reuniões longas, sendo uma delas para tratar do assunto da empresa de Severo Azevedo, meu ex-sogro, Eduardo permanece na sala de reuniões junto comigo.

— Samuel, estou querendo tratar um assunto com você.

Toda postura de Eduardo é séria, o que me chama atenção. Paro de arrumar as pastas na mesa e volto a sentar virando-me para ele.

— Algum problema, Edu?

— Preciso que você ponha um substituto no meu lugar aqui no escritório central. Eu já tenho um nome para me substituir. E quero também que assine a minha transferência para o escritório de Campinas.

— Como é?! — Surpreso é o mínimo de como estou me sentindo.

— Sam, mais que chefe e funcionário, somos amigos. A minha decisão já está tomada e preciso do seu apoio, nesse momento é o melhor que você pode fazer por mim.

— Eduardo, calma, porra. Estou aturdido aqui. Dê-me um minuto.

Pego a garrafa de água que está na mesa e encho o meu copo. Bebo tudo num só gole.

— Desculpe, amigo. Sei que não tenho conversado com você sobre a bagunça que está a minha vida, mas são os meus problemas e preciso resolver. Você já tem os seus e não são poucos.

— Do que você está falando afinal de contas, Eduardo? O que a sua vida pessoal tem a ver com essa sua decisão descabida?

— Meu casamento está uma merda e isso você já sabe. — Verdade, ele andou se queixando do afastamento da mulher, mas achei que já tivessem superado. — No final de semana, ela me deu a incrível notícia de que vai se mudar com as crianças para Campinas. Você sabe, as nossas famílias são de lá. — Ele abaixa a cabeça, desolado. — Não quero ficar longe dos meus filhos. Se ela quer a separação, ótimo. Também não quero mais continuar nesse casamento que só tem me deixado infeliz. Mas me afastar dos meus filhos, eu não aceito.

— Não estou conseguindo entender exatamente o que pretende fazer?

— Vou morar no antigo apartamento da minha irmã. Ela comprou recentemente uma casa, pois as filhas cresceram e pediam espaço. Cristina já até falou com o pai dela, ele insistiu para ir morar com as crianças, com ele. O velho ficou viúvo, mora sozinho. É uma excelente casa. O que ela não aceitou, exigindo que eu compre uma, a que ela escolher. Claro, a que me arranque até o último centavo.

— Cara, você vai mudar completamente a sua rotina por mais um capricho idiota da sua mulher? Ah, fala sério, Eduardo. Porra, cara, Campinas é logo ali e nada te impede de ir ver os seus filhos sempre que quiser. Não precisa ir morar lá. A não ser que você queira mesmo ficar perto dela. Ainda ama a Cristina, não é isso?

— Não. — Ele levanta e joga longe a caneta que tem na mão. — Finalmente Cristina conseguiu arrancar de mim o amor que senti por ela uma vida toda. Hoje só sinto raiva por ela não estar respeitando os meus sentimentos e o das crianças. Não vou permitir que ela afaste os meus filhos de mim. Porra! Estou no limite, cara!

— Escute. Pense um pouco mais sobre essa decisão e voltamos a conversar. Prometo que farei o que me pedir, se esse for mesmo o melhor caminho.

— Não há mais o que pensar, Samuel. Já tomei a minha decisão — ele diz firme.

— Estou pedindo apenas que reflita por mais um ou dois dias. Quando Cristina vai para Campinas?

— Em poucos dias. Ela já está providenciando a mudança. Vai ficar os primeiros dias com o pai, até achar a casa dos sonhos dela e mandar os papéis para eu assinar e pagar.

— Até ela ir embora, você pensa com calma e toma a melhor decisão para você e seus filhos.

— Samuel...

— Confia em mim, amigo. Não vou te deixar na mão. Sou seu amigo e quero o melhor para você.

Abracei o meu amigo para que ele sentisse que poderia contar comigo. Ficaria do lado dele, sempre.

Eduardo sai da sala, fico sentado pensando sobre tudo o que ele me disse. De repente, a porta abre e uma Selena de olhos arregalados corre para perto de mim.

— Eles vão mesmo se separar? É isso, Sam? Eduardo está se separando?

Deus meu! Os olhos escuros da minha irmã não deixam dúvidas sobre a torrente de emoções que estava pronta para explodir.

— Lena, espera. O que sabe sobre isso?

— Tudo. Eu ouvi cada palavra que ele te disse aqui, há dois minutos.

— Selena! Você...?

— Voltei aqui para pegar uma pasta que esqueci quando a reunião acabou, e ouvi perfeitamente a sua conversa com ele, Sam! Você não vai permitir que ele vá embora para Campinas, não é, meu irmão? Não vai.

— Lena... Venha aqui, maninha. Acalme esse coração ou vai ficar sem ele.

Apertei a minha irmã nos braços. O coração dela estava batendo muito forte.

Permiti que a Selena colocasse toda sua emoção para fora. Ela precisava passar por aquele momento.

CAPÍTULO 27

Isadora

Com a minha filha distante, eu me permitir voltar às minhas pinturas. As telas em branco me chamavam. Só não poderia reproduzir as mil imagens dos olhos negros que surgiam na minha mente.

Pintava principalmente o meu cavalo. Caramelo era com certeza a minha melhor e maior inspiração. Além, é claro, dos campos verdejantes da fazenda. A cachoeira, o pomar, o córrego, as minhas lindas flores. As telas se multiplicavam. E sempre, entre elas, os olhos negros.

Passei a ir para à fazenda quase todos os finais de semana. Fico galopando, horas seguidas, pelos campos.

Se não fossem as minhas responsabilidades na empresa, talvez mudasse, em definitivo, para o lugar onde encontro paz.

— Isa. Está muito ocupada? — Meu diretor dá duas batidas à porta e entra parcialmente, para falar comigo.

— Oi, Wagner. Não, pode entrar.

— O pessoal da Fex'In ficou bem animado com a remessa que está pronta para seguir para Portugal, amanhã. O senhor Otávio disse que o chefão, lá de São Paulo, tem recebido muitos elogios dos parceiros portugueses, com os produtos que estamos enviando para eles. Inclusive, parece que receberam proposta de outra empresa, lá de Portugal também, que tem interesse em comprar com a gente.

— É. Só que não temos como dar conta de atender a tantos clientes. Não abro mão dos nossos clientes no Brasil e não vou comprometer a qualidade da nossa produção, para aumentar a demanda em oferta.

— Conversei sobre isso com o senhor Otávio. Segundo ele, o seu genro vai conversar com você a respeito. Ele está vindo para Porto Alegre?

— Não que eu saiba. Não me falaram nada.

— Certo. O melhor é esperarmos para ver o que ele vai sugerir.

— É o melhor.

— Isa...

— O quê?

Reparo que Wagner está um tanto aflito.

— Quero convidá-la para jantar comigo. Amanhã. É sábado e podemos depois ir a um show, uma boate.

Fico muda. Olhando para Wagner como se fosse uma assombração. Há muito tempo ele não me convida para sair. Depois de receber um não atrás do outro, achei que tivesse desistido de vez.

— Olha, Wagner, agradeço seu convite, mas a minha amiga Cissa está na cidade. Não posso deixá-la sozinha.

— Não seja por isso, convide-a para sair conosco. — Percebi que o entusiasmo caiu um pouco. — Precisa sair de dentro de casa, Isa. O único lugar que a vejo indo com frequência é a sua fazenda. Não esqueça que a sua filha, Madu, no próprio casamento, me fez prometer que a tiraria de dentro de casa. Então, não aceito um não como resposta.

Bom, que mal poderia haver não é mesmo? Ainda mais com a Cissa nos acompanhando. Resolvi aceitar o convite do meu amigo.

— Está certo. Podemos sair para jantar com você.

— Ótimo. Pego vocês amanhã às nove horas, está bem? Bom, estou indo. Você pretende ficar até mais tarde aqui?

— Não. Vou embora também.

Pego minha bolsa, o celular, depois de desligar o computador, deixo a minha sala acompanhada de Wagner. Seguimos juntos até a garagem. Como um bom cavalheiro, ele me espera sair com o carro para sair em seguida.

Depois de um banho delicioso, sigo para encontrar a Cissa na sala, vamos para a mesa.

— Recebemos um convite para jantar amanhã, com Wagner. Eu aceitei, amiga.

— Recebemos? — A danada olha para mim de esguelha.

— Sim. Recebemos. Qual é a dúvida?

— Não. Nada. Que bom que vamos sair desse apartamento ou viramos múmias.

— Muito engraçada! — Sorrio com ela.

— Isa, por que não dá uma chance a esse rapaz? Ele nunca fez questão de esconder o interesse que tem por você. É um homem bem interessante. Divorciado, sem filhos. Uma vida bem estabilizada. Por que não tenta? Até quando vai ficar fechada e criando teias?

Sempre uma piadinha atrás de palavras sérias.

— Será que é porque eu não costumo fazer sexo casual? Ou porque não quero dar esperanças a um homem que gosto apenas como amigo?

— Amiga, sempre torci e esperei que você se apaixonasse novamente. Você é uma mulher linda. Uma pessoa fora de série. É até sacrilégio vê-la vivendo atrás de uma mesa de escritório. Sem sair. Sem aproveitar a juventude que ainda tem. Se apaixonou pela pessoa errada, paciência. Você continua viva! Precisa viver, Isadora!

Ninguém melhor que a Cissa para me entender. Sei que a nossa amizade lhe permite dizer as verdades que me recuso a enxergar. A minha amiga tem razão. Desde que conheci o Samuel o meu corpo não aceita mais ter suas necessidades ignoradas. Tenho até medo de olhar os meus pensamentos mais profundos e absurdos. Não posso trazer à tona, o que não impede que o meu corpo registre. Preciso satisfazer os meus desejos. Sozinha eu não consigo mais me satisfazer.

— Tudo bem, Cissa. Recado ouvido e entendido. — Tomo o resto do vinho na taça e olho para os olhos azuis da minha amiga. — É muito fácil aconselhar o outro, não é, amiga? E a senhora, dona divorciada e sozinha? Que eu saiba, desde a separação, você não saiu com mais ninguém.

Cecilia desvia os olhos. Bebe todo o vinho da sua taça, claramente fica desconcertada. Há coisas que não estou sabendo aí.

— Então? É mais fácil quando a gente é quem aconselha, não é mesmo? — Ela volta os olhos para mim e eu percebo o tormento. — Cissa, o que está havendo?

— Sabia que uma hora teria que falar sobre isso com você. É a minha única amiga de verdade. Uma pessoa que confio e amo sobre qualquer outra.

Ela suspira triste. Preocupo-me. O que está acontecendo com a minha amiga, que eu não percebi?

— Preciso dividir com alguém, teria que ser você a primeira pessoa a saber. Eu me separei do Rogério, porque... não estava feliz. Descobri o porquê quando conheci uma pessoa... — continuei calada, aguardando. E surpresa que a minha amiga possa ter sido infiel. — Na primeira viagem que fiz com Madu, fomos para Paris. Lá conheci muita gente do mundo da moda. E... foi lá que conheci a Chloé Leroy.

Nada poderia me deixar mais surpresa. Devo ter deixado transparecer, porque a postura de Cissa mudou. Ela levantou empurrando a cadeira e mostrando sua decepção comigo.

— Por isso eu não tinha te contado ainda. Você é muito puritana. Certinha demais para entender certos sentimentos.

— Para. Para com isso. — Levantei e segui até ela, colocando as mãos no seu ombro para que se acalmasse e olhasse para mim. — Você me conhece, amiga. Se existe uma coisa que nunca fui e não sou é preconceituosa. Muito menos homofóbica! Só fiquei surpresa. Não imaginava que a minha melhor amiga estivesse vivendo algo tão especial e nunca tenha me contado.

Cissa me abraça apertado e começa a chorar. Um choro sofrido. Libertador.

Deixo-a ficar agarrada a mim e colocar tudo o que a está fazendo sofrer, para fora. Minutos depois, a minha amiga se afasta, pega o guardanapo na mesa e enxuga o rosto. Pego o copo com água e faço com que beba.

— Agora venha cá. — Levo-a para a sala de estar, sento-a no sofá, sentando próximo com as mãos dela nas minhas. — Como pode achar que a julgaria ou a censuraria. Logo eu, que me apaixonei pelo mesmo homem que a minha filha.

— Conhecer Chloé mudou tudo na minha vida. Ela é assessora de duas modelos francesas. Tem quarenta anos. Solteira e assumida. Foi só um olhar. E o meu mundo virou de cabeça pra baixo. Não nos falamos. Nem sequer nos aproximamos. Fui com a Madu para Milão e ela também, pelos compromissos das meninas que assessorava. Um dia, nos encontramos no corredor dos quartos do hotel onde estávamos hospedadas. Eu saindo do elevador e ela vindo para entrar. Amiga. Foi a coisa mais louca da minha vida. Paramos uma de frente para a outra. Os olhos contaram o que as palavras não tiveram coragem. Ela pegou minha mão e fomos para seu quarto. Pela primeira vez na vida eu senti o prazer de ser beijada, de fazer amor. Foi mágico.

Eu chorava emocionada pela felicidade da minha amiga. Cissa me contou tudo sobre aquele encontro de amor. Minha querida amiga estava muito apaixonada e feliz. Só que vivendo em segredo. Sendo feliz escondido. Não era justo. Estava na hora de trazer aquela história de amor para a luz. Eu cuidaria disso. Enfrentaria quem precisasse enfrentar e garantiria que ela nunca mais precisasse se esconder.

CAPÍTULO 28

Isadora

Estávamos prontas, aguardando Wagner nos buscar. Até que a minha amiga resolveu aprontar uma palhaçada.

— Amiga. Desejo que você tenha uma noite maravilhosa.

— Como assim? Teremos.

— Sim. Só que eu terei uma noite maravilhosa ao lado do *mon amour*. Chloé está me aguardando no hotel. Ela chegou hoje pela manhã. E você, dona Isadora Fernandes, tire um pouco das teias, ok?

Ela sai gargalhando enquanto fico com cara de boba, sem palavras.

Entro no carro de Wagner, ele olha por sobre meu ombro esperando ver Cecilia.

— A minha amiga teve outro compromisso que não pôde remarcar.

Ele não faz questão de esconder o sorriso satisfeito.

— Certo. A noite é nossa. E antes que me esqueça... Você está ainda mais linda.

— Obrigada! Você também está muito bem.

Estava mesmo. Jeans escuro, camisa de seda branca de mangas longas dobradas nos cotovelos. Sapato de couro esportivo. Um bonito relógio no pulso e muito cheiroso.

Fomos para um restaurante aconchegante, que não era dos mais famosos, mas tinha um ambiente acolhedor, um tanto romântico. Uma comida maravilhosa.

Conversamos bastante e descobri o quanto o meu amigo de tantos anos, era um homem interessante, uma conversa bacana. Nenhum momento falou sobre trabalho, o que tornou ainda mais agradável.

Saímos do restaurante, estava me sentindo leve, animada. Muito por conta das duas ou três taças de vinho que tomei. Wagner sugeriu irmos para uma boate e aceitei. Dançamos. Bebi um pouco mais. Dessa vez, drinques de Martini.

Há muito tempo não me sentia tão alegre e viva. Com esse sentimento me envolvendo, não pensei duas vezes quando Wagner me convidou para terminar a noite no apartamento dele. Aceitei.

Um ambiente tipicamente masculino. Minimalista, porém elegante e bonito. Com móveis em preto e tons de cinza.

— Vou preparar café. Ou você prefere continuar bebendo? Vinho, licor. Pode ser também Martini, que foi o que mais você bebeu.

— Aceito o Martini. Obrigada! — Enquanto ele preparava a minha bebida eu observava o bom gosto na decoração. — Muito bonito seu apartamento.

— Obrigado! Não acha curioso que eu tenha estado em todas as suas casas, incluindo a fazenda, e você nunca tenha vindo conhecer meu humilde apartamento?

— Acredito que foi só falta de oportunidade. Agora aqui estou.

Peguei o copo da mão dele e bebi um gole.

— Isadora, não sou homem de meias-palavras. Acredito já ter deixado claro o meu interesse por você. Faz tanto tempo, achei que nunca fosse acontecer, mas você está aqui. Não posso e nem quero perder a oportunidade.

Wagner se senta perto de mim e passa dois dedos delicadamente no meu rosto. Está tão perto que sinto o cheiro do uísque que ele tomou ao me servir o Martini.

— Você é linda. Uma mulher muito especial. Eu a desejo. Eu a quero pra mim.

Não posso dizer que estou embriagada. Apenas resolvi tomar uma atitude. Puxo o rosto dele que já estava próximo e o beijo na boca.

Senti o gosto do uísque na boca bonita. De repente, ele assumiu o controle me agarrando e o aprofundando. A língua gulosa enrolando na minha. As mãos grandes apertando a minha cintura, a clara ereção cutucando a minha bunda.

Afastou-se um pouco deixando a minha boca e encostou a testa na minha.

— Desculpe. Você é muito delicada para o tanto que a desejo. Preciso me controlar.

— Está tudo bem.

E estava. Minha mente um pouco nublada. O que não me deixava pensar no que não devia.

— Eu quero muito você, Isa. Tanto que temo machucá-la. Preciso me conter.

Wagner é um negro grande. Bonito. Pele lisa e brilhante. Um homem que chama atenção de todas as mulheres por onde passa. Olhos cor de mel. Queria que me pegasse e me amasse com tudo que tinha. Por isso não pensei muito antes de abrir o zíper lateral do meu vestido vinho, corte reto. Desci as alças finas. Os olhos dele brilharam num desejo cru.

Fiquei de pé a frente dele e retirei o vestido, ficando só com a lingerie fina de renda na cor amarela. As mãos bonitas puxam a minha cintura, a boca passa a beijar e a lamber a minha barriga, o colo, os seios por cima do sutiã. Depois baixa um lado e fica olhando para o meu mamilo escuro, até que coloca todo na boca sugando. Gemi alto.

— Maravilhosa... Quero te lamber toda. Em cada canto e curva desse corpo delicioso.

E cumpriu o prometido. Levantou me carregando com cuidado para o quarto, colocando-me na cama king size. Com os olhos em brasas presos ao meu corpo, foi tirando as roupas rapidamente, ficando apenas com a cueca boxer branca. Senti um calor absurdo, vendo o homem bonito e grande em tudo, parado a minha frente, com uma ereção de dar água na boca. Realmente salivei.

Durante mais de duas horas, fui beijada, lambida, chupada e amada como há muito tempo não tinha sido. O primeiro orgasmo veio rasgando quando tive a vagina invadida pela língua grande e macia que me fez tremer e gritar por minutos. Quando me penetrou e sugou forte mais uma vez os mamilos, eu gozei mais uma vez.

Wagner queria que passasse a noite toda com ele. Mas, precisava dar um limite ao que estávamos fazendo. Arrumei-me para voltar pra casa e ele me trouxe.

Acordei sentindo toda a maratona da noite anterior, no corpo dolorido. A vagina um pouco assada. A boca inchada e nos seios marcas dos muito chupões. Os meus olhos mantinham uma embriaguez e também um medo, uma insegurança que eram muito reais.

De repente, eu me senti errada. Cruel. Aquele homem maravilhoso merecia uma mulher que o amasse. Que o fizesse feliz. E não uma fraude. Alguém que só esteve com ele para aplacar um fogo que queimava por outro homem. Era eu olhando para os olhos enganadores que criou ilusões mentirosas na cabeça de alguém tão especial.

Gritei alto e forte. Graças a Deus Cissa não estava em casa e Judite estava de folga. Gritei e quebrei tudo que estava sobre a bancada da pia do banheiro. Era um surto anunciado pelo estresse que vinha vivendo há mais de um ano.

O sangue na minha mão não me impediu de entrar no boxe, tomar um banho, sair, seguir para o closet, pegar um jeans, uma camiseta e calçar um par de tênis. Vou para a fazenda. Preciso me reconectar com as coisas que me centralizam. Acalma-me. Poderia facilmente enlouquecer e o que fiz no banheiro era um indício do que poderia acontecer.

Deixei o celular na casa principal, porque não queria falar nem ouvir ninguém. Estou com o meu cavalo querido, cavalgando há horas. Desde que cheguei, pela manhã, estive a maior parte do dia cavalgando. Minha cabeça é só um labirinto onde tento encontrar saída e não encontro. O ideal seria me envolver com Wagner e ter uma relação natural e perfeita com um homem bacana, que me quer. Mas, sinto agonia e desespero sempre que penso nisso. Prefiro ficar só a ter de usar outra pessoa para resolver um sentimento errado dentro de mim.

— Dona Isa! Dona Isa!

Parece que a minha paz acabou. O administrador da fazenda vem em minha direção, gritando como se o mundo estivesse acabando.

— Imagino que deva ter acontecido algo muito terrível para você vir interromper meu sossego, Lino.

— Eu sei, dona Isa. A senhora falou para não ser incomodada de jeito nenhum. É que a dona Cissa acaba de chegar. Ela está muita aflita, achando que aconteceu algo com a senhora. Disse que a menina Madu está ligando desde cedo e a senhora não atende.

— Claro. Minha filha... e Cissa. Tá. Por favor, vá à frente e fale para Cissa que já estou indo.

— Sim, senhora.

Lino sai a galope de volta para a casa principal. Eu o sigo, mas antes passo no riacho, desmonto, tiro as sapatilhas e me jogo com a roupa e tudo. Um conjunto de cropped e short de cintura alta. A água está um pouco fria. Já é quase fim de tarde. Fico alguns minutos submersa. Não demoro, logo saio, espremo os cabelos tirando o excesso da água e volto a montar saindo a galope de volta para a casa. Hora de enfrentar os fantasmas que me assombram.

— Isadora! O que está tentando? Enlouquecer a mim e a sua filha? O que é isso? Estava tomando banho de roupa e tudo? Amiga, ficou maluca?

A mulher destrambelha a falar e a maluca sou eu. Levanto o braço e com o dedo indicador peço um minuto. Ela se cala e cruza os braços olhando para mim com deboche.

— Consegue esperar eu trocar de roupa antes de tentar me afogar com tantas perguntas? — Vou em direção ao quarto e a maluca me segue de perto. — O quê? Vai me ajudar a tomar banho e me trocar, é isso?

— Nem vem, espertinha. Vou te esperar lá no seu quarto enquanto você toma banho e se troca, me conta porque surtou novamente em seu banheiro. Deixando a bagunça toda lá pra quem quisesse ver. E pingos de sangue por todo lado.

Ela vê o curativo na minha mão direita. Acabo sentando ao lado dela na minha cama, apenas de calcinha e sutiã.

— Você voltou pra casa. Achei que voltaria antes que você ou Judite chegassem.

— Claro que voltei! Liguei hoje pela manhã para seu celular e não atendeu. Deixei recado acreditando que pudesse ter prolongado a noite de ontem com o seu diretor. Então Madu me ligou dizendo que estava tentando falar contigo o dia todo e não estava conseguindo. Não sabia o telefone do Wagner, fiquei preocupada e resolvi voltar para o apartamento. Pense no susto que levei quando vi o estrago na sua suíte.

— Droga!

— É. É mesmo uma droga, Isadora. Fiquei tão apavorada que as piores coisas passaram pela minha cabeça. Sorte a sua que era eu e não a Judite. Porque a sua filha ligou mais uma vez e já queria mandar o marido milionário pegar o avião dele e vir aqui ver o que tinha lhe acontecido.

— O quê?! Maria Eduarda ficou doida? Ela acha o quê? Que o marido é um desocupado para ficar de babá da mãe dela?

— Coloque-se no lugar da sua filha. Vocês sempre foram tão unidas e agora pouco se veem. Não é mais a distância de um ou dois meses. Agora vocês ficam meses sem se verem.

— O que disse a ela que a fez mudar de ideia?

— Que você estava aqui na fazenda sem o celular e andando feito uma doida no seu cavalo por aí. — Ela olha para mim com desdém. — Eu te conheço, Isadora Fernandes. E mesmo apavorada, tive essa certeza e graças a Deus quando liguei pra cá, sua governanta confirmou.

— Obrigada, amiga! O que seria de mim sem você. — Eu a abraço e ela se solta fazendo piada.

— Opa! Chega pra lá que a minha namorada é ciumenta e você só de calcinha e sutiã fica bem gostosa. — Dou um tapa leve no braço dela que gargalha. — Vai. Vá tomar seu banho e depois conversamos e você me conta o que foi tudo isso.

É exatamente o que faço. Depois do banho, vamos para a sala de jantar e, enquanto jantamos, conto a ela tudo que aconteceu.

CAPÍTULO 29

Isadora

Segunda-feira chegou, junto do trabalho e do meu diretor que precisava encarar, já que não atendi às suas ligações e nem respondi suas mensagens.

E se tinha de ser. Seria logo no primeiro momento. Assim que sento na minha mesa, interfono e peço para Wagner vir falar comigo. Em dois minutos, ele para a minha frente.

— Oi... Oi, Wagner. Sente, por favor!

— Isadora, eu quero que saiba que não precisamos conversar sobre outros assuntos aqui na empresa. Entendo que somos funcionário e patroa, e aqui somente assuntos de trabalho.

— Apenas dessa vez falaremos desse assunto aqui. Porque... depois não voltaremos a falar e, nem nada mais acontecerá.

— Isa, espera, eu...

— Não. Por favor, deixe-me falar. Você é um homem maravilhoso e sabe disso. Eu o respeito e admiro muito. É o meu braço direito aqui, e sem você não conseguiria chegar aonde chegamos. Não quero perder você como diretor da empresa. Mas não voltaremos a ter qualquer intimidade como homem e mulher.

Ele mantém os olhos mel nos meus e apenas abaixa a cabeça levemente. Demonstra decepção.

— Está certo. Não se preocupe, pois não costumo misturar vida pessoal com profissional. O erro foi meu em partir pra cima de você, mesmo sabendo o tempo todo que você nunca me quis.

— Por favor, Wagner... Eu gosto de você. Apenas não como namorado ou nada íntimo. Você merece uma mulher que te ame de igual para igual.

Wagner levanta de supetão e os olhos estão bravos.

— Não quero e nem preciso da sua condescendência. O que aconteceu foi sexo entre dois adultos e ponto. Bem, se era só isso. Preciso fazer inspeção na remessa que está saindo do galpão. Precisa de alguma coisa?

Teremos uma videoconferência a tarde com o pessoal do Frigorífico Malharinho.

— Wagner... Desculpe.

— Isad...

— Se tivesse de escolher, você seria o primeiro. É um homem que sabe realmente amar uma mulher.

Meu amigo esboça um leve sorriso com os lábios fechados e sai da sala. Não devo me incomodar com a frieza dele. Eu mereço.

Ocupo-me no trabalho e penso na conversa que tive ontem à noite com a minha filha. Ela volta a viajar em dois dias. A Cissa também estará indo. Maria Eduarda me falou que o marido programou passar uns dias com ela, em Paris. Minha filha está vivendo os melhores momentos da vida dela. Está feliz. E eu estou buscando meu equilíbrio.

Samuel

— Sam, ouvi papai e a Lu conversando e estavam dizendo que o Edu está indo para Campinas, hoje. Você está sabendo disso?

Selena entra na minha sala, agitada, os olhos atormentados o rosto pálido. Como dizer a minha irmã que não conseguimos demover a ideia de o Eduardo ir para Campinas? E, sim, seria naquele dia. Meu silêncio foi a confirmação que ela precisava.

— Você sabia! Você sabia e não me disse nada! Como pôde, Samuel? Como pôde esconder isso de mim?

Ela irrompe em lágrimas, corro para ampará-la.

— Calma, Lena. Não é hora para se desesperar, minha irmã. Olha pra mim. É verdade, sim. Eu vou com ele, no final da tarde. — Seguro no queixo dela e faço com que me encare. — Menos de duas horas, maninha. Não é do outro lado do mundo.

— Ele foi atrás dela. Ainda a ama e não quer se separar, não é isso?

— Não. Edu não está indo atrás da Cristina. Ele me disse que é pelos filhos e acredito nele. Lena, escute. Agora todo mundo já sabe sobre os seus sentimentos pelo Eduardo. Não é um bom momento para se desesperar. Tem de manter a calma e tentar ficar distante do Edu, pelo menos por enquanto. Logo tudo isso acaba e você poderá ter a sua vez com o homem que ama.

— Sam... Ele falou alguma coisa sobre mim? O que ele disse?

— Selena, Edu é um cara bem discreto sobre assuntos pessoais. Você é minha irmã. Por mais que sejamos amigos, não suportaria ele tentar qualquer coisa com você ainda estando casado. Você não pode ser acusada de ser motivo dessa separação. E acredite, se a Cristina descobre que você ama o marido dela, poderá prejudicar muito Edu.

— Ele está sofrendo. Queria estar ao lado dele. Mostrar o quanto o amo.

— Maninha, a hora agora é para ter calma. Além do que, o papai não está feliz com o fato de que você esteja sofrendo por causa do Edu. Na cabeça dele, o Edu seduziu você, mesmo sendo casado.

— Já disse ao papai que não é nada disso. Mas ele só acredita no que quer. E acha que, sendo bem mais velho, o Edu tinha que perceber o meu interesse nele.

— Bem, nisso, também fico surpreso. Há muito tempo percebo certo comedimento do meu amigo em relação a você. O deixava nervoso.

— Sam. Me deixa ir com você, levar Eduardo. Por favor, irmão!

— De jeito nenhum, Selena. Precisa se preservar. Até porque, não acredito que o Eduardo embarque numa nova relação assim, com tudo isso na cabeça dele.

— Ele me quer. Eu sei que também está apaixonado por mim.

— Eduardo disse isso pra você, minha irmã? Ele confessou estar apaixonado por você?

Que merda estava acontecendo afinal entre esses dois!

— Não assim. Mas, cuidou de mim quando fiquei doente depois do seu casamento. Foi carinhoso, atencioso.

— Selena, chega! Minha irmã, você sabe que é a pessoa que mais amo nessa vida. Só não vou deixar que meta os pés pelas mãos agora, depois de passar tantos anos segurando bravamente esse sentimento. Precisa se acalmar e ter mais um pouco de paciência. Do contrário, faço você tirar férias e ainda te levo para Paris comigo.

— Está certo. Ficarei quieta. Não vai me tirar daqui. Não agora. Estou indo pra minha sala. Estou fechando a campanha de divulgação dos novos produtos para exportação.

— Sim. Vá lá. Bom trabalho! Sei que você sempre faz o melhor.

Beijo-a na cabeça, e a vejo saindo apressada da minha sala. Selena mudou. Nunca pensei em ver a minha irmã, sempre muito centrada, tranquila, inteligente. Daquele jeito. Insegura, imatura, impulsiva. Tendo um comportamento quase desesperado. Amaldiçoou essa porra desse sentimento que escraviza e torna as pessoas reféns do outro. Mesmo que seja apenas em pensamento.

Estou de saco cheio disso tudo. Quero tirar a tristeza e o desespero dos olhos da minha irmã. Viajo para Paris em duas semanas e, sim, vou tentar levar a Selena comigo. Sei que a Madu não ficará muito feliz, ela espera que tenhamos uma segunda lua de mel, mas, minha irmã vem em primeiro lugar.

CAPÍTULO 30

Samuel

Em três dias viajo para Paris. Eduardo entrou com o pedido de divórcio e pela primeira vez conversou comigo sobre a Selena. Ele está preocupado e teme que a Lena sofra até tudo finalizar. Não me disse o que sente por ela, mas não é indiferente quanto quer deixar parecer.

Minha irmã pediu para ir a Campinas antes de seguirmos para a França. Não pude negar. A coitada está triste e concordou fazer a viagem comigo.

— Samuel!

— Algum problema, pai? — Já até imagino o que seja.

— Como você pôde concordar com esse absurdo de sua irmã viajar até Campinas atrás do Eduardo? Ele ainda está casado! E não quero a minha menina se humilhando e nem correndo atrás de homem nenhum! — O velho esbraveja com raiva.

— Edu não está mais casado. O divórcio está quase homologado. Ele e a Cristina estão separados há meses e todo mundo sabe disso, inclusive o senhor.

— É impressionante como vocês minimizam tudo. Eu não enxergo nada nessa facilidade que você. E sua irmã vai sofrer por conta disso.

— Escute, pai. Amo muito Lena. Também não quero vê-la sofrer. Mas, caramba! É a vida dela, e a Lena não é mais uma criança. Temos que dar apoio e deixar que viva as suas próprias experiências.

— Está certo. Mas que fique claro, se alguém fizer a minha menina sofrer. Eu não vou perdoar. Vou pra cima com tudo.

— Pode acreditar que farei ainda pior.

Se alguém a magoar deliberadamente conhecerá um Samuel que nunca viram.

Já estou começando a achar que ser marido de modelo internacional pode não ser tão fácil como imaginei inicialmente. Tem dias como hoje que sinto uma falta filha da puta da minha mulher. Não consegui dormir direito. Tive um sonho ruim logo que comecei a dormir e acabei por passar a maior parte da noite assombrado.

De madrugada ainda fui para a piscina, nadei até amanhecer. Precisava me sentir cansado para entorpecer os pensamentos. Já fazia tempo que não pensava na dona dos olhos escuros como a noite. Mas foi a primeira imagem que veio à cabeça quando acordei assustado com o sonho. Isadora. Acabei por esquecer a porra do sonho, mas os pensamentos continuaram me atormentando, além de uma pressão no peito. Uma agonia.

Vim para o escritório. Aproveito para adiantar tudo que puder, antes de viajar. Ficarei fora apenas uma semana, mas sem Edu aqui, minha ausência vai pesar e muito. A viagem é principalmente a trabalho.

Uma grande empresa francesa interessada nos nossos serviços de exportação.

— Samuel, posso entrar?

— Lu? Claro, você aqui a essa hora? — Minha madrasta logo cedo na empresa me deixou em alerta. — Alguma coisa com o papai?

— Seu pai está bem. Seguiu para sala dele e vim falar com você. Falou com a Lena ontem à noite ou hoje pela manhã?

Senti um frio no estômago.

— Não. Ela não voltou pra casa?

Fiquei de pé, já pegando o celular.

— Não voltou. Eu liguei várias vezes, o celular só cai na caixa. — Foi o que acabou de acontecer assim que começou a chamar. — Sam. Liguei para Eduardo, ele me disse que estiveram juntos até ontem depois do almoço, quando ele foi para o escritório e a Lena deveria ter retornado para cá.

— Que porra é essa? Edu não falou ou viu minha irmã desde ontem início da tarde e não nos diz nada?

Liguei para o celular de Eduardo, ele atendeu de pronto.

— Sam! Selena está aí, não é? O celular dela não está atendendo. Eu preciso falar com ela. Faça-a atender o celular, por favor!

— Que caralho houve entre você e a minha irmã que a fez sumir, Eduardo? Onde está Selena, porra?

— Sam, o que está acontecendo? Eduardo não conseguiu encontrar Selena?

— Sam! Sam! Está me ouvindo? Estou chegando aí!

— Porra, Selena! Para onde você foi, droga?

Joguei o celular sobre a mesa e passei as mãos nos cabelos, já sentindo uma dor forte no estômago. Luciana correu até mim, muito aflita e ligando para Marina, para saber se viu a Selena.

A agonia no meu peito só piorava. Eu sabia que algo muito fodido tinha acontecido com a minha irmã. Eu sentia na minha espinha dorsal.

Enquanto Luciana falava com Marina, eu ligava para algumas amigas da minha irmã. Em menos de dez minutos, Eduardo entrou na sala. Partir para cima dele. Pegue-o pela gola da camisa e o sacudi em desespero, gritando na cara dele.

— O que você fez a minha irmã, porra? Onde está a Lena?

Meu coração tremia, assim como as minhas mãos.

— Eu não sei, cara. Ela disse que voltaria depois do almoço para cá, porque arrumaria as malas e... — Ele estava tão ou mais nervoso que eu.

— Calma, Samuel. Por favor, solte Eduardo. — Luciana se colocou entre a gente e me puxou para que largasse o meu amigo.

— Violência e descontrole agora só vão atrapalhar. Eduardo, conte tudo que aconteceu e o último minuto que esteve com a Lena.

— Estávamos juntos e... ontem de manhã Cristina apareceu. Falou umas bobagens para a Selena...

— Como você deixou sua mulher se aproximar da minha irmã, porra!

Eu matarei a vaca se fez alguma coisa contra a Lena.

— Ela não é mais a minha mulher! E eu não estava na hora. A Selena só me falou porque estava estranha, fria comigo. Pressionei para que dissesse o que estava acontecendo.

Edu está muito abalado e a voz carregada de emoção. Mesmo assim, só conseguia enxergar que por causa dele a minha irmã estava sabe-se lá onde. Possivelmente sofrendo.

— O que a Cristina disse para a Selena, que a deixou abalada? — Luciana o questionou.

— Bobagens. Alucinações da cabeça louca dela. A Selena falou que estava voltando para casa. Que viajaria com você.

Ele olha pra mim e parece estar sendo sincero. Só não acho que está contando tudo.

— O que faremos, Sam? Já liguei para todo mundo possível da Lena ter procurado. Ninguém sabe dela. André ainda não sabe que a Lena sumiu. Está na hora de contar a ele e tomar as primeiras providências.

— Vá falar com o papai, Lu. Vou ligar para o doutor Edmundo, do escritório de advocacia, que nos presta serviços jurídicos. Ele deve nos orientar no que fazer.

— Faça isso. É possível que a Lena só esteja querendo ficar um tempo sozinha. Se chamarmos a polícia, logo a imprensa saberá do sumiço da nossa menina.

— Tem razão.

Enquanto Luciana segue para a sala do meu pai, Eduardo olha a avenida lá embaixo através da janela. Eu ligo e peço ao doutor Edmundo para ir ao escritório urgente, em seguida penso que talvez a Lena possa ter falado com a Isadora. Minha sogra era muito carinhosa com a minha irmã. As duas se gostavam muito. Ligo para ela.

— Olá, Isadora. Você está bem?

— *Samuel. Sim. Estou bem e você?*

— Por acaso falou com a minha irmã Selena, esses últimos dois dias?

— Não. Falei com a Lena um tempo mais atrás. Pedi para que levasse um mimo para a minha filha, em meu nome. Mas, o que houve com a Lena? Ela está com algum problema?

— Lena foi para Campinas para ficar com o Edu há dois dias. E deveria ter voltado ontem à tarde para casa. Viajaremos depois de amanhã. Acontece que a minha irmã saiu de Campinas, mas não chegou a São Paulo. Ninguém sabe dela.

— Meu Deus, Samuel! Onde ela poderá ter ido? Olha, me informe, por favor, assim que souber dela. Logo que possível, vou para São Paulo. Gosto muito da Selena. Espero que nada tenha acontecido com ela.

— Obrigado, Isadora. E... Madu ainda não sabe. Espero encontrar a minha irmã antes de falar para ela.

— Claro. Está certo. Não falarei nada caso me ligue. Até.

— Obrigado!

Logo o advogado chega e, após ouvir tudo que está acontecendo, acha melhor que realmente levasse o caso à polícia. Está chegando a vinte e quatro horas do sumiço da Selena.

O meu pai precisou ser medicado, pois teve um aumento de pressão arterial.

Os investigadores acabam de sair da minha sala e a partir de agora a minha irmã passa a ser considerada desaparecida. São iniciados os procedimentos de busca. Levando por base o perímetro das cidades de Campinas a São Paulo.

O inferno estava começando a se infiltrar nas nossas vidas. Precisei ligar para Madu e contar o que estava acontecendo e a minha esposa estava voltando para o Brasil.

CAPÍTULO 31

Samuel

Exatos nove dias e nada. Nenhuma notícia. Nenhuma pista do paradeiro da minha querida irmã.

Madu ficou com a gente, nesse terror, por uns dias, mas teve que voltar para os compromissos de trabalho.

Isadora também permaneceu por dois dias conosco. Ajudando a consolar a Luciana e o meu pai, que está vivendo sob supervisão médica e tomando muitos remédios.

Eduardo voltou para o escritório de São Paulo. Está segurando a barra, junto comigo, no comando da empresa, no controle da crise e das buscas.

Selena sumiu feito fumaça no ar. Mesmo Marina que é a energia pulsante da família, perdeu a alegria e também o mau humor constante. Estava desolada, a frente de campanhas, distribuindo fotos e informações sobre Lena, para ajudar nas buscas.

Cristina, agora ex-esposa de Eduardo, foi investigada e, apesar de ter discutido e humilhado a Selena, nada foi encontrado contra ela.

Décimo dia. Chamei o Eduardo à minha sala porque o investigador, junto ao delegado, que estão cuidando do caso, pediu para ser recebido com urgência. Descobriram algo.

— Peça, por favor, que o delegado entre, Olívia.

— Será que encontraram a Selena?!

Edu está ansioso e desesperado. O cara quase não dorme, desde o sumiço da minha irmã, e muito por conta de culpa, eu acho.

— Vamos saber agora.

Levanto-me da cadeira e saio de trás da minha mesa, para receber os dois homens.

— Senhor Samuel... Senhor Eduardo... — Eles entram na sala, cumprimentam-nos e trocam um olhar entre si.

— E então, delegado? Encontraram a minha irmã? Acharam Selena?

Não tinha tempo, nem paciência para amabilidades.

— Nós encontramos o carro da senhorita Selena...

— Encontraram? E então? Onde está a minha irmã? Fala, delegado!

— Calma, Sam. O senhor disse que encontraram o carro. O que isso quer dizer? A Selena não estava nele?

— O carro foi encontrado na estrada entre Campinas e Jundiaí. — O homem continuou. Seco. Não dando importância ao meu descontrole, ou o nervosismo do Edu. — É um precipício que acaba dentro de uma mata fechada, de difícil acesso. O carro está destruído, em consequência de uma explosão. Só foi possível encontrar porque houve um acidente na área próxima, e a equipe de resgate precisou verificar o local e percebeu a carcaça do carro lá embaixo. Vimos que a mata havia incendiado ao redor.

— Nós identificamos a placa como sendo do carro da moça Selena. Mas, não havia nenhum corpo...

— O senhor já está dando como certo que a Selena está morta? Corpo? Já se refere a corpo? — Edu explode, irritado.

— Vocês encontraram o carro destruído e se a minha irmã não estava dentro, certamente porque ela conseguiu sair antes. É isso?

— Senhores. Entendemos o desespero, o sofrimento e a ansiedade de vocês em encontrar a moça com vida. Estamos apenas colocando os fatos. Acreditamos que quando o carro rolou precipício abaixo, a porta do motorista deve ter aberto e foi arrancada ao se chocar com uma árvore. Supomos que, nesse momento, a jovem possa ter sido lançada para fora do veículo.

— Ela está viva! Eu sei que ela está viva! — Edu deixa a sala e de repente me sinto só. Preciso carregar essa dor, sozinho.

— E agora, doutor? Quais os próximos movimentos de vocês?

— Bom. O carro foi retirado essa manhã e seguiu para a perícia. Faremos buscas direcionadas em clinicas e hospitais nas cidades menores das redondezas. Senhor Samuel, nosso trabalho é sermos práticos. Diante do local e... da natureza do acidente, não temos muitas esperanças de que alguém, e principalmente uma jovem mulher, possa ter conseguido escapar, sem nenhuma ajuda.

— Fala claro o que está tentando dizer, delegado!

Estou transtornado com as informações. Porra! Sinto meu peito doer.

— Na nossa visão profissional, se a jovem foi lançada para fora do carro antes da explosão, certamente ela ficou muito ferida. O local é inóspito, próximo existe uma lagoa. Do ponto em questão até a cidade mais próxima, ela precisaria caminhar muitas horas dentro da mata. O que não conseguiria estando muito ferida.

— O que está tentando dizer é que provavelmente a minha irmã está morta e que dificilmente o corpo dela será encontrado porque pelo tempo, pode ter sido devorado por animais? É isso, delegado, o que está tentando dizer? — gritei, enfurecido.

Claro que o homem não tinha culpa. Mas a vontade era de arrebentar a cara dele por sequer insinuar uma morte tão cruel para a minha delicada irmãzinha.

— Sinto muito!

— Senhor Samuel. Permaneceremos com as buscas. Mas teremos um tempo determinado. Uma semana mais, faremos o possível para encontrar a sua irmã. Bem, outras informações os senhores terão num relatório completo assim que terminarem a perícia no carro. Até mais.

Eles saíram. Como entraram. Sem o mínimo de conhecimento do quanto destroçado e acabado nós estávamos. Toda a nossa vida redirecionada para aquelas buscas. E estava chegando ao fim. Um fim que não estávamos preparados para lidar. Para aceitar.

— Amor, e agora? Vamos concordar que a Lena está morta sem ter encontrado o corpo dela?

Morta. Minha irmã de apenas vinte e cinco anos. Linda, delicada, gentil. A minha Lena, que peguei no colo logo que chegou da maternidade. A menininha com os olhos escuros, iguais aos meus, que me derretia de amor, estava sendo considerada morta.

Vinte e um dias. Esse é o tempo que a Selena sumiu. Desapareceu das nossas vidas. Sem um tchau. Um adeus. Apenas, nunca mais vimos a minha irmã.

— Filha, vem. Deixa o Samuel quieto um instante. Ele está no limite.

— Eu sei, mãe. Só quero confortar meu marido. Desde ontem, depois que os policiais estiveram aqui e entregaram o relatório final dando como oficial a morte da Lena, que o Sam quase não falou. A não ser com a Olivia, a secretária dele, pedindo para que tomasse algumas providências.

— Estão todos em choque ainda, Maria Eduarda. É natural, depois de uma situação como essa.

Levantei e me afastei. Não queria mais ouvir nada do que as duas estavam conversando. Minha esposa acha que basta dois carinhos dela e eu vou ficar bem. Nunca mais vou ficar bem. Perdi uma parte de mim.

Isadora

Até eu estou muito triste e abalada com tudo que aconteceu a Selena. A família está totalmente destroçada. Agora é oficial: Selena Lesin França é considerada morta, aos vinte e cinco anos, num acidente de carro.

O senhor André está sedado desde que a filha desapareceu. Luciana tem sido forte e segurado a família, em detrimento ao próprio sofrimento. Marina perdeu a alegria da sua idade. Tranca-se no quarto e só sai quando sente vontade.

Eduardo finalmente mostrou a todos o quanto estava envolvido pela linda menina. Ela não estava amando sozinha. É o único que não aceita, de forma alguma, que Selena tenha morrido de fato. Largou casa, trabalho, até os filhos, e saiu pela estrada, de São Paulo até Capinas, procurando por ela.

Cheguei há dois dias, e não suporto mais ver a tristeza, a derrota no rosto e nos olhos de Samuel. Não tem se alimentado. Só consegue dormir depois de beber quase uma garrafa de uísque. Está visivelmente mais magro e muito abatido.

— Mamãe. Não sei mais o que fazer. Samuel está até essa hora no escritório, trabalhando. Desse jeito ele não vai aguentar. Vai ficar doente. Além de só conseguir dormir depois de beber quase uma garrafa. — Minha filha está muito preocupada com o marido e eu a entendo.

— Maria Eduarda, é tudo muito recente e esse é o jeito do seu marido expressar a dor. Vai passar, querida. Tenha paciência.

— É tudo que tenho tido, mãe. Não está sendo nada fácil ver o meu marido entregue ao sofrimento desse jeito.

— A dor é muito grande e cada um lida com ela do jeito que consegue, filha. Pelo menos ele continua firme na empresa. Segurando com mãos de ferro como pode. Sem o pai, que mal consegue manter-se de pé. Sem o amigo e braço direito, Eduardo, que parece ter enlouquecido e saiu pelo mundo numa busca insana.

— Que para mim é muita culpa. Ele não soube cuidar da Lena como devia, deixando aquela bruxa, que é a mulher dele, humilhá-la.

— Não podemos julgar, filha. O pobre rapaz também está acabado. Sem contar que abriu mão de tudo, na busca por Selena.

— Meu Deus! Eu só quero que o tempo passe e a vida se normalize. Sei que com essa perda nada mais será igual para essa família, mas preciso que meu o marido reaja ou que, pelo menos, me deixe cuidar dele como merece.

— Paciência, meu amor. É tudo que precisa ter agora. Eu vou ter que voltar para Porto Alegre. Não posso abandonar a nossa empresa.

— Que bom que você veio, mãe. Teria sido pior sem você aqui. Consegui um bom tempo para ficar no Brasil. Mais dois meses. Volto amanhã mesmo, para as aulas presenciais na faculdade.

— É bom que esteja aqui, filha. Volto pra casa hoje à noite. Se quiser, peço à Cissa para vir ficar uns dias aqui com você.

— Não precisa. Cissa também está precisando de umas férias. Ela chega da França em dois dias. Parece que dessa vez a Chloé vem junto e as duas vão comprar um apartamento lá em Porto Alegre.

— Eu sei, ela me contou. E dessa vez vai enfrentar todo mundo e ser feliz.

— Ela merece muito.

Beijo a cabeça da minha filha e sigo para o quarto de hóspedes do apartamento onde estou hospedada desde que cheguei para ajudar à nova família dela a passar por toda aquela dor. Só não consegui ajudar Samuel. Não soube como. Vê-lo tão quebrado não estava fazendo bem ao meu coração. Precisava voltar para minha paz.

CAPÍTULO 32

Samuel

— Sam, posso ficar um tempo aqui com você, meu irmão?
Senhor. Vi a dor e o desespero nos olhos azuis da minha irmã caçula.

— O que houve, Mari?

Levanto, saio de trás da minha mesa de trabalho, ela corre para os meus braços. Aperta-me e funga com a cabeça apertada no meu peito.

— Não quero ficar lá em casa. O papai parece que pirou. Fica reclamando de tudo. Até a Lu está perdendo a paciência.

— E a faculdade, *Rina*? Não deveria estar na aula? — chamei-a pelo apelido de quando era pequena e menos malcriada.

— Só tive uma aula hoje, fiquei sem nada para fazer. — Dá um muxoxo impaciente.

— Maninha... — Afasto-a um pouco para que me olhe. — Precisa voltar a suas atividades, seus amigos. Cadê a sua grande amiga Roberta, porque não está com ela?

Revirou os olhos e torceu a boca num esgar.

— Agora é conveniente para vocês que eu fique com Beta. Ela está cuidando do pai. — Se afasta e olha em volta. — Você poderia me ensinar alguma coisa e fico aqui te ajudando, o que acha?

Isso, sim, será um apocalipse. Passo as mãos nos cabelos e volto a sentar na minha cadeira. O dia está cheio de coisas para resolver.

— Agradeço de coração, pequena gafanhotinha dos olhos azuis. Mas, não é um bom momento. Estou muito assoberbado de trabalho. Vai mesmo precisar procurar uma das coisas que gosta de fazer. — Volto para a papelada na minha mesa.

— Devo ser mesmo uma inútil, que até quando quero ajudar ninguém aceita. Vou para a sala da Lena. Aposto que lá vou encontrar muitas coisas legais para fazer.

Marina segue rápido e eu sinto o coração acelerar e apertar dentro do peito. Tento evitar falar na minha irmã, que se foi. Interfono para Olívia, peço para ir atrás da Marina e tentar ajudá-la no que precise.

Mais uma semana. O idiota do Eduardo não retornou. Mantinha a ideia de que encontraria a Selena. Estava grato que o pessoal do marketing que trabalhava com ela, assumiu os trabalhos que estavam concluindo e isso me deixou mais tranquilo. Para o trabalho do Edu, coloquei uma funcionária que era assessora dele e ela estava ajudando bastante até a loucura dele passar e voltar para o trabalho.

Eu estava tentando. Vivendo um dia por vez para conseguir sobreviver. A minha esposa estava por um triz de perder a paciência. Todos os dias ela enchia a porra do meu saco, reclamando por eu precisar beber as minhas doses. Era o único jeito de entorpecer a mente e não pensar.

Caralho. Todos os meus pensamentos de alguma forma passaram a ser monstros que me perseguiam e tiravam pouco a pouco as minhas energias e sanidade.

Hoje, a porra pesou um pouco mais. Não suportei ver a minha irmã caçula, no chão da sala da nossa irmã Selena, em soluços profundos, doloridos, com um porta-retratos e a foto de nós três: rindo e agarrados, na piscina da casa do meu pai. A foto tem bons dez anos.

Foi a gota d'água do dia que começou bem fodido. Levei Marina para a casa, e resolvi vir para o clube. Joguei muitas partidas de tênis e com fúria ganhei todas. A porra é que estou bebendo sem parar e acabei de ver a Roberta chegando. Isso não vai ser bom.

Os caras foram embora. Vão se foder! Não preciso deles ou de ninguém. Principalmente para ficar me dando conselhos e essa porra de lições de ajuda para quem perdeu alguém que ama.

— Fodam-se! Quero que me deixem em paz! Eu perdi a minha irmã, caralho. Alguém pode entender isso?

Ah, dane-se! Deixa que eu lembro... Tenho de fazer alguma coisa...

— Sam... Você está bem? — Hum é a minha ex. — Olha, melhor ir para casa.

— N-não, eu tenho... O que eu tenho mesmo que fazer?

Porra, não me lembro.

— Tem de ir para casa. Sua esposa deve estar preocupada.

É mesmo a Roberta. O que ela está fazendo aqui?

— É, é isso... Minha... Madu, vou buscá-la na faculdade.

Cassete... Estou muito tonto.

— Dona Roberta, quer ajuda? Melhor alguém levar o senhor Samuel.

Quem será que está falando?

— Eu sei, Luiz. Ele está muito bêbado.

— Os amigos dele já foram.

— Eu vou levá-lo. Ajude-me aqui colocá-lo no carro dele.

— Es... Espera um pouco, eu...

— Está muito bêbado e eu vou te levar. E dane-se sua princesinha fedelha. Se ela estivesse cuidando bem de você, não estaria assim. Vem. Vamos pra casa. Ajuda, Sam.

— Você é muito mandona... Madu, minha ga... garotinha.

— Puta merda. Me chamar com o nome da esposa é demais.

— Meu carro...

Eu estou andando? Ou... caindo. Não sei bem...

— É isso. Seu precioso BMW. Mas pode ficar tranquilinho aí, que sei dirigir muito bem, e você sabe. Deixe-me colocar o cinto de segurança em você, antes que bata o rosto no painel.

— É... Você tá muito cheirosa... garotinha...

— Está achando mesmo que é a sua pirralha, né?

Acredito que apaguei. Já chegamos ao nosso quarto.

— Pronto, Sam. Está entregue. Estou com medo de te deixar aqui assim sozinho. Mas acho que Madu não vai gostar de chegar e me vir aqui.

— Madu, meu amor. Venha aqui... —Ela é tão cheirosa. A minha es... posa.

— Nossa. Que porra está fazendo, Sam? Não sou de ferro. Você, lindo desse jeito. Saudade da porra de te ter todo enfiado em mim... O que estou fazendo? Sam! Não sou a sua esposa. Não sou a Madu. Me larga.

— Madu, venha. Me deixa amar você. Eu preciso... Você é muito gostosa. Vem aqui, garotinha. Quero ver seus peitos gostosos e... essa bocetinha linda...

— Porra! Eu não sou de ferro. Sinto saudade de nós dois. Tínhamos química e muito tesão... Ah... Sam...

CAPÍTULO 33

Samuel

Porra! Minha cabeça vai explodir. Quem está gritando. Caralho!

— Eu vou matar você, sua puta escrota! Samuel! Acorda de uma vez seu filho da puta! Que porra é essa, Samuel?!

— Calma. Ele estava muito mal. Eu só tentei ajudar.

— Ajudar, trepando com meu marido? Saia agora da minha casa ou nunca mais conseguirá andar! Vou acabar com a sua raça, sua vagabunda!

— Que porra está acontecendo... O que está fazendo aqui, Roberta?!

— Seu canalha! Idiota! Você trepa com essa daí e agora vai fingir que não sabe o que ela está fazendo aqui? Vou matar você, Samuel! Seu babaca!

— Calma, Madu. Espera, eu...

Meu Deus! O que eu fiz? Roberta e eu.... Estou completamente nu. Roberta também. Olho em volta. Minha ex está pegando as roupas e correndo para sair do quarto. Madu, a minha mulher, está fora de si. Com toda razão. Eu fiz uma merda sem tamanho.

O problema é que não me lembro de nada. Não consigo lembrar.

— Madu volta aqui. Merda! A porra da minha cabeça vai explodir.

— Saia do meu apartamento, sua puta! Vai me pagar muito caro por isso, Samuel!

Madu está transtornada. Jogou os sapatos de Roberta em cima dela, que estava parada à porta aberta, tentando vesti as roupas. Minha mulher a empurrou para fora e bateu a porta. Aos gritos, vira-se pra mim, parado, atônito, enrolado num lençol que achei no chão da sala, provavelmente deixado por minha ex.

Estou muito fodido. Mas o que posso dizer? Madu está certa. Essa merda era tudo que não podia acontecer, para coroar um dia miserável do caralho.

— Madu, só peço que me ouça. Eu...

— Você o quê? Bebeu muito e resolveu trepar com a infeliz da sua ex? E devo entender isso? Fala seu babaca de merda! É para eu compreender que a sua dor eterna pela morte da sua irmã lhe dá o direito de trazer sua ex para nosso apartamento e foder com ela? Fala!

— Não, porra! Nada justifica o que você viu aqui! Só peço que acredite quando digo que eu realmente não estava consciente do que aconteceu. Não me lembro de porra nenhuma! Bebi mesmo muito. Estava... Estou muito fodido!

— Eu pedi tanto. Eu implorei para deixar de beber. Sabia que as suas bebedeiras te causariam um acidente desastroso. Que batesse o carro ou caísse e batesse a cabeça. Mas, nunca! Em nenhum momento imaginei que a sua fuga da realidade chegasse ao ponto de trazer para o nosso apartamento... Para nossa cama a mulher que mais odeio na face da terra!

A minha mulher está despedaçada por minha culpa. As lágrimas e a dor que estou provocando na Madu, não têm perdão.

— Escuta, garotinha, eu...

— Não me chame assim! Nunca mais me chame de garotinha, porra! Porque foi por me achar uma menininha ingênua. Uma garotinha boba! Que me fez a última coisa que poderia ter feito na vida.

— Desculpa. Sei que fiz a maior merda de toda a minha vida. Mas, não foi consciente. Minha cabeça estava em você. Era o seu nome que eu falava. É claro que Roberta se aproveitou e... Madu, olha pra mim. Jamais faria algo tão indigno e vil com você. Nem mesmo a quero mais. Ela sabe que nada do que aconteceu naquela cama, foi com ela. Era você ali, na minha cabeça.

— E o quê? Espera que eu fique feliz por você ter trepado com a sua ex chamando o meu nome? — Doía muito ver uma menina jovem, linda, com o rosto transtornado pela raiva, decepção, tristeza. — Eu pedi tanto que parasse de beber. Que reagisse, porque as bebedeiras idiotas não tirariam a depressão, nem a tristeza. Mas você não me ouviu. Só consigo sentir nojo de você. Agora é só uma caricatura malfeita do homem que conheci e me apaixonei há dois anos.

— Madu, está sendo injusta. Sabe o momento que estou passando. A dor insuportável de ter perdido a minha irmã e nem sequer ter o direito de enterrar decentemente o corpo dela. O que aconteceu com a minha ex foi um terrível desastre. Num momento de fraqueza e de dor excruciante. Óbvio que não estou tirando o peso da merda que fiz. Mas precisa levar em consideração que o álcool na cabeça e a dor apertando o meu coração, me tiraram da realidade. Enxerguei e ouvi você o tempo todo.

— Muito cômodo culpar a bebida e a dor, não é mesmo? Com isso espera que eu te perdoe e fica tudo por isso mesmo. — Nunca tinha visto a Madu tão fria. Tanto ódio nos olhos azuis. — Vai ter que viver a partir de agora com a certeza de que foi o único responsável pelo fim do nosso casamento.

— O quê?! Madu, pare! Não fale essa merda, porque o nosso casamento não vai acabar por conta de uma bebedeira e uma ex ardilosa.

— Acabou, sim, Samuel. Nunca mais vai tocar em mim com essas mãos sujas. Ainda consigo sentir o cheiro de outra mulher e de sexo em você.

Nunca mais encostará um só dedo em mim. Acabou! Por ora, peço que saia do apartamento. Vá para o inferno se quiser. Essa noite eu não quero mais olhar para você.

— Madu...

— Por favor! Acho que é o mínimo que mereço de você, agora.

Não refuto ou insisto. Minha esposa está coberta de razão. Volto ao quarto, tomo uma ducha rápida. Visto jeans e camiseta. Jogo algumas coisas numa sacola e pego um terno com o cabide. Vou direto para a empresa no dia seguinte. De pose do celular, volto para sala e não vejo Madu.

Saio do apartamento e venho para a casa do meu pai.

— Maldita Roberta! Conseguiu piorar o momento de sofrimento que estamos passando.

— Não quero que o papai saiba, Lu. Direi que vim para cá preocupado com o estado de saúde dele.

— Está certo. Poderemos poupá-lo pelo menos por essa noite. Você está horrível. Parece ter envelhecido muitos anos nesses últimos dias. Acredito que Madu vai pensar e de cabeça fria entenderá que não fez para magoá-la ou pela traição com a ex. Ela compreende a sua dor.

— Maria Eduarda parecia outra pessoa. Agiu com tanta dureza, tanta raiva. Jamais imaginei que uma garota jovem pudesse ser tão fria. Parecia não entender e nem aceitar a minha dor pela perda da minha irmã. Todas essas semanas eu percebi a impaciência dela com a minha tristeza. E por mais que tenha insistido que estava tomado pelo álcool e não me lembrar de nada, ela não quis entender. Apenas a traição com a Roberta era o que importava para que tomasse a decisão de acabar o casamento e se livrar de mim.

— Não é nada fácil para Madu, Sam. O que ela presenciou é algo para mulher nenhuma entender ou perdoar. E você não me parece muito abalado com a possibilidade de acabar o casamento.

Luciana me conhece bem.

— Honestamente? Estou muito cansado e não quero pensar em nada disso agora. Vou deixar que Madu esfrie a cabeça. Amanhã, com a minha cabeça também melhor, poderemos conversar.

— Melhor mesmo ir descansar. Sobe. Vou pedir ao Germano para te levar uma xícara de chá para te ajudar a dormir.

— Prefiro água e café. Vão me ajudar mais, depois de tanta bebida que tomei hoje.

— Quer comer alguma coisa?

— Não. Sinto enjoo só de pensar em comer.

— Certo. Vá que te levo água e café fresquinho.

— Lu. — Pego as mãos da minha madrasta. — Obrigado por sempre estar me ajudando e me apoiando até quando faço merdas.

— Nossa diferença de idade é mínima, mas amo você como se de fato fosse meu filho. Sei o homem íntegro e fiel que é. Acredito que Madu vai compreender isso também. Ela é completamente apaixonada por você. Agora vá descansar, que eu levo o café em instantes.

Luciana segue para cozinha e eu vou para o quarto. Vou direto para o banheiro, entro no boxe e debaixo do chuveiro tento limpar o meu corpo e a minha mente. Por muito tempo, deixo a água fria cair em minha cabeça. Muitos minutos depois, saio do banho e me enxugo, visto um short de pijama e volto ao quarto. Vejo que Lu deixou a bandeja com água e café na antiga bancada de estudos do meu quarto. Bebo a água de uma vez, o café está um pouco frio, pela demora no chuveiro.

Não consegui dormir. Algo está me incomodando muito, e a sensação de ter causado uma mágoa e uma decepção enorme na única pessoa que não queria magoar, está me causando dor quase física. Não sou homem de ter medo. Sempre enfrentei os meus temores de frente. Só não consigo compreender a dor forte no estômago, e o aperto no coração por imaginar o que a Isadora vai pensar de mim. Eu prometi que nunca magoaria a filha dela.

Antes de sair para o trabalho, ligo para o celular de Madu e cai direto na caixa de recados. Já no trabalho, ligo várias vezes e continua desligado. Ligo para o telefone de casa, para falar com Lúcia, a moça que nos ajuda, fazendo comida e limpando a casa. Ela diz que quando chegou a minha mulher já estava de malas prontas e saindo para viajar para Porto Alegre.

Não imaginei que Madu fosse correr para o lado da mãe, antes mesmo de conversar comigo.

Uma coisa eu sabia, se não tentasse salvar o meu casamento agora, nunca mais teria a minha mulher de volta.

Resolvi os assuntos mais urgentes. Peguei meu notebook e alguns documentos que precisava resolver naqueles dias, liguei para o piloto e pedi para preparar o avião. Seguiria para Porto Alegre atrás da Madu. Precisava conversar com Isadora presencialmente. Precisava que a minha sogra fosse mais generosa que a filha, e me escutasse.

CAPÍTULO 34

Isadora

Não consigo nem pensar no que estou sentindo, porque a decepção, revolta e humilhação da minha filha são suficientes para me deixar fervendo de raiva. Não quero acreditar que Samuel teve a coragem de humilhar e magoar Maria Eduarda, por pura imprudência ou canalhice. Sei que tudo, que ela me disse, veio carregado de ódio e acaba fantasiando para mais do que o que realmente aconteceu.

— Não pode viajar antes de conversar com o seu marido, Maria Eduarda. Não é assim que as coisas se resolvem.

— Não quero saber do Samuel, mamãe! Estou com nojo dele. Pra mim ele está morto!

— Madu! Que absurdo, garota! Nunca mais repita isso. E pare de agir como uma criancinha mimada. Casamentos são complicados. Mas é necessário conversar! Ouvir com a cabeça fria o que ele tem a dizer. É hora de ser adulta. Assumir a posição de mulher de Samuel e cobrar dele explicações. Não é hora para fugir e resolver da forma mais fácil pra você. E não esqueça os problemas pelos quais esse homem está passando. Precisa ser mais generosa, Maria Eduarda.

— Chega, mamãe! Pense o que quiser. Só não esqueça que fui eu que vi Samuel com a ex, depois de terem trepado na nossa cama. Talvez se fosse você, que tem esse coração mole e perdoa tudo, conseguisse ficar com o marido traidor que te humilhou. Mas eu não sou essa pessoa. Não entendo! Não perdoo! Nunca mais quero olhar para aqueles olhos traidores. Olhos esses que nunca realmente mostraram me amar de verdade.

— Maria Eduarda?!

Minha filha está destruída de um jeito, como nunca na vida tinha visto. O pranto sofrido e desesperado trouxe um brilho de ódio, de cólera, nos olhos sempre tão amorosos e gentis.

— Reconheço o seu sofrimento, minha filha. Porém, não pode esquecer o momento pelo qual o seu marido está passando. Ele precisa de você, Maria

Eduarda. De seu apoio, seu perdão. Tenho certeza que Samuel jamais faria você passar por uma situação dessas de caso pensado. Acredito que a bebida e a dor tenham apagado a memória consciente dele. Não me parece o tipo de homem canalha que faz esse tipo de coisa.

— Pois ele que procure a ex ou atual. Já não sei e não me interessa. No que depender de mim, Samuel agora é um homem livre para viver como bem quiser. Fui uma tola em acreditar que conseguiria tirar a ex em definitivo da vida dele. Agora, eu estou saindo. Vou voltar para Paris. Falei com a Cissa e, por enquanto, ficarei com ela e a Chloé, até retomar os desfiles em Milão.

O choro passou e só vejo determinação e certezas nos olhos da minha filha. De cabeça erguida, ela coloca roupas e acessórios dentro de uma mala grande.

— Madu! Está sendo precipitada. Agindo de cabeça quente. Onde está todo amor que a fez deixar tudo para correr para os braços do homem que dizia amar mais que tudo? São apenas nove meses de casamento. Sequer vejo você lamentar estar deixando tudo para trás. Parece tão certa em querer acabar o casamento.

— Quer saber? Estou mesmo. Eu cansei! Estou de saco cheio de largar tudo que gosto, que construí com tantas dificuldades. Logo farei vinte anos, e a sensação que tenho é que estou carregando um velho e seus problemas nas minhas costas. Ok, sei do sofrimento do Samuel. Sofri também, mas a vida continua. Não podemos ficar indefinidamente paralisados pela dor. É o que Samuel está fazendo. Ele alega que transou com a ex achando que era eu. Só que teve dias que ele estava tão bêbado que sequer conseguia me beijar.

Ela volta a chorar, tomada pela decepção e derrota. Muito difícil ver a minha filha passando por aquele momento terrível, com tão pouca idade. Talvez esteja certa, é muito jovem para ter que lidar com tanta dor. A abraço, beijo muito sua cabeça, para que saiba que não está sozinha, no final das contas.

— Mãe, preciso terminar de arrumar a mala. Meu voo sai em duas horas, preciso me apressar.

— Quando vou te ver novamente, filha?

— Preciso que você fale com o nosso advogado, mãe. Veja com ele se pode cuidar do meu divórcio, ou teria alguém para indicar. Você vai cuidar disso pra mim. Quando os papéis estiverem prontos, me avisa e venho assinar.

— Maria Eduarda, calma! Se quer viajar, vá. Aproveite o tempo longe para pensar e esfriar a cabeça. Não vou deixar que faça nada no calor da emoção para depois se arrepender.

— Bom, parece que a pessoa que não queria que eu cassasse com esse homem, que vivia implicando com ele, agora é sua forte aliada. Só lhe digo uma coisa, mamãe, espero que em quinze dias você cuide disso pra mim. Caso contrário eu mesma cuidarei.

— Ah, quer saber? Faça o que lhe der na telha, só não venha dizer depois que não lhe avisei. Estou no escritório. Me chame quando estiver pronta, vou te levar para o aeroporto.

Saio sem nem ouvir o que a Madu tem a dizer. Sempre foi madura para idade, puxou ao pai, a natureza determinada. Sei que dificilmente voltará atrás nas decisões que tomou, mesmo que sofra com isso. Como ela mesma disse já tem quase vinte anos, já casou e trabalha. Portanto a minha participação é só mesmo para aconselhar a tomar decisões que não venha a se arrepender depois.

Acabei de embarcar minha filha. Estou voltando para casa com o coração apertado de tristeza. Jamais poderia imaginar viver esse momento. Os dois últimos meses têm sido os mais tristes de nossas vidas, desde o falecimento do meu marido. Não era mais só Maria Eduarda e eu. Agora a nossa família se estendia até a família do marido dela, em São Paulo.

Jamais vou ficar contra a minha menina. Mas não consigo deixar de pensar que o homem que conheci, que abalou fortemente meu coração, possa ser um canalha frio e descarado, a ponto de trair a esposa na casa e na cama deles.

Maria Eduarda não teve maturidade suficiente para suportar o primeiro furacão que encontrou pela frente. Meu coração continua acelerado e querendo saber qual será a reação do Samuel quando souber que a Madu voltou para sua vida de modelo.

Chego a minha casa, tomo um banho, estou indo para cozinha comer alguma coisa, quando fui surpreendida com a chegada de Samuel.

— Dona Isa, o senhor Samuel está aqui procurando pela Madu.

— Samuel?!

Deus meu! Precisava encarar o homem que mudou a vida da minha filha e, mesmo sem saber ou querer, a minha vida também.

— Obrigada, Judite. Vou receber meu genro. Leve depois um cafezinho pra a gente.

Sigo para sala e me deparo com a figura de um homem destroçado. Samuel está parado junto ao guarda-corpo da varanda, olhando os topos de outros edifícios ao longe. Mãos nos bolsos da calça jeans. Fico parada um minuto vendo o cabelo bem mais comprido, chegando à gola da camisa polo branca. De perfil, percebo a barba um pouco maior e mais cheia. Sinais claros que já não cuida da aparência há algum tempo.

Ele se vira, de repente, e me flagra escrutinando-o. Prende os meus olhos nos dele.

— Como está, Samuel?

Quebro a energia que vibra no olhar dele. Aproximo-me.

— Como deve saber. Nada bem. — Mantém os olhos firmes nos meus. — Onde está Madu? Precisamos conversar.

— Sente-se, Samuel. Vamos conversar, você e eu. A minha filha não está. Ela viajou, uma hora atrás, para Paris.

— Madu viajou? — O olhar era de cansaço e decepção. Sacudiu a cabeça e respirou exausto. — Não esperava essa atitude infantil, dela.

— Exatamente o quê esperava da minha filha, depois de ter sido flagrado por ela com outra mulher, na cama de vocês dois?

Não aceito que ele tente se fazer de vítima.

— Esperava que ela fosse madura como sempre mostrou ser e me esperasse para conversar. Nunca imaginei que simplesmente viraria as costas e viesse para o colo da mamãe, em seguida fugisse. Sem me dar sequer o direito de me desculpar. E, olhe... Foi bem fodido o que ela presenciou, mas em nenhum momento quis ferir ou magoar a Madu, muito menos nesse nível. Ela sabe disso! Eu estava bêbado.

— Acha que isso explica tudo? Você estar bêbado não é desculpa para estar com a sua ex, dando a ela o controle da sua vida, permitindo que entrasse no lar que você prometeu dar a minha filha, e que não a deixaria ser magoada!

— Eu não tinha consciência ou controle de nada, porra!

Ele está nervoso, mas não posso permitir que se exceda comigo. Olho-o com severidade.

— Desculpe. Desculpe-me, Isadora. Estou vivendo um verdadeiro inferno. Nunca, pensei que pudesse viver momentos como esses. A perda da Selena me jogou no centro de um furacão. Eu me sinto girando e sendo jogado para todo lado e não consigo encontrar o chão. — Ele olha para mim com os olhos desolados, desesperados. — Não encontro o chão.

Meu coração não suporta. Em um segundo me vejo correndo para o homem quebrado na minha frente e o abraço. Ele me abraça de volta, aperta-me quase sufocando e começa chorar nos meus braços.

Acho que os meus sentimentos por ele aumentam ainda mais. O pranto desesperado de Samuel me deixa arrasada. Acabo chorando junto.

Que Deus me perdoe, mas eu amo esse homem com todas as minhas forças.

CAPÍTULO 35

Samuel

Acordo e percebo que não estou no meu quarto, no apartamento em São Paulo. Olho em volta, as lembranças vêm. Meu descontrole. Os braços de Isadora a me envolver. Sua insistência em me fazer comer. Preocupou-se em me dar um comprimido para a dor de cabeça dos infernos, que estava sentindo. Não voltou a falar sobre o acontecimento que levou a filha dela ir embora. Não me cobrou nada, nem foi hostil, que era o que mais temia.

Aconselhou-me vir deitar no quarto da Madu, onde ficávamos quando estávamos aqui em Porto Alegre. É um quarto espaçoso, bonito. Com grandes janelas de vidros e cortinas leves em tons de branco e lilás. Cama king size que substituiu a de casal, quando casamos. Paredes pintadas em tons de violeta. O ambiente certo para me trazer paz. O ambiente de uma menina de dezenove anos.

São quase 7h da manhã. Levanto num pulo e vou para o banheiro da suíte. O cheiro da minha mulher está em todo lugar. Seus produtos de beleza continuam espalhados na bancada da pia.

Depois de um banho, visto minha roupa, pego a sacola que trouxe e vou direto para cozinha, quero um café antes de correr para pegar o avião e voltar para São Paulo.

Para minha surpresa, Isadora está na cozinha, ainda de camisola e robe, preparando o café.

— Bom dia!

— O... oi, Samuel. Ainda é cedo. Pensei que estivesse dormindo.

Ela enrubesce e puxa o robe para cobrir a camisola transparente.

— Preciso voltar para São Paulo. Sem papai e Edu na empresa, o trabalho está dobrado.

— Sente-se aí, Samuel. Vou colocar um café para você. A Judite já deve estar chegando com o pão fresquinho. O que gosta de comer pela manhã?

Isadora está nervosa, ansiosa. Sempre linda.

— Não precisa fazer nada para mim. Quero só uma xícara de café.

— Certo. Mas, sente-se pelo menos. Não precisa sair correndo. — Eu sento e ela coloca uma caneca com café diante de mim. — Puro e sem açúcar, não é isso?

— Isso. — Sorrio e ela arqueia uma sobrancelha. — Curioso você se lembrar de como eu gosto do café. Madu nunca lembra.

— Ah... Minha filha é um pouco distraída. Mas, não é boba.

Lá estava a mensagem sublimar.

— Não é. E nem achei que fosse. Tentei falar com ela várias vezes depois que acordei. Ela não está me atendendo. Será que poderia ligar e pedir que Madu converse comigo?

Ela olha para mim meio incerta.

— Escute, Isadora, sei que prometi a você que jamais magoaria a sua filha, mas também jamais poderia imaginar que uma tragédia igual fosse acontecer. Não vou me isentar do erro. Reconheço que fugir da dor de ter perdido a minha irmã, através da bebida, foi um comportamento fodido.

Levanto-me. Passo a mão pelos cabelos, que está precisando cortar.

— A verdade é que sei do meu erro de ter bebido a ponto de entorpecer a mente. Mas não quero acabar meu casamento. Gosto da Maria Eduarda. Faço o que for preciso para que ela me perdoe.

— Minha filha está confusa. É jovem, não descobriu ainda como as pessoas podem ser cruéis. A sua ex aproveitou sua fraqueza com a bebida e armou tudo. E por mais que você estivesse sob o efeito do álcool, deixou que acontecesse. — Isadora me encara, decepcionada.

— Realmente achei que fosse Madu comigo, na nossa cama. Olha! Se ela não quer me ouvir, paciência. Vou voltar para o meu trabalho.

Saio rápido da cozinha, pego a sacola para ir embora e Isadora vem atrás.

— Samuel! Não vou culpá-lo de nada. Só peço que entenda que quem cometeu o erro aqui foi você e não a minha filha. Dê o tempo que ela precisa. Ela ama você. Vai pensar com calma e te ouvir.

— Talvez ela pense com calma e veja o erro que cometeu casando com um cara bem mais velho, com uma ex-noiva diabólica e uma empresa enorme para dar conta. Esse é o problema, Isadora. Não tenho como dar o mundo encantado de Alice, que sua filha esperava. Uma garota com dezenove anos não tem tutano suficiente para segurar os problemas sérios quando aparecem.

— Do jeito que está falando, quem parece ter se arrependido do casamento é você.

Os olhos escuros me cobram coisas que não tenho a dar. Não, para a filha dela.

— Pode ser. Nesses últimos tempos tenho pensado muito se não fui precipitado, casando muito rápido com uma garota jovem, sem força suficiente para encarar os trancos de um cara como eu. Devia ter pensado muito antes de trazer Madu para os meus problemas.

— Samuel...

Não sei se é um chamado ou uma crítica. Não quero saber.

— Isadora. Desculpe fazer você ter que passar por tudo isso. Até mais!

Saio rápido e vou para o elevador. Isadora fica parada à porta do apartamento, olhando para mim sem dizer nada.

A melhor forma de esquecer as dores é o trabalho, com certeza. Há uma semana que voltei de Porto Alegre e só tenho trabalhado. Não voltei a beber. Acho que já tive a minha cota de fazer merdas. Felizmente o meu pai está reagindo e voltou hoje para a sala dele aqui na empresa.

No mesmo dia que voltei de Porto Alegre, fui à casa da minha família e contei sobre o ocorrido com a Roberta no meu apartamento. Roberta essa, que parece ter criado juízo e não deu as caras para me infernizar. E para minha surpresa, finalmente a minha irmã caçula reconheceu que a amiga passou dos limites. Meu pai acha que devo correr atrás da Madu, ir para a França falar com ela. Não farei isso. Vou dar o espaço que a minha esposa precisa para decidir se vai continuar ou não casada comigo.

Ligo algumas vezes para Isadora. Quero saber notícias da Madu. A garotinha ainda se recusa a atender as minhas ligações. Com isso está conseguindo duas coisas: que eu mesmo pense se vale a pena levar esse casamento adiante, ou, que devo ir até ela de uma vez e trazê-la de volta pra mim.

Sonhei a noite toda com Selena. A minha irmã me chamava e eu não conseguia encontrá-la. Levantei suando muito e agitado. Foi a primeira vez que sonhei com Selena depois que ela se foi.

Eduardo parou de dar notícias e parece que desligou o celular ou perdeu. Há mais de uma semana que não sabemos nada dele. Acabo desistindo de continuar dormindo. Levanto, tomo um café que eu mesmo preparo e vou para academia que costumo frequentar e fica próximo ao meu apartamento. Ainda bem que fica 24h aberta. Nem são 6h da manhã. Fico até às 8h e volto para casa. Tomo um banho, visto-me e vou para a cozinha. Como bem no café da manhã.

É quando estou terminando que Luciana me liga e pede ansiosa para que vá para casa deles, urgente. Não quer adiantar o que está acontecendo, apenas que eu devo ir o mais rápido que puder. Saio feito um louco, mas com a certeza de que não é nada ruim.

Luciana parecia eufórica.

Chego à casa do meu pai em tempo menor que o normal. Deixo o carro de qualquer jeito, na frente da porta principal, e entro correndo. Não encontro ninguém na sala o que me assusta. Subo os degraus de dois em dois e no corredor dos quartos ouço muitas vozes e sorrisos. Apresso-me para o quarto de onde vêm as vozes e paro.

Não é possível!

CAPÍTULO 36

Samuel

Entro no quarto e paraliso. Ela está ali. Muito pálida. Bem magra. A perna e o braço esquerdos, engessados. Uma pequena cicatriz na bochecha. Recostada em muitos travesseiros. Os cabelos mais curtos, na altura do ombro. As pernas estiradas e cobertas, sem esconder o gesso grosso imobilizando. Mas são os olhos. Os olhos da minha amada irmã Selena, que está ali, na minha frente. Viva.

Não consigo falar. Ela olha para mim. Os olhos sofridos, transbordando. Sigo para a cama, ignorando toda a família ao redor. Eduardo está sentado na cama ao lado dela. A mão firme segurando a mão direita da minha irmã. Não me intimido, sento do outro lado empurrando o meu amigo e me aposso da mão quente da minha irmãzinha, que antes segurava a dele.

— Meu Deus! É um milagre. Você voltou. — Beijo seu rosto, os olhos, a testa, o local da cicatriz. — Como é possível? Você está viva.

— Sim, ela está viva, mas muito machucada e com muitas dores. Não pode apertá-la, Samuel.

Olho feio para Eduardo. Mas logo me volto para ele e o abraço, emocionado.

— Você conseguiu, meu amigo. Você nunca desistiu. Obrigado por nos devolver a alegria.

— Gente, vocês vão precisar sair. O doutor Aderbal chegou e vai examinar Selena. Nossa menina precisa de sérios cuidados médicos. — Luciana entra no quarto, acompanhada com o médico que dá suporte particular a nossa família.

— Eu vou ficar — Eduardo se manifesta.

— Não. Você vem com a gente e vai nos contar como a encontrou e tudo que sabe — determino.

— Isso mesmo, Eduardo. O meu amigo Aderbal vai ficar sozinho para examinar a minha filha. Vamos todos. — Meu pai dá a palavra final.

Insatisfeito, Eduardo sai à frente, nós o seguimos para a sala.

— E então? Conte, como conseguiu encontrar a minha irmã? Conte-nos tudo o que aconteceu. — Preciso saber como ele conseguiu o que a polícia do estado não teve êxito.

Ele nos conta resumidamente como encontrou a Selena. O estado em que ela estava. E os cuidados médicos que necessita, visto que a minha irmã não está conseguindo andar.

— Segui pela estrada onde o carro foi encontrado, visitei os vilarejos, os sítios e pequenos ranchos ao longo e a margem da estrada. Bem, soube num pequeno armazém que havia uma jovem ferida e... sem falar, sem memória. Informei-me onde estava a jovem e fui até lá. Não estava errado, era mesmo Selena. Tinha sido cuidada pelas pessoas simples que a acolheram, mas, como não me reconheceu de imediato, acreditaram que poderia fazer mal para ela e não permitiram que me aproximasse.

— Por que não nos chamou? Não nos ligou dizendo que tinha encontrado Lena? — Marina não entende.

— Estava desesperado. Sem bateria no celular e tudo que eu pensava era em tirar Selena dali e trazer para casa. Para minha sorte, ela acabou se lembrando de mim. Falou meu nome. — Meu amigo está muito emocionado. — Levei-a para uma clínica em Jundiaí. Fizeram radiografias e perceberam as torções no braço e na perna. Preferiram imobilizar para recuperar mais rápido.

— Graças a Deus não foi nada mais grave.

Luciana tem razão. Poderia ter sido algo pior.

— Selena teve muita sorte. Apesar do terrível acidente, ela conseguiu, mesmo muito ferida, se arrastar por uma grande distância até ser encontrada por um senhor e o filho dele, que sempre passavam por aquela trilha para chegar à cidade vizinha onde trabalhavam.

— Essas pessoas não viram as notícias do desaparecimento da Lena? E a polícia não foi até esse lugar? — Marina indaga.

— São pessoas muito simples, Marina. Não costumam assistir TV o tempo todo. Segundo informaram, ninguém da polícia apareceu por lá, no pequeno vilarejo. A casa do senhor Juvenal é um pouco afastada das outras casas no entorno. Não tem internet, computador, nada disso. Malmente energia elétrica. Às vezes ficam dias sem luz.

— Gente, o importante é que a Selena está viva. Papai, precisamos procurar essas pessoas que ajudaram a Lena e oferecer toda a ajuda que precisarem.

— Sim. Claro, Samuel. Faremos isso. Mas primeiro vamos ver como está a saúde da minha filha.

— Isso eu posso te dizer agora mesmo, André. — O doutor Aderbal se aproxima.

— Então? Minha filha vai voltar a andar? Ela vai ficar boa?

— Não tenho condições de informar, só com exames clínicos para precisar isso, André. A menina necessita passar por uma série de exames. Também consultar um especialista em ortopedia. Clinicamente falando, ela está bem. Um pouco anêmica e fraca, mas está bem. Meu conselho é levá-la para uma clínica e fazer uma bateria de exames. As cicatrizes no rosto poderão ser examinadas por um cirurgião plástico.

— Se precisar, eu levo a minha filha para os Estados Unidos para o melhor hospital de lá. Quero a minha menina de volta, andando normalmente, como era antes.

— Calma, querido. Já temos o milagre com a volta da Selena, viva. Cuidaremos para que fique bem, do jeito que ficar, já será uma grande vitória.

— Luciana tem razão, pai. Aqui em São Paulo temos excelentes especialistas, tenho certeza de que a minha irmã ficará bem.

— O que você acha, Eduardo? Eduardo... — Luciana e todos nós olhamos em volta, Edu não está mais ali.

— Ele correu para junto da Lena. O homem está mesmo apaixonado.

Marina está certa. O meu amigo Eduardo parece muito cuidadoso, carinhoso e apaixonado pela Selena. Foi preciso um terrível acidente. O caos se instalar nas nossas vidas, para que o cara se desse conta do amor que sentia pela minha irmã.

Tivemos o melhor dia de nossas vidas e tudo foi celebração. Logo Luciana se encarregou de ligar para a família, os amigos próximos, para contar o grande milagre.

Convocamos o advogado para resolver as questões burocráticas, já que Selena foi considerada morta. A imprensa noticiou em grande escala. A polícia ficou numa posição nada boa diante do fato de não ter realizado o que um civil persistente conseguiu.

Tentei ligar, contar a novidade a minha esposa, ela mais uma vez não me atendeu. Liguei para Isadora, que ficou muito feliz, garantindo que logo que possível viria para São Paulo ver Selena. Prontificou-se a dar a notícia a Madu.

Com a minha irmã de volta, sendo assistida por vários especialistas médicos, as coisas voltaram para o lugar. Eduardo reassumiu as funções na empresa, o meu pai está trabalhando como nunca.

O dia está acabando e, como tenho feito todos os dias após o expediente, vou para a casa do papai, visitar Lena. Estou terminando de assinar uns documentos, Marina abre a porta do meu escritório, entrando, como sempre faz, sem pedir permissão antes.

— Sam, quero te pedir uma coisa, irmãozinho. A minha amiga precisa falar com você. Disse que é muito sério. — Ela destrambelha a falar e quando me dou conta Roberta está entrando na sala também.

— O que é...? Que palhaçada é essa, Marina? Sabe que não quero ver a sua amiga depois da palhaçada que ela aprontou.

— Desculpe, Samuel, mas é melhor me ouvir. Deixe-nos sozinhos, por favor, Mari.

— Nada disso! Marina, suma com sua amiga daqui, ou vai sobrar para você também! Estou avisando!

— Bom, já que você prefere assim. Não acredito que terá coragem de ser violento com a mãe do seu filho.

Não sei onde foi parar a minha voz. Apenas olho para aquela mulher à minha frente, que destruiu meu casamento, e penso que não ouvi direito as bobagens que ela falou.

— Meu Deus, Beta! Está louca? Você disse que era algo importante para Sam, mas isso? Tá maluca!

— Não, futura titia. Estou realmente esperando um filho do seu irmão.

— Está cada vez mais louca! O que tenho de fazer para me livrar de você de uma vez, Roberta? O quê?

— Já imaginava que não acreditaria em mim. Pois muito bem, tome. — Ela estende um papel, que eu ignoro. — Pode olhar, é um teste de gravidez feito numa clínica, ontem. Já havia feito com testes de farmácia, mas achei que só acreditaria num exame clínico.

Acho que estou dormindo. E tendo um pesadelo. Só pode.

— O que acha que isso prova? Han? Acha mesmo que vou cair nessa? Quem é o homem com quem você anda transando? Tem mesmo como ter certeza de que é meu só porque trepamos, sem eu querer, uma vez?

— Samuel França, está me ofendendo!

Engraçado ela querer dar uma de inocente, comigo.

— Estou é? O que você fez comigo foi o quê? Se já terminou o que tinha para dizer, por favor, saia da minha sala. De uma vez por todas, me deixe em paz!

— Beta, tem mesmo certeza de que está grávida? E que esse filho é do meu irmão? — Nem Marina acredita nas palhaçadas da amiga. — Me perdoe, mas você realmente anda saindo com um cara aí, que estou sabendo.

— Até você acha que pode me tratar assim, não é, Marina? Tudo bem. Vou provar que estou falando a verdade. Vocês vão se arrepender de me tratarem assim.

Dito isso, a louca da minha ex sai pisando duro da sala. Sinto um frio no estômago e algo me diz que esse assunto não está encerrado.

Como sempre, mais uma porrada para foder com a minha cabeça. Minha irmã sai atrás da amiga, meu celular toca.

Vejo que é Isadora e me preparo para mais uma surpresa que deve estar vindo.

CAPÍTULO 37

Isadora

— Oi Isadora, como está?

— Tudo bem, Samuel. E aí como estão as coisas? E Selena, como está?

— *Se recuperando muito bem. E Madu, como está? Ela ainda não me atende. Sinceramente gostaria de saber até quando Maria Eduarda vai me evitar. Ela ligou, falou com Lena, mas quando tentei falar com ela simplesmente desligou na minha cara*.

— Quero que saiba que sinto muito por tudo isso. Minha filha tem as razões dela. Não podemos ignorar. Mas concordo que vocês precisam conversar. Ela tem de te ouvir.

— *Concordamos quanto a isso, Isadora. Mas parece que não é o que a sua filha quer.*

— Samuel... Maria Eduarda ligou para o doutor Alceu, nosso advogado. Ela pediu para preparar os papéis do divórcio. Não consegui demover minha filha dessa decisão precipitada. Infelizmente, ela está irredutível.

Ele fica mudo na linha. Sei que essa notícia é um balde de água fria na cabeça dele.

— Samuel?

— *Estou aqui, Isadora. Confesso que por essa atitude da Madu, eu não esperava. Ela tem me surpreendido bastante. E não é positivamente.*

— Samuel, não estou de acordo com a atitude da minha filha, e nem vou passar panos no seu erro. O que acho absurdo é que o casamento de vocês acabe desse jeito. Maria Eduarda está agindo por impulsividade. Cabeça quente. Por isso, como o mais maduro da relação, é você que precisa agir. Falei com o doutor Alceu que não faça nada antes de vocês terem uma conversa definitiva.

— *Você está certa. Esse momento está complicado para mim, mas não vou deixar Madu acabar com o nosso casamento sem antes me ouvir. Vou viajar amanhã mesmo para a França*.

— Está tomando a decisão certa. Agradeço por tentar salvar o casamento de vocês. A minha filha ama você. Acredito que também a ame, e merecem ser felizes.

— *Isadora. Tenho uma condição. Que você vá comigo para Paris, conversar com Madu.*

Ele deve estar louco. É um assunto deles dois.

— Não. É a vida de vocês. Não devo me envolver mais do que já estou me envolvendo. Maria Eduarda ficará muito brava, sabendo que pedir ao advogado para segurar o pedido dela.

— *Vou ser sincero com você, Isadora. Não estou com muita paciência com essa postura infantil da Madu. Eu fiz merda? Fiz. Sou humano. Estava com uma dor foda pela perda da minha irmã. Não transei com a minha ex para magoar ou ferir ela. Só estava fora da minha consciência. Reconheço o quanto foi difícil ver aquele momento infeliz. Talvez se fosse comigo, poderia ter agido ainda pior na hora. Mas durante o nosso casamento nunca dei motivos para ela acreditar que ainda queria a Roberta. O razoável a fazer, é esfriar a cabeça e conversar. Tentar entender. Sua filha está agindo como a rainha soberana acima de todas as coisas.*

O tom da voz é de alguém exausto.

— Está bem. Eu viajo com você. Só não vou me envolver nas decisões da minha filha.

— *Nem acho que deva. Apesar de estar agindo de forma infantil, mimada, Madu é uma mulher, tem direito a decidir pela própria vida.*

— Sigo direto daqui para Paris. Nós nos encontramos lá.

— *Certo. Obrigado por ter me falado sobre o pedido da Madu. Logo que chegar lá, eu ligo informando. Ah, Isadora. Não fale para sua filha que estou indo até lá falar com ela. Espero que a surpresa com a minha chegada, não dê tempo para ela fugir.*

— Não vou mentir para minha filha.

— *Não vai. Apenas omitir. Até lá.*

Devo estar ficando louca de aceitar ir para a França a pedido do Samuel. Capaz de a minha filha achar que estou defendendo o marido dela.

Surpreendi de fato a minha filha ao chegar ao apartamento de Chloé e Cissa. Finalmente minha amiga assumiu sua relação e as duas tinham agora o apartamento de Paris e o do Brasil.

Hospedei-me num hotel para não tirar a privacidade da Cissa, que já está hospedando a Maria Eduarda.

— Só não entendi o porquê de você vir pra cá sem nos falar, mãe. O que aconteceu?

— Aconteceu, você querer dar entrada nos papéis do divórcio. Não posso entender isso, Maria Eduarda. Você queria tanto casar com esse homem, minha filha. Mal se conheciam, e tudo que você falava era ficar com ele. Agora, em menos de um ano, você quer se divorciar?

— Ele me traiu, mamãe! Será que você consegue entender isso? Não foi nada fácil entrar no meu quarto e ver o meu marido agarrado, dormindo junto com a ex dele, os dois nus! Queria que eu agisse como? Perdoasse e me jogasse nos braços do traidor? — indaga entre as lágrimas.

— Calma, filha... — Vou até ela a envolvo num abraço para que se acalme. — Não estou pedindo para que simplesmente perdoe seu marido e se jogue nos braços dele. Peço apenas que converse com ele antes de tomar uma decisão definitiva. Vocês se amam! Não podem jogar isso fora por causa de uma pessoa má que quer exatamente isso. Que você fuja com o rabo entre as pernas.

— A ex dele não fez nada sozinha. Ela só conseguiu porque Samuel estava presente. Entendia a dor dele, eu também sentia. Só que usar a bebida para curar a dor não era o melhor caminho, e eu falei isso para ele.

— Meu amor, eu só quero o que for melhor para você. O que te deixe feliz. Qualquer coisa que eu faça, é no intuito de te ver bem. Venha aqui. — Levo Maria Eduarda para sentar e poder me ouvir com calma. — Escute, Samuel veio para Paris para conversar com você.

— O quê? — Levanta, arregala os olhos e sacode a cabeça em negativa. — Você trouxe Samuel sem me dizer, mamãe?

— Não fale besteiras, garota. Seu marido é bem grandinho para tomar as próprias decisões. Tinha de contar a ele sobre a sua intenção de se divorciar. Sabe que não concordo que resolva as coisas assim. Unilateralmente. Quer separar? Tudo bem. Mas será em comum acordo com o seu marido e depois de conversarem.

— Está certo. Estou me sentindo pressionada, mas vou fazer o que vocês querem. Vocês vieram juntos do Brasil?

— Não. Cheguei ontem à noite e Samuel hoje cedo. Falei com ele antes de vir te ver. Ele vai me ligar antes que venha falar com você.

— Prefiro conversar com ele em local neutro. Vamos, eu vou com você para o hotel onde estão hospedados e converso com ele lá.

Fomos direto para o hotel. Deixei Maria Eduarda no quarto do marido e segui para um andar acima onde estava hospedada. Desejava ardentemente que se entendessem. Num sentimento louco, eu ficava feliz em saber que Samuel estava na família. Que sempre o veria. A dor de não mais vê-lo vinha me consumindo.

Saber que ele esteve com outra mulher, que não a minha filha, me dilacerava. E, ao contrário do que a Maria Eduarda acreditava, o ciúme quase me enlouquecia.

Eu precisava que tudo voltasse ao normal. Um normal que era a minha realização de amor.

CAPÍTULO 38

Samuel

Aqui estou. Tentando resgatar um casamento que já não sei se é mesmo o que quero. De alguma forma, sinto-me responsável pela garota jovem que apostou tudo no amor que sentiu por mim. E que eu, nem sequer senti igual. Fui impulsivo, não lutei pelo o que eu realmente queria. Não posso deixar uma decisão dessas nas mãos da menina que depositou confiança e a vida a mim.

Farei o que for melhor para Maria Eduarda. Ainda que isso represente passar uma vida inteira com um sentimento sufocado dentro de mim.

Bem, Madu chegou e a nossa conversa terá de ser definitiva.

— Olá. Como você está?

Parecia muito bem. Até mais bonita.

— Estou muito bem. Imagino que você também. Deve estar muito feliz com a volta da Selena. Como ela está?

— Estou muito feliz, sim. A minha irmã está se tratando. Logo estará bem de verdade.

Vou até o frigobar. Madu me observa. O ar de censura. Pego uma garrafa de água.

— Quer beber alguma coisa?

— Pensei que a água fosse para mim. Sua bebida preferida é o uísque, não é mesmo?

A garota está ferina. Deixa-me triste, esse comportamento não combina com alguém tão jovem.

— Não tenho bebido desde o dia que você deixou o nosso apartamento.

— O dia que você transou com sua ex. — Mais uma alfinetada.

— Então, Maria Eduarda. Podemos mesmo conversar como pessoas adultas, agora?

— Acha que foi criancice? Agir para me proteger, depois de ter sido traída e humilhada, pelo homem que jurou nunca me magoar?

Essa conversa vai ser difícil.

— Madu, não houve traição num ato em que não houve consentimento, em que nem sequer me lembro de ter acontecido. Foi tudo completamente físico.

— Claro! — Levantou uma sobrancelha em deboche. — Tipo, a cabeça não estava, mas o pau participou ativamente.

— Pelo visto, você não quer entender. Não está fazendo o menor esforço. — Aproximei-me e peguei o rosto dela com carinho, fazendo com que olhasse nos meus olhos. — Peço que me perdoe e tente esquecer aquela noite infeliz, Madu. Você é a minha mulher. Que eu gosto, que me faz bem, com quem faço amor.

— Sam...

Eu a beijei, mas ela não participou, logo me empurrou.

— Gosta de mim, não é? E acha que pedir perdão conserta o estrago que fez no meu coração? — Nunca pensei que poderia vir uma Madu fria. Desprovida de qualquer emoção. — Não se trata mais de perdoar, Samuel. Acabou! Você conseguiu destruir toda a confiança que tinha em você. Aquela mulher era meu pesadelo diário. Porque, no fundo, eu sempre soube que era ela quem você amava.

— Não, Madu. Está enganada. Deixei de amar Roberta quando a... conheci.

Na verdade, quando conheci sua mãe. Queria poder dizer isso para ela.

— Não! — la berra. — Você nunca me amou! Não, de verdade. Não como eu queria ser amada. — As lágrimas a tomam. — Fui apenas um pano de fundo para você se vingar dela. Não quero mais. A verdade é que também inventei esse amor por vaidade. Competição. Queria provar pra mim mesma que poderia ganhar dela, "a mulher maravilhosa", e eu ganhei dela. Eu ganhei.

— Está falando bobagens, Madu. Não me casaria com você se não a quisesse. Se não gostasse de você.

— Mas não me ama! Não me ama!

Madu está tomada pelo desespero. Apenas não posso mentir. Ela tem razão. Eu não a amo.

— Samuel, você está livre. Pode voltar para ela. Ou para quem quiser. Eu não sou mais sua esposa. Acabou, é definitivo. Não vou voltar atrás. Por favor, assine os papéis do divórcio. Não há motivos para continuar com essa farsa que chamamos de casamento.

— Engraçado você falar cheia de razão dos meus sentimentos. E os seus? Onde foi parar todo aquele amor que jurava sentir por mim?

Ela olha para mim com desdém.

— Virou fumaça e se perdeu no ar.

Porra! Aí era para me ferrar. Ela continuou:

— Descobri que sou muito jovem para viver sob o peso dos problemas de um homem mais velho.

Vi a verdade do que dizia em seus olhos.

— Na verdade, se houve um enganado aqui, posso dizer que fui eu. Você queria ganhar o que na sua cabeça era pura competição. Eu não passei de um troféu para você, não é Madu?

— Não dessa forma banal como se refere. Eu me apaixonei de verdade. Jamais vou negar o quanto você é maravilhoso, Samuel. Um homem para fazer qualquer mulher brigar para ter. A sua ex é uma mulher muito burra. Usar esse corpo incrível com você bêbado e ainda falando o nome de outra. Mesmo sendo essa outra a sua esposa. Ela não te merece, Samuel.

— Não vou voltar para Roberta, Maria Eduarda. Meu interesse é você, que é a mulher com quem casei. Não quero acabar com o nosso casamento. Sei que pode dar certo.

— Não vai mais acontecer. Nem existe mais o nosso casamento. — Diante de mim, uma mulher determinada. Dona da razão. — Cheguei ao meu limite. Já me sinto livre. Minha vida andou, Samuel.

— O que está tentando dizer?

— O que você entendeu. Conheci outra pessoa. Só que a partir de agora, nada de me prender. Sou livre. Jovem. Uma vida pela frente para aproveitar.

Ela quer me ferir e com certeza está me deixando puto.

— Está dizendo que em um mês que brigamos, e nem tínhamos conversado ainda, você já está com outro cara. É isso Madu?

Seguro firme o braço dela. Estou com muita raiva da frieza dessa garota. Porra!

— Larga meu braço, Samuel. Nem pense em me machucar, coloco você na cadeia!

Larguei-a imediatamente. Jamais machucaria uma mulher.

— Não seja ridícula, porra! Que homem você pensa que sou? Não quer mais? Que seja feito a sua vontade. Só não ponha a culpa em mim por esse casamento não ter seguido adiante. Me mostrou de muitas formas que é uma menina leviana e rancorosa, acostumada a ter tudo o que quer e não ter o menor cuidado com o que conquista. Cometi um terrível engano achando que estava casando com uma mulher de verdade. Mas você não passa de uma garota fútil e mimada!

— Seu idiota! Não merece o meu amor!

— Pode ir. Já falamos tudo que tínhamos para falar. — Vou até a porta do quarto e abro para que saia. — Logo os papéis do divórcio estarão assinados. Nosso casamento acaba aqui. Saia.

— Não tente jogar a culpa em mim. A culpa é sua do nosso casamento não ter dado certo.

Já não me importo com as palavras emocionadas dela. Viro-me e ouço o barulho da porta que ela bate com força ao sair.

A raiva está borbulhando dentro de mim. Sinto-me vazio. Fiz uma merda sem tamanho ao levar adiante a minha empolgação com Madu. Ao contrário dela, sou um homem maduro. Experiente. Não podia jamais me deixar envolver com uma menina mais nova, sem conhecimento e experiência da vida.

Preciso sair e respirar ou vou acabar fazendo alguma bobagem.

Passear na Cidade Luz sozinho não tem a menor graça. Ando pelas ruas. Vou ao Museu do Louvre. Absolutamente impressionante. Já faz alguns anos que não venho a Paris. A viagem que estava programada acabou não acontecendo devido ao acidente da Selena.

Ando a esmo pelas ruas de Paris. Sento num Bistrô. Tomo um delicioso café, olhando o vai e vem. A cabeça a mil. Não consigo me perdoar por ter deixado a minha vida chegar aonde chegou. Desde o terrível desastre do rompimento do noivado com a Roberta, dois anos atrás. Tudo que fiz foi um erro atrás do outro. Apaixonei-me por uma mulher, e por me sentir rejeitado, não dei atenção a esse sentimento. Ao contrário, redirecionei as minhas emoções para a menina, que de alguma forma, faria eu me vingar de não ter sido aceito pela mãe dela.

Porra! Tudo errado. Agi como o imaturo, quando eu deveria ter sido o experiente.

Isadora. Preciso falar com ela. Preciso falar tudo o que sinto. O que ingenuamente tentei afogar, e que acabou me afogando.

Levanto e sigo para o hotel. A partir de agora é olho no olho e a verdade custe o que custar.

CAPÍTULO 39

Isadora

Poderia esperar muitas coisas daquele encontro entre Maria Eduarda e Samuel. Nunca minha filha entrar no meu quarto do hotel, nervosa, falando alto, xingando o marido dos nomes mais censuráveis.

— Maria Eduarda! Pare, garota. Acalma-se e fala o que houve? O que Samuel falou para que esteja descontrolada assim?

Minha filha andava de um lado a outro, passando as mãos nos longos cabelos, torcendo-os e jogando-os para o lado,

— O que ele falou? Ora, um monte de bobagens que acha vai me fazer sentir culpada. Ele transa com a ex, e eu é que sou culpada? Idiota!

— Pelo visto. O que estava ruim ficou ainda pior. Vocês não se entenderam?

— Não há entendimento onde existe uma traição que não merece perdão.

— Você insiste nessa loucura de separação, Maria Eduarda?

Ela olha pra mim como se tivesse dito que ela vai morrer. Meu Deus, o que essa garota quer?

— Chega, mamãe! Não quero mais sermões. E se vai ficar do lado dele, é melhor nem dizer nada. Tenho maior idade e sou dona da minha vida há muito tempo.

— Estou te desconhecendo, minha filha. O que aconteceu com você, para mudar assim?

— Mudei, sim, para melhor. — Não conhecia esse jeito cínico que ela adotou. — A experiência do casamento me trouxe grandes ensinamentos. Como por exemplo: não confiar cegamente em ninguém. Não deixar a minha felicidade nas mãos de quem não está disposto a cuidar. Sou jovem e tudo que vou fazer agora é viver a minha vida. Aliás como já estou fazendo. Sem maiores compromissos. Sem envolver sentimentos.

— Muito bem. Sabe o que quer para sua vida, eu vou respeitar isso. Só não permitirei que se torne uma moça leviana e egoísta. Essa não é você.

Mudanças são maravilhosas desde que sejam positivas, que representem crescimento. A questão, Maria Eduarda, é que só estou vendo uma garota revoltada, vingativa, orgulhosa e intransigente.

Ela arregala os olhos. Sinal de que está me ouvindo bem.

— Mãe?! Esperava apoio de você. Que ficasse do meu lado. Eu fui a traída.

— E eu esperava maturidade de você. O seu marido não viria até aqui se não gostasse de você e quisesse manter o casamento. O que quer para sua vida, afinal? Viver de aventuras sem compromisso?

— Quer saber, dona Isadora? É isso mesmo que eu quero. Viver plenamente os meus próximos vinte anos. — Ela arruma o cabelo, pega a bolsa e vira-se para mim dando a última palavra. — Mamãe... — Aproxima-me e me abraça. — Não fique contra mim. No momento, o que pode me deixar feliz é viver minha vida sozinha. Samuel é um homem maravilhoso, não vou negar isso. Mas não me sinto preparada para segurar toda a bagagem emocional que ele carrega.

— É mesmo o fim, então? Não há qualquer chance de vocês continuarem casados?

Havia um brilho diferente nos olhos da minha filha.

— Não. Não existe. Eu não quero mais continuar casada com Samuel. — Olha nos meus olhos e percebe o meu tormento. — Mãezinha, por favor, não fica assim. Você nem sequer gostava do Samuel.

— Está errada, Maria Eduarda. — Muito errada. — Nunca disse que não gostava do Samuel. Apenas achava, como se comprova agora, que tudo estava indo rápido demais. Vocês mal se conheciam e já decidiram uma coisa tão importante como casamento.

— Curioso é que... — Ela se afasta e olha nos meus olhos. — A impressão que eu tinha as vezes... era que Samuel te olhava como se...

— Pare agora! Você está tentando achar motivos para não voltar para o seu marido. Assuma que você é que não quer mais. E acabe de uma vez esse tormento que está fazendo a todos nós sofrermos.

Madu olha para mim intensamente e eu viro o rosto. Ela não pode descobrir o que estou sentindo.

— Estou indo. Tenho um compromisso. Vamos nos ver antes de você ir embora, não é, mamãe?

— Talvez, filha. Samuel convidou para voltar no avião da empresa dele. Vou verificar quando ele pretende voltar para o Brasil.

— Certo. Me ligue então. Tchau!

Beija meu rosto e sai do quarto, sem olhar para trás.

Precisava falar com Samuel. Saber o que aconteceu para que a Maria Eduarda ficasse nervosa e continuasse com a ideia do divórcio. Não o encontrei no quarto. Acreditei que estivesse no bar do hotel. Também não o encontrei. Voltei para o meu quarto e liguei para Cissa.

— Oi, Cissa. Infelizmente a minha vinda com Samuel para cá não adiantou nada. Maria Eduarda continua no firme propósito de se separar dele.

— *Quer saber, Isa. Eu já imaginava que a Madu não voltasse atrás na decisão de se separar do Samuel. Sua filha ficou de fato decepcionada com o que aconteceu. Ela o tinha como um verdadeiro príncipe. Acho que confundiu admiração com amor.*

— Eles ficaram juntos apenas nove meses, Cissa. Não é possível que no primeiro problema a Madu já desista do casamento, como se não tivesse a menor importância.

— *Sua filha é uma menina de personalidade forte. Você sabe que quando coloca uma coisa na cabeça, Madu não desiste até conseguir. Foi assim com o casamento. Agora é o mesmo com o divórcio. Na minha opinião, deve deixá-la fazer o que quer. Já é maior de idade, trabalha e já é independente financeiramente.*

— É. Acho que tem razão. Estou voltando para o Brasil amanhã cedo. Preciso parar de querer resolver os problemas da Maria Eduarda, e dar mais atenção a minha empresa, que tem ficado nas mãos do Wagner.

— *Seu diretor bonitão, que você descartou depois de uma noite caliente* — ela fala uma barbaridade e ri.

— Não estou achando graça nenhuma. E, por favor, Cissa, esqueça isso. Até hoje sinto muita vergonha quando olho para Wagner. E claro, ele sempre, o cavalheiro que é, jamais fez ou disse qualquer coisa para relembrar aquela bendita noite.

— *Vou esquecer, sim. Talvez tenha chegado a sua chance de lutar pelo homem por quem está apaixonada. Samuel agora voltará a ser um homem solteiro.*

— Meu Deus! Cissa. Você só pode estar brincando. Que absurdo eu me envolver com o marido da minha filha!

Ela só pode estar louca.

— *Ex-marido da sua filha. Que, aliás, já se considera solteira novamente, e anda saindo com um modelo da idade dela.*

— Quê?! Não acredito que a Maria Eduarda ainda nem assinou os papéis do divórcio e já está saindo com outro homem. Minha filha deve estar louca.

— *Não, Isa. Sua filha está seguindo em frente. E você deve fazer o mesmo. Afinal, você ama esse homem, minha amiga. E não está cometendo pecado algum. Você o viu primeiro, e se apaixonou. Antes que a sua filha adolescente resolvesse agarrar de qualquer jeito, comer e depois cuspir fora.*

— Cecília, já chega! Por favor, amiga. Não me dê esperanças que só me deixam mais machucada do que estou.

— *Certo. Certo. Desejo uma boa viagem, querida. Nós nos vemos no Brasil, em duas semanas. Fique bem, tá? Sua filha está bem. Está feliz ao modo dela. Cuide agora de você. Um beijo, meu bem.*

— Beijo.

Droga! Porque não consegui tirar de dentro de mim esse sentimento estúpido. Agora acabou. Nem mais o verei. Acho que assim será mais fácil. Será como se ele nunca houvesse entrado na minha vida.

Já tinha desistido de ir procurá-lo, mas ele veio até mim.

— Você? O que quer? Me deixar com raiva depois de ter deixado a minha filha? Olha, a partir de agora você segue sua vida e nos esquece, tá? Vou pedir ao nosso advogado que entre em contato com o seu e, quando os papéis do divórcio estiverem prontos, mande para você assinar.

— Isadora...

Droga! Por que eu tenho de me descontrolar na frente dele? Não posso chorar. Não posso. Mas não consigo. E ele sabe. Puxa-me para seus braços e me aperta. Com a cabeça em seu peito deixo o meu pranto explodir em soluços desesperados. Ficamos grudados por incontáveis minutos até que não tenha mais lágrimas para chorar.

CAPÍTULO 40

Samuel

Deixei que Isadora chorasse tudo que precisava, agarrada ao meu corpo. O rosto colado ao meu peito. Quando ela se acalmou, carreguei-a e levei para cama, deitei-a. Joguei a coberta sobre ela. Em instantes dormiu tranquila. Sentei numa poltrona que puxei para o lado da cama onde ela estava deitada e sentei. Fiquei apenas admirando a beleza plácida daquela mulher que me emocionava.

Não sei quanto tempo, apenas fiquei ali a contemplá-la. Quando abriu levemente os olhos, pousaram nos meus. Segurei até que ela desviou e sentou na cama.

— Há quanto...?

— Tempo que você está dormindo? Não muito. O necessário para aliviar a alma.

— Desculpe. Devo estar mesmo muito cansada.

Ela se levanta, pede um minuto e segue para o banheiro.

Aproveito enquanto Isadora está no banheiro, peço um chá com alguns biscoitos, torradas, essas coisas que mulher gosta para acalmar.

— Obrigada!

Deve ter lavado o rosto, o que a deixou mais pálida. Frágil.

— O que exatamente está me agradecendo, Isadora?

— Você ter ficado depois do vexame que dei. Choro e tudo mais...

Isadora está constrangida. Pelo visto não está acostumada a ser frágil na frente de outras pessoas.

— Isadora, imagino que você também esteja decepcionada comigo. Afinal eu prometi que não deixaria a sua filha sofrer. Que a faria feliz. E falhei miseravelmente.

— Samuel, desculpe o meu descontrole quando chegou. Não tenho o direito de te julgar. Você é um ser humano como outro qualquer e, portanto, passível de errar. Prefiro considerar o que aconteceu como um terrível desastre do destino.

— Não, Isadora, o destino nada tem a ver com o que aconteceu. Fui imprudente. Bebi demais. Permiti que a minha ex se aproximasse mais do que devia. E realmente pensei estar fazendo sexo com a minha mulher, para esquecer a dor que me consumia.

O lanche que pedi chega e Isadora se surpreende. Dou uma gorjeta ao funcionário do hotel e sigo para a mesa servindo o chá na xícara enquanto Isadora apenas observa.

— Venha, Isadora. Sente-se e tome o lanche que pedi para você. Está pálida. — Ela continua parada me encarando. — Por favor!

— Você é um homem muito gentil. Obrigada! Mas, como, com uma condição. Que você me faça companhia.

— Ok. Tudo bem. Estou mesmo com um pouco de fome. Também não jantei. Aliás, poderíamos descer ou sair para jantar. O que acha?

— Prefiro o lanche mesmo. Mas acho que você deveria ir jantar.

— Não. Como o lanche e mais tarde peço alguma outra coisa.

Comemos calados, com cada um dentro de seu próprio pensamento. Olho para ela e vejo um desespero, uma tempestade pronta para desabar.

— Quero ser absolutamente sincero com você. Maria Eduarda tomou a melhor decisão em se separar de mim. A verdade é que eu nunca a faria feliz como prometi e do jeito que ela merece ser.

Isadora arregala os olhos e continuo:

— Eu gosto muito da sua filha. Tenho carinho e, mais que tudo, admiração enorme por ela. Só que, estava tentando enganar a mim mesmo.

Os olhos não deixam os meus, permanece calada.

— Madu é jovem. Tem um mundo de descobertas e paixões para viver. Fui covarde e egoísta deixando que chegasse aonde chegou.

— Não me deve qualquer explicação, Samuel. Minha filha já tomou a decisão dela e, para mim, é o suficiente que ela esteja bem com tudo isso.

Ela se levanta e eu a acompanho.

— Isadora, eu preciso que você saiba por que meu casamento com sua filha não daria certo. Porque eu não amava Madu como merece ser amada. — Ela fica agitada e tenta falar, mas eu deixo. — Não amo mais a minha ex-noiva, se é o que está pensando.

— Por favor... Eu estou cansada. Vamos apenas esquecer e seguir em frente. Desejo que tudo se resolva rápido, que você seja feliz e...

Isadora segue para a porta, mas não deixo que a abra. Seguro as mãos dela.

— Pare! Por que sempre me repele? Por que nunca gostou de mim? O que eu fiz para você?

Ela se solta com brusquidão e se afasta, ficando de costas pra mim.

— Realmente quero entender. Foi naquele momento, lá atrás, na primeira vez que nos vimos e você me olhou como... Como se não me aprovasse. Não sei... Eu me senti tolo. Estava confuso... Encantado...

— Por favor... Vá embora. — A voz é apenas um sussurro sofrido e eu não entendo.

— Não! — Puxo-a para perto e faço com que olhe nos meus olhos. — Não vou mais fugir de sua frieza. Sei que fiz merda envolvendo Madu em minhas loucuras. Mas eu não aceitava... Porra! Por que a mulher por quem estava fodidamente apaixonado simplesmente me repelia? Por que, Isadora? Enquanto eu não tirava você da minha cabeça. Você só se afastava e me tratava friamente?

— Por favor, pare...

Ela se desmanchava em lágrimas e eu nunca quis tanto tocar uma mulher como quero naquele segundo.

— Sou louco por você! — gritei.

Não consegui me deter. Seguro firmemente seu rosto e trago sua boca para a minha. E me perco. O beijo é meu. Só meu. Até sentir a mesma ânsia e a mesma necessidade nela. Suas mãos se fecham em torno da minha camisa, como se quisesse afastar, mas apenas aperta de encontro a ela. Minha língua invade sua boca deliciosa e é recebida com o mesmo ardor pela língua macia.

O nosso primeiro beijo e o fogo da paixão explodiram em mim. É diferente. Necessidade e fascinação. É a boca que desejei na minha, todo esse tempo. É paixão e mansidão. Devoção e entrega. Como beber água depois de tanto tempo com sede. Jamais senti com nenhuma mulher o que essa mulher me faz sentir.

Nós nos beijamos, não sei por quanto tempo, e a empurro com meu corpo para a cama e tudo acaba. Isadora reage e me empurra me dando um sonoro tapa na cara.

— Saia do meu quarto!

Corre até a porta e abre.

— Não adianta. Agora eu tenho a minha resposta. Nada que fizer ou disser mudará o que senti em sua boca. E vejo em seus olhos. Sente o mesmo que eu. Mas é tão covarde quanto eu fui e nunca vai assumir, não é? Mas não importa. Não vou desistir de você. Não mais.

— Saia...

E lá está a certeza que eu precisava. Os olhos não metem.

— Eu vou. — Parei diante dela. Centímetros nos separando, mas não a toco. — Vou lutar pelo que estou sentindo. Vou lutar por você nem que tenha de enfrentar o mundo inteiro por isso. Não vou ser infeliz para que a sociedade, ou o caralho que seja, não nos condene. Fodam-se os outros! Não estamos fazendo nada de errado. Entenda isso!

Saio rápido sem olhar para trás indo para o elevador. Voltaria para o meu quarto.

Mudei de ideia. Desci para o bar do hotel. Estava me sentindo queimar por dentro. Um fogo ardido que me consumia de desejo. Maior, porém, o fogo a queimar o coração. Estava acelerado. Se não acalmasse as chamas dentro de mim poderia sofrer um ataque cardíaco, tinha certeza.

Jamais senti por nenhuma mulher o que estava sentindo por Isadora. Tê-la em meus braços, beijar a sua boca, foi o paraíso e disso nunca mais abriria mão. Nem que tivesse de enfrentar um mundo inteiro.

Já era bem tarde, mas liguei para o piloto e pedi que aprontasse tudo. Queria voltar para o Brasil nas primeiras horas da manhã. Apressaria o divórcio. Precisava estar livre antes de tomar qualquer atitude com Isadora.

Pedi uma água e enquanto acalmava as minhas emoções, pensei em como tínhamos sido perfeitos nos braços um do outro. No beijo profundo e longo que trocamos. Logo a teria. Disso não abriria mão. Estava louco de amor por aquela mulher e com ela seria feliz.

Mandei uma mensagem no celular de Isadora informando sobre o retorno para o Brasil pela manhã cedo, embora soubesse que dificilmente ela aceitaria voltar num voo particular comigo. Certamente a teria novamente em meus braços.

Ainda fiquei um tempo no bar do hotel. Olhei algumas vezes para ver se tinha resposta, mas ela nem sequer olhou a minha mensagem.

Voltei para o quarto ajeitei a pequena mala que levei e depois de um banho, deitei. Não consegui dormir. Olhei mais uma vez e ela tinha visualizado. A resposta era um simples:

Isadora*: Não, obrigada.*

CAPÍTULO 41

Isadora

Ele saiu e o desespero bateu. Eu tinha acabado de beijar o marido da minha filha.

O que seria de mim a partir dali? Cometi um pecado imperdoável. Monstruoso. Senti-me suja. Traidora. Pecadora.

Corri para o banheiro e, debaixo do chuveiro, deixei que a água lavasse a sujeira que tinha em mim. Ouvi o celular tocar algumas vezes. O telefone do hotel também tocou duas vezes. Não conseguia sair de dentro do boxe. De debaixo da água. Perdi a noção do tempo até que bateram à porta algumas vezes. Achei que pudesse ser Samuel de volta. Ouvi a voz de Cissa. Levantei correndo do chão do boxe, desliguei o chuveiro e vesti um roupão. Quando abri a porta, a minha amiga percebeu meu desespero e entrou rápido, fechando a porta na cara de um funcionário que a acompanhava.

— Isa! O que aconteceu? Por Deus, você me assustou!

Joguei-me em seus braços e coloquei para fora o meu tormento, em pesadas lágrimas. Ela me abraçou apertado e eu senti que não estava sozinha.

— Venha aqui, meu bem. — Ela me leva até a cama e me faz sentar, sentando-se ao meu lado. — Me conte o que aconteceu?

Eu contei. Tudo. Cada segundo do que se passou depois que tínhamos conversado pelo telefone. Ao terminar, já me sentia indisposta. Dores pelo corpo e na garganta. A voz rouca.

— Sua louca, você ficou esse tempo todo debaixo do chuveiro. Vai ficar resfriada com certeza.

Rapidamente pega uma toalha para secar bem os meus cabelos. Pega um pijama na mala e me faz vestir.

— Você ouviu o que falei?

Já estava tendo dificuldade para falar.

— Ouvi, sim, cada palavra. Cada frase que saiu dessa sua boca linda, que agora está mais bonita depois do beijo de amor que trocou. Está até um pouco inchada.

— Cissa!

Levantei. Ela não poderia brincar com algo que estava me fazendo tão mal. Peguei o secador e comecei a secar os cabelos na bancada do banheiro. Ela encosta-se à porta, olhando para mim, muito séria, através do espelho, fala aquelas palavras que me tiram do inferno em que me sentia.

— Sei que o seu senso de certo e errado, de justiça, vai boicotar todo o sentimento que você tem por esse rapaz. Só peço que antes de se autojulgar, pense na grandeza do amor que Samuel sente por você. Que não está amando sozinha. É correspondida e merece viver esse amor como qualquer outra pessoa.

Desligo o secador e me viro para ela.

— A minha filha jamais me perdoará.

Esse era o meu pior pesadelo.

— Maria Eduarda ficará magoada, sim, não tem como ser diferente. Mas vai acabar entendendo. E se for honesta com ela mesma, vai perceber que, na verdade, foi ela quem entrou no meio da paixão de vocês dois e impediu que, desde aquela época, vocês ficassem juntos.

— Haverá tantos julgamentos... A família dele.

— Quem se importa, Isadora? Ninguém tem o direito de julgar um amor sincero e verdadeiro. Samuel mesmo já disse que vai lutar e não se importa com a opinião dos outros.

— Eu me importo, Cissa. Sou mais velha. Mãe da esposa dele. Até falando parece tão imoral. Sujo!

— Mas não é, Isa! Pelo amor de Deus, amiga! Você se apaixonou por esse homem antes da sua filha colocar os olhos e as garras nele. E ele também se apaixonou por você. Pena que não foi honesto com os próprios sentimentos, e ainda covarde de não te assumir e casar com a sua filha. Mas acabou! Eles não estão mais casados, Madu já está namorando outro rapaz. Agora são apenas papéis para desfazer esse imbróglio todo.

— Ahhhh! Chega! Minha cabeça está estourando. Vou tentar dormir um pouco e amanhã cedo volto para casa.

— Não vai no avião com Samuel?

— Não! Está louca? Depois do que aconteceu aqui, acha que tenho cara de olhar pra ele? Nunca!

— Deixa de ser idiota, mulher. — Olhei feio para ela. — Tudo bem. Precisa mesmo de um tempo para arrumar as ideias nessa cabecinha retrógada. — Arqueei uma sobrancelha e ela sorriu. — Tá bom. Reconheço que tudo isso é mesmo bastante delicado.

— Por que você veio aqui? — Precisava mudar de assunto.

— Liguei no seu celular para falar que viria te levar até o aeroporto. Chamou vezes seguidas e não atendia. Mandei mensagens e não visualizou. Liguei no hotel, para saber se estava no seu quarto, e confirmaram.

Tentaram passar várias vezes as ligações. Como não atendia, me preocupei e resolvi vir, pessoalmente, saber o que estava acontecendo.

— Você é o meu anjo de luz.

Eu a abraço e me sinto amparada.

— Te amo, minha querida amiga. Agora, deite-se que ficarei aqui com você. Está ficando febril. Vou pedir um remédio na recepção. Tenta dormir um pouco. Já comprou a passagem de volta? Que horas é o seu voo?

— Comprei ida e vinda. O voo é final da manhã.

— Ótimo. Até lá cuido de você. Deveria ter ido lá para o meu apartamento. Dividia o quarto com a sua filha. Infelizmente é um apartamento pequeno.

— Está na hora da Maria Eduarda comprar um apartamento aqui, em Paris, para ela. Você e a Chloé precisam de privacidade.

— Bobagem. Temos o apartamento lá em Milão, que a Madu fez questão de comprar bem grande, justamente para quando ficássemos lá. Deite-se, Isa. Vou pedir o seu remédio.

Enquanto Cissa ligava para recepção, olhei o celular e vi que tinha uma mensagem de Samuel, convidando para voltar para o Brasil com ele. Jamais poderia. Não depois do que fizemos aqui. Agradeci e rejeitei o convite.

— Pronto, querida. Já vão trazer um remédio para você ficar bem.

Samuel

Estou de volta à minha rotina e mais certo do que nunca de que Isadora é a mulher da minha vida. Sei todo o drama e terror que essa relação vai causar, porém não vou abrir mão de ficar com ela.

Cheguei há dois dias. Retomei minhas obrigações do trabalho. Sempre próximo da minha irmã, que fará a primeira cirurgia para recuperar os movimentos completos das pernas. Estamos apreensivos, mas confiantes.

— Senhor Samuel... Está aqui o senhor Marcos Azevedo para lhe falar.

— Peça que Marcos entre, Olívia.

Imagino que ele tenha vindo para assinar uns documentos da fusão das empresas Azevedo.

— Samuel, como está? Espero não ter vindo atrapalhar o seu trabalho. Não tenho te visto no Clube.

— Não. Está tudo tranquilo. É, cara, tenho estado com muita coisa para resolver, não tenho tido tempo. Imagino que veio tratar de algum assunto referente à sociedade com a empresa do seu pai?

— Na verdade, não. Sobre a sociedade, assinei os documentos com Eduardo. Você estava viajando. E soube que a Selena fará uma cirurgia esses dias. Como está sua irmã?

— No geral, está muito bem. Os médicos esclareceram que será uma cirurgia de reparo de uma vértebra que fraturou durante o acidente, e que, além de causar muita dor, está dificultando os movimentos das pernas da

Lena. Agradeço você ter ido visitar a minha irmã. Ela está precisando muito de companhias como a sua, Marcos.

— Você sabe que eu gosto muito da Selena, cara. Ela é uma garota muito especial. E, saber que ela está viva, foi uma alegria muito grande.

— Então é mesmo verdade que você gosta da minha irmã?

Ele passa uma das mãos no cabelo e depois me encara.

— Há muito tempo gosto de Selena. Quando ela terminou com Fernando, até achei que teria uma chance. Então, um dia, reparei a maneira como ela olhava para Eduardo. Compreendi que seria perda de tempo investir numa pessoa que claramente gostava de outro.

— Talvez tenha sido uma atitude inteligente. Lena agora pode lutar pelo homem que ama.

— Desejo de coração que ela seja muito feliz. Bem, Samuel, o que me trouxe aqui é um assunto pessoal e também é sobre irmã. Nesse caso, a minha irmã.

— O que Roberta andou aprontando agora?

Incomoda-me saber que ele está aqui para falar sobre Roberta.

— Como sabe, meu pai está bem doente. Ontem ele pediu para falar com todos nós e o assunto acabou girando em torno de você. Pela primeira vez na vida, vi a minha irmã sofrendo e sendo sincera. Roberta mudou. Isso ficou claro para todos nós. Ela pediu ao papai para lutar. Para não desistir, pois seria avô. Ela contou para ele que está grávida e você é o pai.

— Então é mesmo verdade. Puta merda!

Levanto. Pego uma garrafa de água, embora quisesse mesmo beber algo mais forte.

— Você já sabia?

— Ela esteve aqui, dias atrás, falando que estava grávida de mim, mas confesso que não acreditei.

— Pelo visto é mesmo verdade. Beta não mentiria para papai. Ela falou que não quer nada de você. Que vai criar o filho, sozinha. Pediu ao papai para lutar pela vida e ajudá-la criar o filho. Nunca tinha visto a minha irmã tão devastada.

— Vou conversar com Roberta e depois falar com seu pai. Se esse filho é mesmo meu, assumirei. Roberta e eu não existe a menor chance, mas um filho meu não ficará sem pai, nunca.

— Não vim buscar um reconhecimento, Samuel. Queria apenas acalmar meu pai de que essa criança teria um pai de verdade. Roberta afirmou que não viria te contar.

— Agradeço por ter vindo conversar comigo. Ainda hoje falarei com Roberta.

— Obrigado, Sam. — Apertamos as mãos e ele se vai.

Essa notícia seria mais uma barreira para me afastar da mulher que amo. Teria de resolver o quanto antes. Liguei para Roberta. Pedi que fosse ao escritório, mas ela disse que preferia em outro local. Combinei então de a gente ir almoçar.

CAPÍTULO 42

Samuel

Estou no restaurante quando Roberta chega, com sua beleza exuberante e chamando a atenção de todos os homens do lugar, como é comum onde ela entra.

— Para você me convidar para almoçar, Samuel França, alguma coisa deve estar tramando contra mim.

Senta na cadeira que puxei ao me levantar para cumprimentá-la, sempre fazendo charme, que lhe era natural. Olha-me, examinando minha expressão, tentando adivinhar o que quero com ela.

— Quer que eu convença sua mulherzinha a voltar para você, é isso?

Ela pode estar mudada, mas a ironia permanece.

— Marcos esteve hoje no meu escritório. Ele me contou sobre você ter confirmado estar grávida e eu ser o pai. — Vou direto ao ponto. Ela arregalou os olhos, depois desviou e nada disse. — Preciso saber. Por que ficou grávida em uma transa sem sentido, onde não era sequer a mulher que deveria estar ali. Sempre se cuidou. Nunca quis uma gravidez tão cedo, como costumava repetir. O que mudou, Roberta?

— Apenas tinha me esquecido de tomar a injeção contraceptiva. Estava muito preocupada e envolvida com a doença do meu pai — fala, firme. Os olhos nos meus. Sei que não está mentindo. — Não estava transando com ninguém. Talvez até por isso não tenha me lembrado da maldita injeção. E ao contrário do que todos vocês pensam, não premeditei ir pra cama com você. Só, aconteceu. Não... resisti a você. Não pensei.

A expressão triste logo muda para a costumeira arrogância.

— Mas não quero nada de você. Prometi ao meu pai e vou cumprir. Jamais voltarei a ser a mulher perseguidora que fica tentando arruinar o casamento do ex.

— Talvez agora seja um pouco tarde para querer ser a menina correta do seu pai. O meu casamento acabou. Embora não possa culpar apenas você por isso. Certamente as consequências desastrosas daquele momento estão aí para nos lembrar para sempre.

— Eu já disse. Você não precisa assumir nada. Ninguém, além dos que já sabem, precisam saber que esse filho é seu. Estou falando muito sério, Samuel, vou assumir meu filho, sozinha.

— Viveu tanto tempo ao meu lado, mas nunca se esforçou para me conhecer de verdade, não é Roberta? Em que porra de mundo você vivi para achar que vou deixar um filho sem reconhecimento, sem apoio e principalmente sem os meus cuidados e o meu amor. Nós dois podemos ter feito uma merda sem tamanho, só que essa criança não tem culpa de nada e nem pagará pelos nossos erros.

— Meu pai sempre teve razão em relação a você, Samuel. É um cara muito legal. Eu é que fui a errada, burra, que jogou fora um cara decente e que me tratava como uma princesa.

— Você é uma mulher linda. Sexy pra caralho. Logo vai encontrar um cara decente para te amar do jeito que você gosta.

— E esse gosta, seria o quê, Samuel França? — Roberta ri, descontraída. — Pelo visto, não vai acontecer por muito tempo. Logo a minha barriga estará grande, estarei gorda, cheia de estrias e peitos enormes.

— Então. Ainda mais gostosa.

— Seu pervertido.

Gargalhamos e assim seguimos o almoço, pela primeira vez, depois que terminamos, sorrindo e sendo os amigos que tínhamos sido no passado.

Voltei para o trabalho e à noite fui para casa do meu pai contar oficialmente a novidade e saber da Selena.

— Será que é mesmo verdade? Essa moça já nos criou tantos problemas.

— Dessa vez não, papai. Roberta está sendo sincera e muito preocupada com a doença do pai.

— Você vai se acertar com ela, Sam? Agora que ela terá um filho seu?

— Roberta e eu acabamos, Marina. É definitivo. Vou assumir meu filho e dividir a criação dele com ela. Só isso.

— Meu Deus! O meu primeiro neto, que tanto ansiei e desejei, vindo nessas circunstâncias e terá uma moça sem o menor juízo como mãe.

— Acho que precisamos dar uma chance a Roberta. Afinal, ela vai precisar de nosso apoio e ajuda para cuidar dessa criança.

— Claro, meu bem. Luciana está certa e todos nessa família apoiarão e darão muito amor a essa criança. Conte conosco, filho.

— Obrigado! Sabia que podia contar com vocês. Vou lá em cima contar a novidade a Selena.

Minha bela irmã está sendo cuidada. O rosto já ganhou cor, os olhos ganharam brilho novamente. Estamos confiantes que a cirurgia que ela vai fazer trará a nossa Selena de volta, como sempre foi. Linda, alegre, feliz.

— Oi, maninha.

— Oi, maninho... — Sorri, o rosto mais corado.

Sento na cama ao lado dela, e beijo seu rosto.

— Achei que Edu estivesse aqui com você.

O brilho nos olhos dela apaga um pouco.

— Ele precisou ir ver a Andressa. Parece que a garotinha está doente. Segundo Cristina, as crianças estão com saudades dele.

Percebo o quanto aquela relação não será muito fácil para a minha irmã.

— Meu amor... — Acaricio o rosto bonito. — Procure pensar apenas na sua recuperação, nesse momento. Amanhã você vai internar para a cirurgia que te livrará das dores. Voltará a andar normalmente. Sabemos que não será fácil a relação com um homem recém separado. Que, aliás, será também o meu status agora.

— Madu não te perdoou? Sinto tanto, Sam.

Lena me abraça e ficamos assim por minutos, sem nada dizer.

— Vida que segue. Olha só, tenho uma notícia que acho vai tirar essa ruguinha de tristeza daqui. — Passo o indicador entre as sobrancelhas dela. — Está preparada para ser titia? — Ela arregala os olhos. — Roberta está grávida de um filho meu.

— Sério? Parabéns, meu amor! — Voltamos a nos abraçar e nos beijamos no rosto com carinho. — Sam, você me parece muito bem, para quem acabou de se separar. Sei que deve estar feliz que vai ser pai, mas, depois da Roberta, ficou mais fácil, é isso? Se bem que... tem alguma coisa por trás desses olhos pretos lindos. Certa nuvenzinha cinzenta, eu diria.

Nós nos conhecemos tanto.

— Estou bem. Descobri que Madu não é a mulher que me fará feliz. A verdade é que fomos precipitados. Eu fiz merda, quando a trouxe para minha vida. Agi como um moleque, acabei fazendo-a sofrer.

— Você me parecia apaixonado. Encantado. Não entendo, por que a Madu foi tão radical.

— Ela acabou sendo mais madura que eu, que era o experiente do casal. Fui egoísta e covarde. Criei uma situação que não era a que queria.

— Não estou te entendendo, Sam. Parece-me confuso.

Preciso confessar a minha irmã o que está se passando comigo.

— Sei que é muito louco. Não sei se você vai conseguir entender. Eu realmente me apaixonei, só que não foi pela mulher com quem me casei...

Lena se ajeita nos travesseiros e sacode levemente a cabeça.

— Do quê, ou melhor, de quem está falando, irmão?

— Como você deve lembrar, conhecemos juntos Isadora antes de...

— Isadora! Claro! Eu sabia. Eu percebi! — ela grita eufórica, cortando-me totalmente.

— É, sua bruxinha. — Sorrio com ela. — Está certa. Eu me apaixonei por aquela mulher, acho que no segundo em que olhei para ela. Aconteceu tudo ao mesmo tempo. A chegada da Madu acabou confundindo e atropelando tudo na minha cabeça.

— E agora, o que pretende fazer? Isadora é sua sogra. Ex-sogra... Sei lá! Como pretende resolver isso?

— Vou devagar dessa vez. Mas não tenho dúvida de que ela é a mulher que amo. Nós nos beijamos e sei que ela também sente alguma coisa por mim.

— Você é um homem de viver grandes paixões. Tem o fogo da paixão aí dentro desse coração. Percebi também naquele dia que não ficou indiferente a Isadora. Conta como conseguiu um beijo dela? Ainda é sua sogra.

— Não consegui segurar. E até ganhei um tapa na cara, mas valeu a pena. No beijo ela se declarou. Tive certeza que a Isadora também sente alguma coisa por mim. O beijo foi... Nossa!

— Meu irmão, seus olhos brilham quando fala dela. Desejo tanto que seja feliz. Você é um príncipe. — Volto a beijá-la no rosto. Sempre muito carinhosa comigo. — E o divórcio? Já assinou os papéis?

— Pois é, o advogado da Madu mandou para que ela assine. Gostaria de ir até lá, quero muito ver a Isadora. Só que ela nem está atendendo minhas ligações. Darei o tempo que a Isadora precisa. Não quero e não posso ser precipitado agora. Nesse momento, quero estar com você na cirurgia. Também quero acompanhar os primeiros exames de gravidez da Roberta. Quero acompanhar todo o processo da gestação.

— Vai ser muito feliz, meu querido irmão. Você merece.

— Você também. Meu amigo está muito apaixonado por você. Terão a chance de viver esse amor.

Ela fecha os olhos e aperta a minha mão.

Entro no quarto, no meu apartamento, vou direto para o boxe e tomo um banho demorado. Depois sento numa poltrona, fecho os olhos e meus pensamentos vão diretos para a mulher de grandes e profundos olhos escuros. Não consigo esquecer o nosso beijo. Fico envolto na lembrança do nosso beijo. O celular toca. Atendo sem olhar, ainda de olhos fechados.

Fico arrepiado ao ouvir a voz do outro lado da ligação.

CAPÍTULO 43

Isadora

Preciso fazer essa ligação para Samuel. Tenho evitado falar com ele e não atendo às suas ligações, porque estou por um fio. Não consigo pensar em mais nada nessa vida. Estou enlouquecendo. Todas as noites, em minha cama, como estou agora, meu corpo clama pelo dele, movido pelo pensamento do nosso beijo.

Maria Eduarda praticamente me pressionou para que ligasse para o ex-marido.

— Oi, Samuel. Desculpa ligar essa hora. — Estava tentando criar coragem. — Trabalhei até mais tarde. Achei melhor fazer essa ligação em casa. Maria Eduarda mandou pela Cecilia os papéis do divórcio assinados. Em dois dias ela estará indo para São Paulo. Cecilia precisa resolver alguns assuntos da Madu aí. Inclusive a transferência da faculdade. Samuel... Está me ouvindo?

— *Isadora. Eu posso fazer isso. Pego a transferência na faculdade, além de algumas coisas pessoais da Madu, que aproveito para levar. Selena estará fazendo uma cirurgia em dois dias. Tenho também outro assunto que preciso resolver aqui, mas no máximo em uma semana vou até aí.*

— Não quero dar trabalho, Samuel. Sei o quanto é ocupado na empresa. Agradeço sua gentileza, mas realmente Cecilia pode cuidar disso.

Não quero que ele venha. Não consigo lidar com ele perto demais.

— *Por favor, Isadora. É importante que eu vá até aí. Tem um assunto importante que preciso falar com você. Já estava planejando mesmo fazer essa viagem. Isso não vai me atrapalhar em nada. Acredite. Em uma semana consigo resolver as coisas da Madu, os assuntos da empresa e principalmente, ficarei mais tranquilo depois da cirurgia da minha irmã.*

— Samuel, eu...

— *Me aguarde. Logo estarei aí. Até.*

Maldito homem. Nem me deixou argumentar mais contra essa ideia ridícula dele vir para cá. Meu Deus, isso não vai dar certo. O que ele pode ter de importante para falar comigo?

Gente, esse homem quer me enlouquecer de vez.

Preciso fazer alguma coisa para parar os avanços do Samuel. Qualquer coisa que o impeça de continuar com essa ideia louca de que possa haver alguma coisa entre nós. Não há a menor possibilidade.

Claro que só poderia levantar como um zumbi, visto que não consegui dormir quase nada, pensando na iminência dessa visita do Samuel.

Encontro Cecília sentada, tomando café na cozinha. Ela se assusta quando me vê entrar e sentar diante dela.

— Isa? O que houve? Está doente? Nossa, sua cara está horrível! Pensei que já estivesse na empresa.

— Bom dia para você também. Não consegue fazer uma pergunta por vez? — ela continua me olhando como se fosse uma aberração.

— O que aconteceu?

— Não dormi bem. Estou com uma dor de cabeça dos infernos.

— E isso, por quê?

— Não vai precisar ir para São Paulo. Samuel decidiu que resolverá os assuntos da Maria Eduarda por lá, e ele mesmo virá assinar os papéis do divórcio.

— Hum. Entendi. Tudo que vem tentado evitar, de qualquer jeito, pelo visto, vai acontecer logo. Seu encontro com Samuel, só que sob outra perspectiva.

— Pare com isso, Cecilia. Não há nada para acontecer entre mim e o ex-marido da minha filha.

Por que ela fica insistindo nisso? Droga!

— Certo. Vai continuar enfiando a cabeça dentro de um buraco, para ver se tudo muda como num passe de mágica?

— Para! — Eu me levanto, irritada. — Será que é tão difícil assim para você entender o que está acontecendo aqui? Não posso acreditar que ache natural eu ter um envolvimento com o marido da minha filha, e ficar tudo bem.

Estou perdendo realmente a paciência com a minha amiga que fica me deixando sonhar com coisas impossíveis.

— Não entende que ficar me dando esperança só está me deixando doente? Não quero esse homem perto de mim. Não posso aceitar nada disso.

— Isa, se acalme, amiga. — Cissa levanta e me envolve com os braços, meio de lado. — Judite, pode, por favor, fazer um chá calmante para Isa? Leve lá no quarto dela.

Só então me dou conta que a minha empregada está parada em frente a pia, olhando para mim com... pena? É isso? Ela não parece assustada com o que ouviu, apenas preocupada.

Cissa sai me levando, como se fosse uma criança birrenta, para o meu quarto.

— Olha o que você me obriga a fazer? Agora até a Judite já sabe que espécie de mulher que eu sou. A que quer tirar o marido da própria filha.

— Meu Deus, Isadora! Olha que absurdo está falando? Amiga, sério, vou marcar uma hora com a terapeuta para você.

— É, faça isso mesmo. Devo estar ficando louca. Nisso está certa.

Afasto-me dela e sigo para o closet. O melhor que tenho a fazer é me arrumar e seguir para o trabalho.

— Vai trabalhar? Nervosa e com essa cara de cansada desse jeito?

— Lá, pelo menos, não vou ter alguém com ideias loucas para acabar de me enlouquecer de verdade.

— Isa. Tudo bem. Se não quer que fale sobre esse assunto, não falo. Pelo menos por hoje. — Olha para mim, esperando mais um surto. — Amiga, vem aqui.

Pega na minha mão e sai me levando novamente até parar próximo a cama me fazendo sentar, sentando ao meu lado.

— Amiga, estou falando muito sério. Volte às consultas com a terapeuta. Precisa falar abertamente com outra pessoa de fora sobre esse assunto. Por mais que eu seja sua amiga e goste demais de você. Vejo que só estou te deixando mais confusa ainda. Só pensa que acredito em cada palavra que estou dizendo. Você, claro, envolvida demais emocionalmente, vê a coisa numa proporção distorcida. Os tempos mudaram, Isa. Existe, sim, os que são julgadores, mente pequena, acusadores. Mas também existem os de mente limpa, aberta. Sem preconceitos ou julgamentos. Que enxergam as coisas do jeito que realmente são. Que duas pessoas possam se apaixonar, independente do gênero, idade, condição social, étnica ou afetiva.

— Está certo, amiga. Desculpa. Estou mesmo muito cansada. Não tenho dormido quase nada e, de certa forma, esperava que a Maria Eduarda não assinasse os papéis de maldito divórcio. Eles estavam casados e eu estava bem.

— Mas não feliz, Isa. Não está cometendo nenhum crime. É isso que precisa colocar na cabeça. Escute. Descansa hoje. Mais tarde vamos sair. Passar no salão de beleza. Depois vamos ao shopping. Almoçamos num bom restaurante e, ainda hoje, vai ver a doutora Tânia. Falar com ela será importante.

— Tudo bem. Vou seguir seu plano de salvamento da minha sanidade mental. E seja o que Deus quiser.

CAPÍTULO 44

Samuel

Depois da conversa de ontem com Isadora, sinto-me revigorado. Consegui até dormir a noite toda. Após o café da manhã, estou indo para casa da Roberta. Vou com ela na primeira consulta com a obstetra para os primeiros exames do pré-natal.

— Depois de tudo que aconteceu, pensei que nunca mais fosse vir a essa casa. Quanto tempo.

— Sente-se, Samuel. É uma pena que as vezes que frequentou essa casa, quase nunca estava presente para me inteirar melhor das coisas. Para conhecer bem os seus sentimentos. Os sentimentos da minha filha. Agora, porém, não é hora para lamentações ou arrependimentos. A Roberta nos disse que você prometeu reconhecer a criança que ela está esperando.

O velho Severo Azevedo está muito debilitado. Sentado numa cadeira de rodas, mostra como a doença está sendo cruel com um homem que sempre foi forte, austero, empresário bem-sucedido e um pai amoroso. Não passa agora de uma figura magra, pálida e sem forças.

— Com certeza. Roberta e eu não vamos ficar juntos, mas meu filho, vou reconhecer e cuidar com ela. Vou acompanhar toda a gravidez e dar o suporte que Roberta precisar. E cuidarei pessoalmente da criação e educação dele, ou dela.

— Nunca duvidei do seu bom caráter e generosidade, meu rapaz. Espero sinceramente que a minha filha crie juízo finalmente.

— Não fale como se eu ainda fosse uma criança, papai. Acredito que esse filho já me mudou bastante. No momento, só penso em ter uma gravidez tranquila para seu neto nascer saudável e bonito como o pai dele. O senhor vai brincar muito com ele... ou ela, pelos jardins dessa casa.

Roberta beija a testa do pai, que nada responde ao comentário feito por ela. Em seguida, pega bolsa e sinaliza para mim que já está pronta para seguirmos para o médico.

A consulta é tranquila e logo a médica nos encaminha para uma sala conjunta, onde começam os preparativos para o primeiro exame de ultrassom da Roberta.

Fico ansioso, pois a médica nos garante que também poderemos ouvir o som do coraçãozinho do bebê.

O ventre da Roberta não está muito aparente, porém deitada e com a barriga descoberta, dá para ver perfeitamente o volume arredondado. Impossível não se emocionar ouvindo a médica descrever o que ela está olhando na tela, e que para mim não passa de borrões acinzentados.

— O bebê de vocês está muito bem. Vejo que será uma criança de estrutura grande. Pelo que posso ver, e pelas suas informações, Roberta, você já está entrando na décima segunda semana. Vou trocar o equipamento para que possam ouvir o coração do bebê.

Roberta aperta a minha mão, que segurou assim que a médica começou a mostrar o nosso filho. Ela olha para mim e os olhos estão inundados pelas lágrimas.

E lá está o som forte, inequívoco, anunciando uma vida que eu ajudei a gerar. Também deixo os olhos transbordarem e as lágrimas caírem, de felicidade. Um filho. Eu serei pai.

Saímos da clínica em estado de graça. Ficamos em silêncio durante todo o percurso até a casa da Roberta. Ela olha pra mim e parece insegura.

— Sam. Será que eu vou dar conta? Será que serei uma boa mãe para o nosso filho? Ele é tão pequenininho.

— Claro que vai, Roberta. Será uma mãe incrível. Sabe que é tudo uma questão de querer. Olhe como você mudou para cuidar do seu pai. Com o nosso filho não será diferente.

— Sam... — Ela começa a chorar e segura as minhas mãos. — Você é um homem maravilhoso. Perdoe-me. Perdoe toda a merda que fiz com você. As traições. As humilhações que te fiz passar. Perdoe-me. Por favor!

Roberta desaba em pranto. Eu a puxo para os meus braços e deixo que chore o que precisa no meu ombro.

— Já passou, Beta. Não tenho mais o que perdoar. Esquece tudo que passou. Olha só para o futuro. Para essa criança que logo estará enchendo a nossa vida de felicidade.

Ela se afasta passa a mão no rosto enxugando o rastro das lágrimas.

— E a gente, Sam? Não tem como...?

Não deixo que termine. Cubro seus lábios com o dedo e faço com que me olhe nos olhos. Ela precisa saber, eu preciso ser o mais honesto possível.

— Acabou, Beta. De verdade. Eu estou apaixonado por outra pessoa.

— Sei. Sua mulher. E até isso eu estraguei não foi? Está vendo? Só faço merda.

— Não. Não é pela minha mulher que estou apaixonado. No início pensei que fosse dar certo, Madu e eu. Primeiro para tirar você de vez da minha vida. Mas, acabei fazendo uma bela confusão. Já estava apaixonado de verdade por outra mulher.

— Essa mulher é uma sortuda. Ter o seu amor é o maior presente que uma mulher pode ter. Espero que agora, com o filho, você não perca também essa felicidade.

— Espero que não. É uma mulher madura. Sei que vai compreender e aceitar.

— Desejo de coração que seja feliz, Sam. Você mais que ninguém merece.

Uma semana depois, saio direto do trabalho e viajo para Porto Alegre. Não consegui segurar a ansiedade e vim direto do aeroporto para o apartamento da Isadora.

— Boa noite, senhor Samuel. Entre. A dona Isa não está. Ela foi direto do trabalho para a Galeria. Mas não deve demorar. Sente que vou passar um cafezinho.

— Obrigado, Judite. — Olho em volta, sinto-me um intruso. — Não quero atrapalhar os compromissos da Isadora. Vou para a casa da tia Érica. Amanhã volto aqui.

— Olha, o senhor é quem sabe. Mas meu café o senhor não vai recusar. Tá um frio danado por aqui e faço bem rapidinho.

Judite sai rápido, vejo-me olhando melhor para os bonitos quadros que tem nas paredes do apartamento. Óbvio que já tinha visto as belas obras de arte. Só que Judite mencionar Isadora ter ido para uma galeria me surpreendeu e despertou a atenção.

São pinturas muito bonitas e percebo que algumas me são familiares. Algumas imagens da fazenda, uma em especial: Isadora no seu cavalo.

— Esse é meu cavalo, Caramelo. Está comigo há muitos anos, foi um presente do meu falecido marido. A tela foi pintada, há duas semanas, pelo meu amigo Diogo Arantes. Ele é um pintor renomado e muito conhecido aqui no Sul do país.

Enquanto Isadora fala sobre o quadro, eu apenas a admiro. Está ainda mais linda. Meus olhos não conseguem se distanciar dela.

— Como está, Samuel?

— Isadora... É um bonito retrato. Desculpe eu vir direto sem avisar. Não quis perder tempo e...

— Compreendo. Vou pegar os papéis para você assinar. — Ela para de repente e se volta. — Desculpe. Por favor, sente-se. Vou lhe servir uma bebida.

— Outra hora, dona Isa. Agora o senhor Samuel vai tomar um cafezinho que acabei de fazer para ele. Tenho certeza de que estava com saudade.

— Obrigado, Judite! Você está mesmo certa. Seu café é o melhor que já tomei. É maravilhoso.

— E Selena, como está? Foi tudo bem com a cirurgia?

Ela está nervosa. Sei que mexo com seu emocional.

— Lena está melhorando muito. A cirurgia foi bem-sucedida e o doutor Otacílio garantiu que é questão de pouco tempo para que ela possa andar normalmente. Na verdade, o que a impedia de andar era a dor, muito intensa que sentia, devido à fratura na vértebra e a fraqueza. Com muita fisioterapia e um tratamento intensivo, logo ela ficará bem.

— Que ótimo! Fico muito feliz e torcendo pela recuperação total da Selena. Gosto muito dela. É uma menina ótima.

— Sim. A minha irmã é um anjo e merece ser feliz. Madu, como está?

Mantenho a conversa neutra e percebo a Isadora fica mais relaxada.

— Maria Eduarda está bem. Estou com muita saudade dela. Já faz algum tempo que não vem me ver.

Uma nuvem de tristeza cobre os olhos escuros.

— Parece que finalmente Madu conquistou o que queria, na verdade. Agora que estamos divorciados, ela está livre para viver plenamente o trabalho e todas as coisas que acabavam aprisionando-a no casamento.

— Não fique com mágoas da minha filha, Samuel. Maria Eduarda é só uma menina descobrindo o mundo. Talvez esteja mesmo sendo feliz, do jeito dela, e espero que amadurecendo um pouco mais. Espero que você também seja feliz. Encare tudo que aconteceu como uma experiência para a vida.

— Está tudo certo comigo, Isadora. Pelo menos no que diz respeito ao casamento que não deu certo. Outras coisas maravilhosas estão acontecendo.

— Que bom para você. — Sinto o desdém na fala dela. — Bem, estão aí os papéis para você assinar. Sei que é muito ocupado e deve voltar para São Paulo. Para sua vida.

Ela se levanta e eu também.

— Espera. — Seguro seu braço. — Tenho todo um final de semana para ficar aqui. Precisamos conversar.

— Já falamos tudo que tínhamos para falar. — Ela se solta com brusquidão. — Só precisa assinar os papéis e estará livre para viver a sua vida e esquecer de vez minha filha e a mim.

— Pare com isso. Não vou permitir que me trate como um estorvo do qual precisa se livrar. — Puxo-a de volta para que olhe nos meus olhos. A raiva me consumindo. — Está sendo hipócrita! Sabe o que sentiu naquele beijo.

CAPÍTULO 45

Isadora

— Samuel, não! Não vá por esse caminho! Não ache que sabe o que estou sentindo ou que me conhece, por causa de um beijo! Olha com mais profundidade em volta. Para a nossa situação. Sou sua sogra. Mais velha que você e nem nos conhecemos direito. Temos pontos de vistas diferentes. O que acha que sobra disso tudo?

— Amor, porra! Muito amor! Que tenho aqui dentro. E aí dentro também! — ele explode, coloca o dedo indicador no peito dele e depois no meu. Os olhos injetados e aflitos. — Diga qualquer merda que queira, mas não vai negar o óbvio. Sabe por que tudo isso aconteceu dessa forma? Por que chegamos até esse momento aqui? Porque você insiste em recusar, tentar barrar, renunciar ao que sentimos desde aquele momento mais de dois anos atrás, quando nos conhecemos.

— Entenda de uma vez, droga! — Também acabo perdendo a linha. — Se não aconteceu lá no passado, não vai ser agora que acontecerá. Tudo mudou. Você casou com a minha filha! Acha que pode ignorar isso ou fingir que foi coisa pequena? — Eu me aproximo e faço como ele fez. Empurro o peito dele com o meu dedo indicador. — Você decidiu o que queria! Você casou com a minha filha!

— Eu errei! Reconheço que fui covarde, egoísta. Tive medo de ser rejeitado por você. Uma mulher mais experiente, que cuida sozinha da empresa, da fazenda, da família. Isso mostra poder e autossuficiência. Está viúva há vários anos e não precisou de nenhum homem para continuar gerindo a sua vida, de total sucesso. Acha que tudo isso fez o que comigo? Tudo isso me deu medo, porra! Acha que não percebi que aquele diretor, seu braço direito, o quanto ele é apaixonado por você? Qualquer um pode ver. O homem baba no chão que você pisa. E sabe o que vi sobre isso? Que você é ainda maior e mais especial. Você não tem noção do que está acontecendo. Está alheia cuidando das suas prioridades.

Ele passa as mãos nos cabelos fartos e olha para mim em completo tormento.

— Fui idiota. Burro. Covarde. O fato é que me senti atraído como um inseto pela luz. E ao mesmo tempo, fiquei com ciúmes. Fiquei acanhado. E tive raiva de imaginar que uma mulher como você não olharia uma segunda vez para mim.

Ele está falando e o meu coração está quase saindo do meu peito de tão acelerado. Vejo muito claro todo o tormento que esse homem tem dentro de si. É um homem lindo. Poderoso. CEO de uma empresa grandiosa. Pode ter a mulher que quiser no mundo. Sexy de um jeito que deixa qualquer uma babando *por ele*. Minha filha ficou encantada. E sei que, no fundo, ela só desistiu por vaidade. Nunca soube lidar bem com o fato de não ser a primeira em tudo na vida.

Fico totalmente em êxtase ao ouvi-lo falar da maneira como se apaixonou por mim. Como eu gostaria de poder gritar para Samuel e para o mundo, que sou louca por ele. Que o amo com desespero. Que o desejo em cada maldito segundo da minha vida.

Deus! Não posso. Sei que vou acabar levando mais uma desilusão para a vida dele. Nunca me perdoaria se transformasse sua vida num inferno.

— Isadora...

Por favor, não! Não tenho como resistir por muito tempo.

— Olha só. Penso que mais uma vez está confuso, distorcendo as coisas. Você era noivo, não muito tempo depois estava casando com a minha filha. Agora se diz apaixonado por mim. Isso mostra que troca de paixão como troca de camisa. Não pode continuar saindo por aí iludindo mulheres para descartá-las ao seu bel prazer.

Meu Deus, o que estava fazendo? Samuel fica lívido. Os olhos viram duas bolas escuras sem brilho.

— Chega! Com que direito está sendo perversa? Cruel? Sabe que não sou esse moleque que está tentando me fazer acreditar. Acabei de abrir meu coração para você. Fui honesto, sincero como nunca tinha sido na vida. Eu me desnudei para você. E...

Ele está destruído. Passa as mãos pelo rosto e se afasta. Pega uma caneta no bolso do blazer que está usando e assina rapidamente os papéis do divórcio que pedi a Judite para trazer do escritório, enquanto ele tomava o café que ela serviu, e que deixei sobre a mesa de centro.

Em seguida vai até a porta e pega duas malas grandes e um envelope, que vi logo atrás da porta quando entrei, e joga de qualquer jeito próximo a mim.

— Aí estão os objetos pessoais e roupas da Maria Eduarda. Se achar alguma outra coisa, mando pelo correio.

Anda rápido e abre a porta do apartamento.

— Samuel...

Não posso deixar que ele se vá assim.

— Já escutei tudo que precisava escutar. Talvez eu tenha me enganado achando que é alheia aos homens que se apaixonam por você. Na verdade, a senhora é soberana demais para sequer prestar atenção aos sentimentos de alguém. Está certa, dona Isadora Fernandes! Deve ser um lamentável equívoco o que estou sentindo. Não posso estar mesmo apaixonado por alguém tão fria e insensível.

E ele sai batendo a porta. Só consigo deixar as minhas pernas cederem, ir ao chão e cair em prantos. Fui cruel com o homem que mais amo no mundo. Fiz o que precisava fazer, mas o meu coração está dilacerado e sangrando muito.

Sinto as mãos carinhosas da Judite e percebo que devo ter ficado muito tempo jogada no chão, encolhida em posição fetal, sem parar de chorar.

— Dona Isa. Sei que empregado não deve saber da vida do patrão e nem dar opinião, mas também sei que a senhora gosta de mim e vai me perdoar a intromissão. Ele gosta mesmo da senhora. Eu sei. Vi isso desde que casou com a menina Madu e passou a vir a este apartamento. O jeito como a olha é diferente. Sei que também gosta dele. Tem de ser feliz. A menina já está lá longe, vivendo a vida dela como bem quer. A senhora sempre aqui, sozinha. E ultimamente, muito triste. Esse homem vai fazê-la muito feliz, dona Isa. Eu sei. Eu sinto.

As lindas e sábias palavras da minha funcionária e amiga Judite só me fazem chorar ainda mais. Coloco a cabeça no colo dela e dou vazão a toda a minha dor.

Lidar com a distância dele eu conseguia. Com o ódio e mágoa dele, não.

Samuel

O vento frio e cortante da rua não me impede de continuar andando sem rumo, desde que saí furioso do apartamento da Isadora. Sei que já é tarde. Olho em volta o bairro elegante, completamente silencioso e vazio. Ignoro e continuo andando em frente. Meu celular toca e vejo que é a minha prima, Soraya. Com certeza já sabe que vim para Porto Alegre.

— Alô! Soraya, como está?

— *Muito bem, meu primo. E tu como estás guri? Acabei de saber pelo André que viestes para cá. Nem penses em ficar em hotel. A mãe quer que fiques aqui em nossa casa, bah.*

— Soraya, eu...

— *Bah, nem penses em dizer não, guri. Estamos te esperando.*

Puta merda! Ela desligou. Caralho. Tudo que menos preciso agora é conversa fiada com meus parentes. Mesmo que sejam pessoas que amo muito, não estou com paciência.

Ainda bem que preferi trazer uma mochila com poucas coisas. Vou passar essa noite com eles e logo cedo vou embora. Pelo menos deixo o piloto descansar também.

— Que bom que viestes pousar aqui conosco, querido. Soubemos que o casamento acabou mesmo e tu vieste assinar o divórcio. Ainda tinha uma pequena esperança de que tu e a menina da Isadora continuassem. São tão bonitos juntos, bah.

— Infelizmente acabou mesmo, tia. Fomos precipitados e impulsivos.

— Isso, eu também achei. Vocês mal se conheciam morando tão longe um do outro, e a menina pelo mundo na carreira de modelo. O amor de vocês mais jovens é assim, querem resolver tudo logo. Uma pena! Madu é linda e está perdendo o melhor homem que pode ter na vida.

— Obrigado, tia Érica. Mas, o grande culpado nesse caso aí fui eu. Permitir, de certa forma, que a Madu me pegasse na cama com a minha ex, depois de uma bebedeira idiota.

— Para guri. Tu estavas sofrendo pela tua irmãzinha. Tadinha da Selena. Foi muito triste o que aconteceu com ela. Aqui ficamos todos sofrendo muito também.

— A mamãe tem razão. Mas agora tudo mudou. Lena está viva e tu encontrarás outra moça que te faças feliz.

— Obrigado, Soraya. Bem, se vocês não se importarem. Gostaria de descansar. Volto para São Paulo amanhã cedo.

— Já jantaste, querido?

— Ainda não, tia Érica, mas não precisa se preocupar. Não estou com fome.

— Imagina. Pode ir subindo para o quarto. Tome um banho gostoso e já a Soraya te leva alguma coisa para comer.

— Levo sim, primo. E olhe! Não sei se te verei amanhã cedo. Já quero deixar-te informado e avisa o pessoal lá em São Paulo, que em um mês teremos o aniversário de setenta anos da mamãe e vamos querer todos aqui.

— Com certeza. E sempre linda desse jeito, tia.

Beijo o rosto da minha querida tia e rápido subo as escadas para o quarto. Certamente nessa festa eu não estarei presente. Não pretendo voltar tão logo a essa cidade.

CAPÍTULO 46

Samuel

Retomar a minha rotina era o que precisava fazer. É o que tenho feito como o louco workaholic que todos se acostumaram a me intitular. Trabalhar e acompanhar, ainda que de longe, a gravidez da Roberta, é a minha rotina.

Minha família não entende o que está se passando comigo e vez ou outra sou surpreendido com a visita da mulher do meu pai. A minha madrasta querida, Luciana.

— Seu pai queria vir conversar com você sobre o que está acontecendo, mas pedi que deixasse essa tarefa pra mim. — Ela me olha estudando a minha cara séria, concentrada no computador a minha frente.

— Por que vocês acham que está acontecendo alguma coisa? — Arqueio uma sobrancelha em desafio.

— Bom. Primeiro pensamos que poderia ser o divórcio rápido. O fato de a Madu nunca ter te perdoado pelo que houve com a Roberta. Porém, pelo que a Selena conversou comigo, a Madu ainda não sabe sobre o filho que você terá com a Roberta. Achávamos que você fosse contar para Isadora, que daria a notícia a filha com mais tato.

— Madu e a mãe dela não têm nada que ver com a minha vida. Já estamos divorciados. Acabou. Fim de papo. — Ela conseguiu a minha atenção e a minha falta de paciência. — Luciana, estou perfeitamente bem. Trabalhando como sempre trabalhei e hoje, por exemplo, estou com muito trabalho para dar conta. Eduardo, tem tantos problemas pessoais para resolver, que até as tarefas dele estão vindo parar na minha mesa. Por isso, minha querida madrasta, se era só isso. Por favor, me dê licença.

— Entendi. Não será nada fácil arrancar de você o que o está deixando nervosinho, irritadiço por qualquer coisa e triste. Sim. Porque nós que o amamos estamos vendo claramente a sua tristeza. Que tenta ferozmente esconder. — Se põe de pé a frente da mesa. — Para não perder toda a minha missão, vim também lembrá-lo que a festa dos setenta anos da tia

Érica é no próximo final de semana, seu pai pediu para informar ao piloto e deixar tudo pronto para a viagem. Quero saber se você precisa que organize alguma coisa sobre o terno que pretende usar na festa.

— Eu não...

Porra! Se ela souber que não pretendo ir para essa bendita festa agora, minha vida vai virar um inferno.

— Não preciso de nada. Está tudo resolvido. Pode ficar tranquila e obrigado pela atenção. Fale para o papai que já havia acertado tudo com o Mauro. Ele estará a postos para embarcar toda a família no sábado pela manhã.

— Certo. Tenha um bom dia de trabalho, querido enteado. Só não fique achando que ganhou essa guerra. Vou descobrir o que está te incomodando como um espinho dentro do seu sapato e, tentarei ajudá-lo a arrancar.

Luciana deixa a sala e eu sorrio com a capacidade que ela tem em me fazer achar que ainda tenho os vinte anos de quando ela casou com o meu pai, assumindo seus filhos órfãos de mãe. É tão mãezona que se esquece da nossa pouca diferença de idade.

Isadora

— Dona Isa. Madu ligou pedindo que a senhora ligasse para ela. Está preocupada, porque disse que ligou várias vezes para o seu celular e não atendeu. Dona Isa! Está me ouvindo?

— Estou sim, Judite. Você disse a minha filha que estou aqui no estúdio? Esqueci de trazer o celular, que ficou carregando no quarto. Vou ligar para a Maria Eduarda.

— A dona Cissa perguntou se a senhora estava melhor. Eu disse que não. Me desculpe, mas me dá uma dó de ver a senhora assim tão triste.

— Judite. Já te pedi para não ficar falando essas coisas para as meninas. Estou ótima. Proíbo você de falar bobagens para a Cissa, ou qualquer outra pessoa.

— Não falo por mal. Apenas me deixa triste ver o jeito que está vivendo. Até o senhor Wagner reparou e me perguntou o que estava acontecendo, no dia que veio trabalhar, aqui no escritório, com a senhora. É claro que para ele não disse nada. Mas não sou cega. A senhora quase não dorme, não come direito, fica aqui nesse lugar horas e horas, as vezes só olhando para esse quadro branco. Quando vai para a fazenda, fica o tempo todo nos campos andando a cavalo. Sozinha, sem falar com ninguém.

— Ok! Ok! Já chega, Judite! De qualquer jeito, proíbo você de ficar dizendo essas coisas para os outros, ouviu bem?

Levanto-me irritada. Que droga que tem sempre alguém se metendo na minha vida. Sigo para a sala, Judite vem atrás de mim.

— Por favor, leve um chá lá no quarto. Vou ligar para a minha filha.

Não quero, nem por sonho, que a Maria Eduarda saiba o que se passa comigo.

Inferno! Aquele homem não sai da minha cabeça e já não sei o que fazer.

Não sei por que me deixei convencer por Maria Eduarda e a Cissa a vir ao aniversário da Érica Brenner em companhia do meu amigo Emiliano Galvão. Não queria vir na verdade. É certo que encontre Samuel e a família. Continuo não preparada para encontrar com ele agora, como não estava há um mês, e com certeza, nunca estarei.

O Salão de festas, de um grande hotel da cidade, está lindamente decorado para a festa da querida senhora, que tem um seleto e distinto grupo de amigos, que a admira e a considera muito. Vejo que o salão já está com bastante gente da alta sociedade portalegrense. Não costumo ser uma pessoa muito sociável, mas conheço muita gente presente.

— Isadora, estás muito linda, querida. Fico muito feliz que tenhas vindo prestigiar a minha mãe. Doutor Emiliano, obrigada por nos ter dado o prazer da tua presença e por teres acompanhado a nossa amiga querida.

— O prazer é nosso, Soraya, de participar dessa bonita festa. Você também está muito linda. Tudo está absolutamente fantástico.

— Concordo com a nossa Isadora. Érica é uma pessoa que prezo muito e jamais deixaria de vir dar o meu abraço nela. E fico honrado por estar acompanhando essa bela mulher.

— Bem, fiquem à vontade. Isadora, a nossa família de São Paulo está aí, acredito que apesar da Madu e o Samuel não terem dado certo no casamento, todos gostam muito de você, assim como sei que gostas deles.

— Claro que sim, Soraya. Vou cumprimentá-los.

CAPÍTULO 47

Samuel

Minha família não entendia bem por que eu não seguiria com eles para Porto Alegre. Acabei prometendo ao meu pai que iria depois. Primeiro passaria na casa da Roberta, como vinha fazendo todas as semanas, para saber como estava evoluindo a gravidez.

Visitei Roberta, então viajei num voo comercial para Porto Alegre. A recepção estava acontecendo num salão de festas do hotel que costumava ficar e onde a minha família estava hospedada. A casa de propriedade do meu pai, onde vivíamos em Porto Alegre, estava lá a nossa disposição, mas Luciana achou mais prático ficarem no mesmo hotel da festa. Voltariam logo no dia seguinte. O médico não recomendou que a Selena viajasse e Edu ficou com ela. Luciana não queria que ela ficasse sem a família por muito tempo.

Logo vi a minha família junto à tia Érica. Fui direto até eles.

— Meu guri... — A tia vem até mim e a abraço com carinho. Gosto muito da tia Érica. — Já estava aqui reclamando com o teu pai, achando que não virias.

— Não poderia deixar de vir te dar o meu abraço num dia tão especial. — Beijei sua testa.

— Ultimamente esse rapaz só pensa em trabalhar. Estou quase me arrependendo de colocá-lo como CEO. Quero antes de tudo que os meus filhos sejam felizes. — Meu pai e suas lógicas.

Arqueio as sobrancelhas para ele.

— O guri ainda está triste com o término do casamento, bah. Há pouco estive conversando com Isadora. Ela me disse que a filha está muito bem. O curioso é que achei que quem não está nada bem é a própria Isadora. Pareceu-me mais magra. Um pouco pálida. Embora bem acompanhada pelo amigo Emiliano. Que segundo fiquei sabendo, já até comprou o anel para pedir a bela em casamento.

Logo que o nome de Isadora foi mencionado a minha atenção ficou redobrada.

Só que as últimas palavras da minha tia fazem crescer um fogo me queimando tudo por dentro. Rapidamente olho em volta. E lá está. Absolutamente linda! Um vestido prata cheio de lantejoulas, sem gola, com um corte transversal com um lado fechado seguindo com uma manga longa, e outro lado desnudo com o ombro e o braço moreno à mostra. Um pouco acima dos joelhos, mostrando as belas pernas. Sandálias de saltos altos também prata.

Fico sem fôlego. O cabelo preto um pouco mais repicado, na altura dos ombros, com a franja para o lado. Um batom vermelho evidenciando a boca carnuda, gostosa. Meu pau pulsa forte.

Ela ainda não tinha me visto. E o velho desgraçado tem o braço quase roçando no dela, de tão perto que está.

Ajo tão rápido que nem sei o que disse à família ao me afastar em passos largos. Pego um copo com uísque na bandeja de um garçom que passa à minha frente, engulo de um gole só. Coloco o copo vazio sobre uma mesa no caminho. Continuo marchando em direção ao que é meu e ninguém nesse caralho colocaria a porra da mão.

Paro bem em frente a ela e os olhos brilham como estrelas no céu, num lugar escuro. Mesmo surpresa, esquadrinha-me de cima abaixo como fiz com ela minutos antes. De volta aos meus olhos, os olhos escuros não escondem o prazer e a alegria em me ver.

— Como vai, Isadora? — falo seu nome bem devagar, como se estivesse degustando.

— Samuel... Estou bem, e você?

Não consegue evitar um leve tremor na voz. Sai quase como um sussurro. Demoro a responder e ela vira a cabeça para o velho, que olha para mim, curioso.

— Já conhece meu amigo Emiliano?

Não desvio os meus olhos do rosto dela.

— Como vai, rapaz? Nós nos conhecemos no seu casamento com a menina Maria Eduarda. Uma pena não ter dado certo... — Continuo sem olhar para ele, ainda que acompanhe seus movimentos. — Isa me falou.

Nesse momento toda a minha atenção vai para ele. O modo como a chamou e a mão segurou o cotovelo dela.

— O senhor nos dê licença. Preciso falar em particular com Isadora.

Meu olhar e o peso que coloco no nome dela não deixam dúvidas para o velho babaca, que ficasse na dele.

— Samuel, eu nã...

Não deixo que continue a falar, sei que negaria. Pego na mão dela e saio andando não dando chances de ela ficar parada. Até para que não se criasse um constrangimento.

— Samuel, o que está pretendendo? Me solte agora mesmo! — ela grunhe entre os dentes.

— Precisamos conversar e, dessa vez, você vai me ouvir até o final.

Chegamos à porta do elevador e Isadora tenta se soltar da minha mão, mas não deixo. Aperto um pouco mais.

— Pare com isso, Samuel! Está me machucando. — Sempre muito educada, fala em murmúrios para que ninguém perceba o que está se passando.

Calado, eu no coloco no elevador e só depois que a porta fecha eu solto a mão dela. Sinto um vazio. Respiro fundo e espero as reclamações que não vêm. Ao contrário, ela nada diz, apenas me olha em seguida fecha os olhos. Percebo ali que ela desistiu de lutar. Chegamos ao andar que estava e espero que saia à minha frente, depois a acompanho me colocando ao lado dela.

Quando chegamos no meu quarto, abro e indico com a mão que entre.

Logo que fecho a porta atrás de mim, não me tenho e a puxo para os meus braços. Apesar do susto, Isadora não se afasta. O coração colado ao meu, acelerado. Os nossos olhos firmes uns nos outros. Só desviamos um segundo antes de olharmos para as nossas bocas, e nos atracamos.

Um beijo faminto, desesperado, atormentado e explodindo de paixão. Nós nos agarramos e nos engolimos. As mãos ora passeiam, ora apertam ainda mais um ao outro.

Foram segundos, minutos e simplesmente não conseguimos desgrudar as nossas bocas. É saudade, desejo, paixão, tesão e amor. Tudo junto e explodindo. Ela afasta a boca em busca de ar. Logo voltou a boca para a minha e continuamos a nos beijar ferozmente. Temos pressa e medo que tudo acabe.

A minha boca deixa a dela e percorre cada pedacinho do rosto lindo. Testa, olhos, nariz, bochechas, orelhas. Não deixo um milímetro do rosto querido sem beijar, sem cheirar.

Isadora aperta as minhas costas com as mãos e logo busca os botões do blazer para abrir. Ajudei-a e, rapidamente, me livro da peça. Ela continua, agora tentando abrir os botões da camisa. Consegue abrir em tempo recorde.

Com meu tórax nu ela começa uma viagem com as duas mãos, alisando e percorrendo tudo. O peito, o abdômen, as costelas, as costas. Em seguida, encosta a boca e passa a beijar e a lamber. Eu tremo inteiro. Aperto-a de encontro ao meu pau que está duro como ferro. Busco a barra do vestido dela para tirar. Ela para de beijar o meu corpo e começa a descer o zíper lateral do vestido, logo deixando cair aos seus pés.

O corpo moreno, escultural, delicioso, com uma lingerie vermelha. O sutiã sem alças abraçando os seios perfeitos, naturais, do tamanho proporcional ao corpo cheio de curvas. Eu babo. Literalmente a boca enche de saliva. Passo os dedos delicadamente. Isadora quer força e pressa. Começa a tirar o cinto da minha calça e o joga longe. Em seguida, abre o botão e o zíper da calça social. Ajudo e rápido a retiro. Ela ofega e os olhos vêm para os meus cheios de tesão cru.

— Agora quero que me tome, forte. Preciso de você dentro de mim. Agora, Sam.

Não espero que peça de novo. Agarro-a pela bunda a suspendo e ela cruza as pernas na minha cintura, envolveu os braços no meu pescoço. Tomo sua boca enquanto encosto as costas dela na parede ao lado da porta, seguro-a firme com um braço e com o outro enfio os dedos na calcinha molhada, puxando de lado, alcancei a boceta lisinha. Coloco um dedo na rachinha escorregadia e pressiono o clitóris. Ela geme alto. Morde meu lábio inferior, enquanto os dedos se embrenham pelo meu cabelo.

Firmo Isadora com um braço e baixo a cueca boxer. Com o pau em riste, estico a calcinha pelo lado e arrebento. Já estou quase gozando só de estar com a mulher da minha vida aqui em meus braços. Minha glande está molhada do pré-gozo. Começo a pincelar a boceta gostosa com a cabeça do pau de cima abaixo e Isadora geme e me aperta.

— Me come, Sam... Ahhhh. Me invade de uma vez...

— É tudo que mais quero, meu amor... — E meto o pau em sua boceta, com tudo.

Nós dois gritamos. Ela está tão molhada.

— Puta que pariu! Que boceta gostosa do caralho! Não mexe, amor. Senão a brincadeira acaba antes. Ahhhh. Tenho sonhado em foder você em cada fodido dia nesses últimos meses.

Ela começa a rebolar e a gemer. Eu enfio o pau até o talo e a fodo sem parar. Sinto que Isadora está começando a gozar e saio todo. Ela berra.

— Não tira! Não tira, por favor! Mete.

Volto ainda mais fundo e mais rápido e com mais três investidas nós dois urramos. Isa treme toda e eu jorro a minha porra dentro dela.

CAPÍTULO 48

Isadora

Nunca na minha vida inteira me senti tão mulher, tão bonita e tão desejada, como nesse momento com Samuel. Era mais que desejo, era necessidade, paixão em êxtase. Nunca antes também senti tanto prazer, como estou sentindo.

O homem é lindo demais. Forte, braços musculosos e cheios de veias grossas. Mãos grandes, dedos longos, unhas curtas, bonitas. O peito com poucos pelos, sem nenhuma gordura na barriga. Pernas longas, grossas, com pelos poucos e lisos. E o pênis. Nossa. Grande, grosso, cheio de veias e cabeça rosada.

Depois da nossa primeira foda bruta e rápida como eu queria, Samuel me leva para a cama. Deita-me e fica de joelhos, olhando para mim. Os olhos brilhantes, febris. Depois se inclina, abre e tira meu sutiã. Quase deitado sobre mim, envolve meus seios, ao mesmo tempo, com as duas mãos, massageia-os, aperta-os. Os olhos buscam os meus. A boca um pouco aberta, passa a língua no lábio enquanto desce e abocanha um mamilo que chupa forte, suga sem parar enquanto eu gemo e ergo os quadris em busca do pau dele. Esfrego-me sem pudor. Quero-o desesperadamente dentro de mim novamente. Deixando um mamilo babado de lado, pega o outro, com a mesma fome. Meu ventre lateja.

— Você é linda demais. Gostosa pra caralho. E esses peitos, que gostoso, amor. — Quanto mais ele fala mais eu anseio por ser preenchida forte, de novo. Puxo-o pela bunda para que o pau fique bem em cima da minha vagina.

Samuel, porém, parece não ter pressa dessa vez. Desce a boca dos meus peitos beijando e lambendo a minha barriga e quando chega à minha virilha, para e fica com o rosto a centímetros do meu sexo, só olhando.

— Eu sabia que seria assim. Olha essa boceta... A coisa mais linda que já vi.

Começa a passar a ponta da língua de baixo a cima de cima a baixo, deixando-me enlouquecida.

— Sammmahhh...

— Quero te chupar e te lamber até você gozar gostoso na minha boca. Na minha cara.

E não faz por menos. Abre com os dedos os lábios grossos e passa a lamber alternadamente em que chupa o clitóris e enfia a língua no buraquinho. Tudo esquenta dentro de mim. A sensação é a de que explodiria. As pernas completamente abertas e dobradas, começam a tremer e meus quadris a subir desesperado esfregando na cara dele.

— Ah... Ahhhh... Eu vou... Vou gozar...

Ele aumenta a chupada no clitóris e enfia dois dedos em mim. O orgasmo veio quente e me fez entrar em ebulição gritando alto o nome dele.

Samuel não espera acabar e me penetra forte de uma única vez. Penso que fosse desmaiar de tanto tesão. Investe forte uma, duas, três, quatro vezes e urra num orgasmo intenso. Eu gozo novamente.

Nós nos abraçamos e ficamos assim, grudados e satisfeitos. Sem palavras. Ele passa a mão no meu rosto, pelo meu corpo. Como se quisesse registrar cada pedacinho de mim. Os olhos dele não saem dos meus. Sinto meus olhos pesarem.

— Dorme, amor. Não sairei daqui.

Envolta pelos braços de Samuel, apenas fecho os olhos e durmo.

Samuel

Não consigo desgrudar da Isadora. Ela dorme serenamente. Profundamente. Perco a noção do tempo e apenas fico admirando e às vezes beijando de leve o rosto bonito.

Ouço meu celular tocar, afasto-me com cuidado para não acordá-la e pego o aparelho no bolso do blazer que está jogado no chão.

Aflita, Luciana fala:

— Samuel, onde você foi com Isadora? O amigo que estava com ela na festa está muito nervoso. Acha que você pode ter discutido com ela. André já te defendeu, dizendo que o homem não precisava se preocupar, que você não é nenhum bárbaro. Sabe o seu pai como é. Quase bate no homem só porque colocou em dúvida seu caráter.

Vou para a varanda do quarto para não acordar Isadora.

— Lu... Fala para todos que já levei Isadora para casa e que logo ela falará com o velho babaca.

— Samuel?! O que está acontecendo? Você está no apartamento da Isa? Ele disse que ligou várias vezes e o celular dela não atende.

— Luciana, só faz o que te pedi. Acalma meu pai e garanta que está tudo bem. Depois converso com vocês. Tchau!

Volto para perto da cama e olho para Isadora, que ainda dorme. Sinto um medo terrível de que, quando acordasse, ela se arrependesse ou pior, não quisesse mais me ver.

Agora é que não saberia mais viver sem ela. Eu a amo com tudo de mim. Não posso deixar que se afaste novamente. Olho em volta e vejo a bolsa dela largada no chão, próximo à porta. Pego-a e acho o celular. Não tenho saída. Preciso que ela fale com o velho e o faça se acalmar. Não posso colocá-la numa situação constrangedora.

Sento-me na beira da cama e passo levemente os dedos em seu rosto, até que ela abra os olhos.

— Você precisa ligar e acalmar seu amigo. Falei para Luciana que tinha levado você para seu apartamento.

— Meu Deus! Esqueci completamente do Emiliano! — Ela se senta rapidamente na cama, puxando o lençol que eu havia colocado sobre ela, para cobrir os seios.

Continuo sentado, demonstrando claramente que não deixarei que fuça de mim mais uma vez.

— Emiliano... Oi! Desculpe, meu amigo... É... Precisei v-vir para meu apartamento, para entregar um documento a Samuel... Claro! Desculpe-me. Foi imperdoável da minha parte, não me despedir de você... Obrigada, amigo. Você sempre muito gentil... Não, amanhã irei cedo para a fazenda. Quando retornar, eu ligo e conversamos. Está bem assim?... Certo! Um abraço e, mais uma vez, me desculpe.

Desliga o celular e levanta puxando o lençol enrolado no corpo.

— Isadora... — pego a cueca e visto rápido, indo atrás dela, que está pegando o vestido no chão.

— Como pude esquecer meu amigo? Senhor, eu enlouqueci de vez! — Anda rápido até o banheiro.

Seguro a porta para que não feche na minha cara.

— Por favor... Não vá embora. Vamos conversar. Não se arrependa do que aconteceu entre nós. Sabe que mais cedo ou mais tarde ia acontecer. A gente se ama. Isa... Não me deixe.

Não tenho problema em implorar. Cair de joelho se precisar. Só não posso ficar sem ela.

Isadora se aproxima e se joga nos meus braços. O coração está muito acelerado, igual ao meu. Temos medo de que não nos deixem ficar juntos.

— Eu amo você! — Ela ergue os olhos para os meus, que estão lutando contra as lágrimas. — Não consigo mais viver sem você, Isa. Eu te amo tanto!

Ela puxa minha cabeça e me beija em desespero. Nós nos beijamos por muito tempo. Depois nos abraçamos e ficamos colados até que os nossos corações comecem a bater normalmente.

— Fique essa noite, aqui, comigo. Não vá embora, Isa.

— Venha. — Ela se afasta e pega a minha mão me puxando para a cama. — Apenas se deite aqui comigo e me abrace.

Meu coração exulta, mas temo que seja tudo uma forma de dizer adeus. Mesmo assim, deito atrás dela e a envolvo com os braços e as pernas, deixando-a presa do casulo do meu corpo. Ela aperta meu braço à sua volta. Eu cheiro e beijo o cabelo cheiroso e macio. Beijo o lado do rosto que está para cima.

Isadora, quieta, dorme outra vez. A respiração suave, sem qualquer ruído.

— Amo você! Tanto. Tudo que senti antes é sombra diante do tanto que te amo, meu amor. Se me deixar, não vou suportar. Não vou continuar vivendo sem você. Eu te amo!

CAPÍTULO 49

Isadora

Quando sinto o corpo de Samuel relaxar, afasto um pouco e viro para olhar para ele. O rosto bonito está sereno, em paz. Não foi fácil fingir que tinha dormido, pior foi não reagir à declaração apaixonada e desesperada que ele fez.

Não consigo conter as lágrimas. Saio da cama e espero um minuto para ver se ele acorda. Não. Dorme profundamente.

Pego o vestido, entro rápido no banheiro para ajeitar a bagunça que estou. Na boca, marcas de muitos beijos. Nos olhos, o brilho de satisfação e prazer, de paixão, de amor. Não tomo banho para não acordá-lo. Visto-me, lavo o rosto e volto ao quarto. Olho na banqueta ao lado da cama e acho uma agenda e uma caneta. Não quero que ele entenda errado, quando não me vir ao acordar. Começo a escrever.

Antes de sair, beijo levemente as pontas dos meus dedos e passo nos lábios um pouco abertos.

— Eu te amo... muito!

Deixo as palavras mais fortes e verdadeiras que já disse na vida, soltas, no silêncio do quarto.

Saio rápido, antes que me arrependa. Apresso-me em direção ao elevador. Tive medo de encontrar alguém da família de Samuel no caminho, mas consigo chegar ao hall do hotel e logo estou na rua. Pego um dos táxis que ficam parados próximos ao hotel e em minutos chego ao meu apartamento.

O dia logo amanhecerá. Vou para o quarto, tomo um banho, visto uma calça jeans, um moletom e um casaco. Está muito frio nos últimos dias. Troco a bolsa por uma maior, jogo o celular dentro e vou para cozinha. Não consigo comer nada. Deixo um recado para Judite, avisando que saí cedo para a fazenda. Sei que Samuel vai me procurar e não posso vê-lo antes de fazer o que preciso.

Assim que chego à fazenda, procuro me alimentar e vou dormir um pouco. Quando acordo, já passa do meio-dia. Há tempos não dormia tanto. Checo o celular, que deixei carregando no silencioso, e tem dúzias de mensagens de Samuel, além de ligações não atendidas. Algumas mensagens da minha filha e de Cissa. Também uma ligação do Emiliano.

Não quero falar com Samuel ainda. Ligo para Emiliano. O meu amigo está mesmo muito preocupado e até se oferece para vir à fazenda me visitar. Nego gentilmente, explicando que vim a trabalho e que não teria tempo para dar a atenção devida que ele merece.

Em seguida, ligo para minha filha. Madu tem me ligado todos os dias e sinto certa ansiedade nela.

— Oi, mamãe. E então? Como foi a festa da dona Érica? Foi mesmo com o senhor Emiliano?

— Como está, filha? A festa foi ótima e, sim, fui com meu amigo Emiliano. E você? Vai mesmo participar de um desfile em Istambul? Cissa me falou que você está bem animada com esse desfile.

— Vou. Estou mesmo bem animada. Será um lindo evento. Depois vou à Capadócia com meu lindo Aslan Demir. Estou muito feliz mesmo, mamãe.

— Sei. Esse rapaz é o seu novo namorado? Ele é turco, é isso?

— Sim e sim. Ele é lindo, mamãe! Um amor de pessoa. Tem vinte e dois anos e estamos trabalhando juntos nesses desfiles.

— Que ótimo, filha! Quando poderá vir ao Brasil?

— Ainda não sei, mãe. Tenho de olhar a agenda com Vilan. Na verdade, acredito que Cissa já deve estar sabendo quando terei folgas. Por quê? Aconteceu alguma coisa aí? Foi a família do Samuel, mamãe? Com certeza eles estavam na festa, não é? Falaram alguma coisa pra você?

— Maria Eduarda, calma! O pessoal estava na festa, sim, nós conversamos e está tudo bem. Eu é que preciso conversar com você. Assunto meu.

— O que houve, mãe? Está doente?

— Nossa, minha filha. Qualquer coisa comigo só pode ser doença? Não. Estou ótima e muito saudável. Fica tranquila, quando vier para cá, conversamos.

— Tudo bem, então. Veja com Cissa. Agora, preciso ir. Estamos saindo para umas fotos. Beijo, mamãe. Eu te amo!

— Também te amo, filha. Beijo.

Só de pensar em conversar com minha filha sobre mim e Samuel, já sinto um aperto no peito, uma angústia terrível.

Preciso contar tudo o que está acontecendo para Cissa. Minha amiga é a única que sabe e me dará força.

Samuel

Assim que abri os olhos, percebi que estava sozinho.

Isadora não está mais aqui. Ela foi embora. Fico deitado quieto, por minutos, tentando entender o que se passa na cabeça de uma mulher que se deu inteira na melhor noite de amor e prazer da minha vida. Eu sei. Eu senti. Ela não vai poder negar.

O celular volta a tocar, resolvo pular da cama de uma vez e atender. Já são 9h da manhã. Meu pai está me ligando e já imagino as queixas sobre meu mau comportamento. Difícil o velho entender que aos quase trinta e quatro anos, não cabem mais puxões de orelha paternos, por mais querido que esse pai fosse.

Depois de um breve sermão, informa que voltarão para São Paulo, logo depois do almoço na casa da tia Érica, e que gostaria que eu voltasse com eles no avião da empresa. Concordo porque, graças a Deus, eu os tenho, quando preciso sair dos sonhos e voltar para Terra.

Vou para o banheiro e tomo um banho reparador. Quando volto ao quarto para me vestir, é que vejo um papel na cômoda baixa da cama. A letra linda e perfeita me conta o que meu coração quer tanto ouvir.

Ela não me rejeitou novamente.

Meu Sam, meu amor...

Você me deu os momentos mais felizes da minha vida. É complicado fazer referências a respeito de pessoas, porque acaba caindo em comparações. Não é o caso aqui. Conheci e me relacionei com pessoas especiais e, no momento da relação, foram maravilhosos. Porém, nada tinha me preparado para você, Samuel França.

No dia que nos conhecemos, descobri que jamais alguém havia tocado a minha alma apenas com os olhos, como você tocou. São exatos dois anos e sessenta e quatro dias que simplesmente não consigo tirar você da minha cabeça.

A escolha da estrada que trilharíamos foi você que assumiu. E, nesse momento, escolhi não sofrer. Não chorar. Não reclamar da minha infelicidade. Ver a felicidade da minha filha, sempre virá em primeiro lugar.

Por isso, se me ama como disse... Tenha paciência, por favor! Espere por mim um pouco mais.

Quero eu mesma contar para minha filha. Conheço Maria Eduarda, sei o tanto que ela sofrerá, até por puro orgulho. Que é o sentimento mais forte dentro dela. Preciso olhar nos olhos da minha menina e enxergar que ela não te ama mais. E só assim, poderemos viver esse amor, que é tão grande em você quanto é em mim.

Me espere...

Amo você,

Isadora

A emoção de ler tão lindas palavras me toma. Preciso ter fé. Sei que Madu nunca me amou de verdade. O que nós dois vivemos foi uma grande paixão, regada a tesão e desejo, que foi o que descobri sentir pela Roberta.

Puta merda! Acabei não contando sobre meu filho que Roberta está esperando. Tenho de contar a ela antes de voltar para São Paulo.

Nada. Isadora não atende ao celular. Não visualiza as minhas mensagens, e no apartamento ela não está. Fui até lá e o porteiro informou que Isadora saiu muito cedo e que também Judite já tinha saído.

Vir para o almoço na casa da tia Érica, talvez não tenha sido uma boa ideia. Para variar, o assunto à mesa girou em torno do possível casamento de Isadora e o velho ricaço. Claro que não se esqueceram de mencionar seu braço direito na empresa. Para minha surpresa, a minha prima Soraya que é amiga dele, então sabe da paixão que o cara tem pela minha mulher.

Ainda bem que me deixaram em paz, e não insistiram para saber o que fui falar com Isadora quando a levei da festa. Estão acreditando que estou tentando saber da Madu para tentar reatar o casamento.

Que continuem acreditando nisso e me deixem em paz!

CAPÍTULO 50

Samuel

De volta ao trabalho, à minha rotina, só consegui falar com Isa uma vez. Ela tem ido todos os finais de semana para a fazenda. Andou levando até o trabalho para fazer por lá. Insiste em que gente não se veja enquanto não conversar com Madu, com isso estou ficando fodido de saudade e louco para correr até a fazenda, atrás dela.

— Oi...

— Lena?! Maninha, você saiu de casa? — Minha irmã estava bem melhor e já andando com muletas. — Que surpresa boa, meu amor!

Levantei-me correndo para ajudá-la, mas Edu a está amparando.

— Levei-a para fazer uns exames e na volta ela quis vir aqui te ver.

Nunca tinha visto meu amigo tão protetor quanto agora com Lena.

— Maninho. Você não tem ido lá a casa. Precisamos conversar. Amor, pode voltar para sua sala. Quando estiver indo embora eu te chamo, tá?

Ainda não me acostumei totalmente à minha irmãzinha chamando meu amigo de amor. De qualquer forma, fico feliz. Amo os dois.

— Pode deixar, Edu, levo minha maninha para casa.

— Tudo bem pra você, Lena? — Ele se ajoelha diante dela, que está sentada, e os dois se olham cheios de amor.

— Sim, meu bem. À noite a gente se vê. — Lena beija-o nos lábios e Edu nos deixa sozinhos.

— O que o houve, Lena?

Sinto que algo a incomoda. Ela olha para mim e suspira.

— Papai não quer que eu ficar com Edu. Também não quer que ele vá morar lá na nossa casa. — O tom da voz é de lamento.

— O que Eduardo acha sobre isso?

Eu sei o que meu amigo e cunhado pensa. Ele já havia conversado comigo a respeito.

— Bem, ele acha que devemos ter paciência. Cristina não aceita o divórcio. Ela tem criado muita confusão. Até querer impedir Edu de visitar os filhos ou eles de virem ficar uns dias aqui com ele.

— Não acha que ele está certo? Você ainda está tão frágil. Precisa se recuperar, Lena.

— Só quero ficar junto do homem que amo, Sam. Do mesmo jeito que sei que você quer ficar com Isa.

Sabe como apertar no lugar certo. Quer meu apoio.

— São situações diferentes, irmã. Você e Edu já estão vivendo o amor de vocês. O fato de não estarem juntos, nesse momento, não impede que se vejam, que fiquem sempre juntos e até durmam juntos, que estou sabendo. Comigo e Isadora já não é tão simples. Enquanto ela não conversar com Madu, ninguém nem pode saber.

— Eu sei. — Ela suspira, triste. — Por isso que ainda não contaram a você o que aconteceu com Isa.

Meu corpo gelou imediatamente.

— O que aconteceu com Isadora? Fala, Selena!

— Hoje cedo antes de sair para o hospital, ouvi Luciana falando ao telefone com a tia Érica.

Meu coração estava muito acelerado enquanto esperava minha irmã calmamente me dizer o que tinha acontecido.

— O que a tia Érica falou sobre Isadora?

— Isadora sofreu um acidente...

— O quê?! — Nesse momento eu já estou de pé. — Por isso não consegui falar com ela todos esses dias. Que acidente foi esse?

— Calma, Sam! Escute. Isadora estava na fazenda e levou um terrível tombo do cavalo. Está internada. A tia Érica contou que ela quebrou um braço, fraturou uma costela e teve uma torção no pé. Parece que a queda foi bem séria, muito grave.

— Inferno! Como é que Isadora sofre um acidente desse e ninguém me fala nada! Porra!

Bato com força na mesa. Selena arregala os olhos.

— Fique calmo, Sam. Ninguém sabe sobre você e Isa, meu irmão. Quem pensaria em te avisar, além da própria Isa?

— Vamos, Lena. Vou te deixar em casa e seguir para Porto Alegre. A minha mulher está precisando de mim e de jeito nenhum vou ficar longe dela nesse momento.

Pego o paletó e o celular e vou ajudar minha irmã.

— Meu irmão, eu sei que você está agoniado e querendo correr para o seu amor. Antes deve saber que ela não está sozinha. O senhor que estava com ela na festa da tia, é quem está cuidando da Isa todo esse tempo, e Madu está vindo com Cecilia. Talvez você nem consiga se aproximar da Isadora.

— Não importa. Quero estar lá. Vamos!

Depois de deixar a minha irmã em casa, vim para meu apartamento preparar uma mala pequena. Já liguei para o hangar e pedi para preparar o avião. Vou para Porto Alegre ainda hoje. Há horas estou ligando para o celular da Isa e não atende. Nem a Judite atende ao telefone no apartamento. A preocupação está me comendo vivo.

Sigo direto do aeroporto para o hospital em que Isadora está internada. Pedi a Selena que ligasse para Soraya e pegasse a informação. Já passa das 11h da noite e eu não quero nem saber se vão deixar que eu entre ou não. Vou ver minha mulher custe o que custar. Quando desço do táxi e vou atravessar a rua em frente ao hospital, vejo o diretor da empresa de Isadora saindo em direção ao estacionamento.

Apresso-me e entro no hospital seguindo direto para a recepção. É claro que uso o meu antigo posto de genro e convenço a recepcionista me deixar entrar. Afinal, era um quarto particular e não havia restrição de visitas.

Já no corredor dos quartos, sinto meu coração acelerado. A porta está fechada e eu abro lentamente. É um quarto grande, muito bem equipado com a cama no centro, um sofá de dois lugares num lado encostado na parede. Do outro lado uma poltrona próxima à cama, onde vejo Judite sentada com os olhos fechados.

Atrás dela uma porta que deve ser um banheiro. Entro sem fazer barulho e chego ao lado da cama. Há uma cômoda de apoio próxima, em cima um bonito arranjo de flores coloridas. Vejo que existem outros arranjos numa mesinha baixa ao lado do sofá. Isa parece dormir, com máscara de oxigênio cobrindo o nariz e a boca. Uma máquina com uns gráficos e números mudando piscando o tempo todo. Uma bolsa de soro suspenso com a mangueira fina presa ao braço direito dela.

A palidez no rosto é assustadora. Meus dedos tocam levemente o rosto adormecido. Desço a mão e seguro os dedos de unhas curtas e de esmalte transparente, sobre a cama. Está um pouco fria.

— Senhor Samuel. — Ouço o sussurro de Judite atrás de mim e viro o rosto para olhá-la.

— Quando aconteceu isso? Por que não me ligou?

Ela chega mais perto e fala baixinho.

— Foi ontem à tarde. Ela estava na fazenda. Quando me avisaram, já tinham trazido dona Isa aqui para o hospital. Seu Chico, o capataz lá da fazenda, ligou direto para o senhor Wagner, avisando, e ele ligou para o apartamento me informando e pediu para passar o celular da Madu e da dona Cissa. Daí foi tudo muito rápido. Saí correndo e vim para cá.

— Quem mais além de você já esteve aqui para ver Isa?

— O senhor Wagner, que ficou ontem até tarde da noite. Já veio hoje e saiu há pouco. Ele é que está cuidando de tudo e falou com Madu. Ela está vindo junto da prima. O senhor Emiliano veio hoje à tarde e também veio uma parenta do senhor. Têm chegado essas flores todas.

Olho em volta e trago os meus olhos de volta para Isadora. Passo novamente os dedos no rosto pálido e dessa vez percebo que está quente. Sinto a mão dela outra vez e vejo que esquentou também. Nem penso, apenas aciono o botão da enfermagem. Um minuto depois uma enfermeira de meia-idade entra no quarto e se aproxima.

— Eu a estou considerando quente. Deve estar com febre — falo rápido e ela olha para mim, curiosa.

— Não se assuste, senhor. A febre é consequência da infecção que dona Isadora tem no pulmão. É normal nesse tipo de complicação. Apesar da febre, o estado geral é bom.

— O que aconteceu com ela exatamente?

Ela suspende uma sobrancelha, mas responde.

— Bem, houve uma fratura em uma costela que infelizmente perfurou um lado do pulmão. Isso ocasionou uma infecção pulmonar o que demanda na febre ocasional. A dona Isadora está sendo bem assistida, e os medicamentos, mais o tempo que ela tem descansado, logo a farão melhorar. Ela tem descansado bem e isso tem sido vital para a mais rápida recuperação.

Dito isto, a enfermeira Noélia, nome no crachá preso ao bolso no jaleco, aplica um medicamento com uma seringa no cateter preso à mão de Isa.

— Logo a temperatura baixará. Volto em uma meia hora para ver como dona Isadora está. O doutor Mesquita está no hospital e virá vê-la.

— Obrigado! — Fico realmente grato pela prontidão e os cuidados da enfermeira com minha Isa.

— Senhor Samuel, o senhor não prefere ir descansar? A dona Isa passa o tempo todo assim. Dormindo.

Antes que possa responder, contrariando as palavras de Judite, Isadora se mexe um pouco e tosse baixinho. Seguro sua mão e aproximo meu rosto do dela.

— Amor... — Ela abre os olhos devagarinho. — Estou aqui. Queria poder tirar essa dor que está sentindo, amor.

A emoção me toma e não consigo segurar a lágrima que rola por meu rosto.

— Sam...

Era apenas um sussurro rouco. E então tossiu mais. A máquina deu dois apitos rápidos. A enfermeira entrou novamente no quarto.

— Nada de tentar falar por enquanto. O esforço para respirar faz a tosse vir. — Ela mexe na máquina e coloca um termômetro sob o braço de Isadora. — Vocês não preferem descer, irem tomar um cafezinho e deixar minha paciente quietinha um pouco?

Olha de mim para a Judite. Sacudo a cabeça em negativo. Judite também diz que não baixinho.

— Certo então. Mas, por favor, não a façam falar e deixem que descanse. — Olha para Isa, que tem os olhos grudados em mim. — E a senhora, já sabe que tem muita gente aqui torcendo para que melhore logo, procure dormir e esqueça o resto. E vocês dois, por favor, deixem a minha paciente descansar.

Sai do quarto.

CAPÍTULO 51

Samuel

Vejo os olhos que tanto amo, ainda presos no meu, irem fechando aos poucos e Isa volta a dormir.

— Judite. Vou ficar aqui com ela. Não quer aproveitar ir descansar um pouco em casa? Amanhã cedo você volta.

— Então está certo. O senhor não vai sair daqui, né?

— Nunca.

— Está bem. Bem cedinho estou de volta. Até.

— Até.

Judite vai embora, puxo a poltrona para mais perto da cama e me sento tocando de leve a mão de Isa. Não durmo um segundo. Nem tiro os olhos de cima dela. A enfermeira entra algumas vezes. Injeta medicamentos no cateter, olha rapidamente para mim e sai. Isadora dorme.

Confiro o relógio, são 4h27 da madrugada. Levanto-me, vou ao banheiro e lavo o rosto. Quando saio e encosto na cama, a porta abre e a sobrinha e amiga de Isa, Cecilia, entra no quarto. Os olhos arregalam quando me vê.

— Samuel. Como vai? — Ela se aproxima e beija meu rosto.

— Estou bem e você?

Tenso, olho para a porta e ela percebe.

— Madu precisou adiar um pouco o retorno dela. Apesar de brigar muito, não conseguiu deixar de cumprir com uns compromissos já agendados. — Eu balanço a cabeça assentindo e ela se aproxima da cama. Os olhos enchem de lágrimas ao olhar para Isa. — Meu Deus, minha amiga. O que foi isso?

Pega a mão inerte na cama e prende entre as dela. Ficamos calados por um ou dois minutos. Ela deixa a mão de Isa e se volta para mim.

— Confesso que me surpreendi vendo você aqui.

— Eu não sei até onde você possa saber, mas eu e...

Ela levanta a mão.

— Eu sei de tudo. Fique tranquilo. Estou até feliz de que esteja aqui ao lado dela. E como Isa está? Esperava que não tivesse sido tão grave.

— Parece que foi realmente bem grave. Ela teve um pulmão perfurado por uma costela fraturada.

— Meu Deus! E a gente lá, sem saber de nada. Sem poder cuidar da Isa. Se Madu soubesse que era tão sério, teria largado tudo em Milão. Isa poderia ter morrido nesse acidente.

— Não saio mais de perto dela. Dane-se Madu e quem quer que seja. Eu a amo demais e vou cuidar dela.

Cecilia não diz nada e voltamos a olhar para Isadora que começa a abrir os olhos.

— Isa... Como você está, meu amor? Muita dor, não é?

— Cissa... — Ela tenta respirar melhor e franze o rosto, com dor.

— Não fale, amor. Precisa se recuperar mais para respirar melhor. — Passo a mão na cabeça dela.

— Sam... Ainda aqui...

— Para onde mais eu iria? Estou onde está também o meu coração. — Beijo sua testa.

— E Madu? — Olha em volta, aflita.

— Madu deve chegar amanhã à noite, Isa. Precisava cumprir mais uns compromissos antes de vir. Se soubéssemos que era tão grave, tenho certeza de que ela largaria tudo lá e viria correndo. Wagner não disse que tinha sido tão grave. O que aconteceu? Você nunca caiu do Caramelo. Aquele cavalo te adora.

— Não foi... o Caramelo... Foi o Ventania...

— Deus meu! Isadora, você sabe o quanto aquele cavalo é bravio! Nem tio Mário conseguia domá-lo.

— Por que montou num cavalo indomável desse, Isa? — indaguei. — Acha que consegue resolver as coisas, assim?

A raiva estava me comendo por dentro. O que aquela louca pensou? Em morrer? Não consigo segurar minha revolta.

— Não tentei me matar... se é o que está... pensando. Só estava angustiada, nervosa... Tantas cobranças. Queria que a minha filha viesse logo... Ao mesmo tempo, tenho muito medo... Queria correr pelos campos sem pensar... em nada. Já tinha montado em Ventania antes.

— Calma, Isa! Não se emocione tanto. Só estamos preocupados com você. Essa queda poderia ter te matado, ou ainda te deixar incapacitada de andar... Sei lá! Quedas de cavalos nunca são simples.

Nisso o médico entra no quarto, Cecilia e eu saímos para que possa examinar Isa melhor.

— Seja sincera. Acha que Madu dificultará meu relacionamento com a mãe dela?

— Sendo o mais sincera possível, acho. Minha prima foi muito mimada pelo pai e com a Isa não é muito diferente. Madu é extremamente orgulhosa e vaidosa. Vai achar que perdeu você para mãe dela.

— Caralho! — esbravejo. — Desculpe. Não consigo aceitar isso.

— Mas, quer saber? — Ela olha nos meus olhos. — Não desista! De jeito nenhum permita que Isa recue. A filha já sugou demais dessa mulher. Ela merece ser feliz. Viver esse amor imenso e... Sem dúvida, o maior que já sentiu. Madu já está feliz e namorando firme um colega da profissão. Nem vi em momento algum ela sofrer o fim do casamento como queria passar para todo mundo.

— Sei que ela nunca me amou de verdade. Como costumava me disse. Era um desafio me tirar da Roberta. Não vou desistir da Isadora. Ela é o amor da minha vida.

— E você, com certeza, é o amor da vida dela. E eu vou ajudar. Não vou deixar Madu separar vocês.

— Obrigado!

Quando vi já estava abraçando aquela mulher que pouco conhecia, mas que estava lutando pela minha felicidade.

A enfermeira saiu do quarto e nos informou que a Isadora seria levada para fazer um Raio-X para verificar a recuperação da costela. Entrei rapidamente no quarto e questionei ao médico sobre o estado atual da Isa.

— Isadora está se recuperando bem. A febre está controlada e, pelo que me parece, as dores também. O que mostra que a infecção está diminuindo. A nossa amiga já consegue conversar. O espirômetro, que é a máquina que está verificando a respiração dela, nos mostra sinais mais confortáveis. Ou seja, Isadora está respirando melhor. Todos os sinais podem ser considerados positivos.

— Por quanto tempo mais o senhor acredita que ela precisará ficar internada.

— Não daremos alta enquanto a costela não estiver recuperada e a infecção totalmente curada.

— Certo. Obrigado por nos informar.

— Muito bem. O carinho e a presença de vocês são muito benéficos para a melhora dela. Desde que não a façam falar muito. Ela sente dor quando força a respiração. Bem, vou lá acompanhar o exame da minha linda paciente.

O médico segue rápido. Eu convido Cecilia para ir tomar um café. Ficamos conversando um tempo e resolvo ir para um hotel tomar um banho. Resolver algumas coisas da empresa e falar com meu pai. Ele ligou duas vezes e não pudemos nos falar direito, nem disse onde estou. Cecilia se comprometeu a ficar com Isadora até Judite chegar e ela também ir para o apartamento descansar um pouco.

Volto ao hospital depois das 13h. Parecendo combinado, na mesma hora Cecilia chega. Liberamos Judite para voltar ao apartamento e ela cismou de cozinhar para a patroa, que segundo ela, estava sem comer porque a comida era de doente. Rimos e admiramos o cuidado dela com a Isa.

Isadora está dormindo. E, para me deixar irritado, o velho amigo da Isadora resolve aparecer. Exatamente quando ela acorda.

— Boa tarde! — Ele anda para perto da cama, olhando para mim. — Minha querida, quantas visitas hoje. Como estão?

— Como vai, doutor Emiliano? — Cecilia fala com o velho e olha para mim.

— Fiquei muito triste com o susto que a nossa Isa nos deu. Aqui não é o lugar para essa linda mulher. Estou sentindo muito a falta dela. — Filho da puta bajulador. — E a menina Maria Eduarda? Onde está? — Olha em volta.

— Madu deve chegar amanhã à noite.

— Ah! É que vi o marido dela aqui, pensei...

— Ex! Ex-marido! Espero que isso tenha ficado claro para o senhor — corrijo.

Velho babaca do caralho.

— O que foi? Você está nervoso, meu rapaz?

— Não. — Cecilia interfere. — Não é isso, doutor Emiliano. Samuel só está cansado. Venha, Samuel. Me leve para almoçar, estou morrendo de fome.

— Não vou deixar Isa sozinha. — Olho feio para o velho.

— Sam... Por favor... Vá com a Cissa...

Muito puto eu saio do quarto e vou com Cecilia para a lanchonete. Peço um café e ela pede um lanche.

— Não foi para casa da sua tia, Samuel?

— Não. Prefiro ficar num hotel. Eles nem sabem que estou aqui. Não quero criar situações embaraçosas para Isadora. Depois converso, com calma, com minha tia. Ela é uma pessoa com uma cabeça bem aberta. Vai compreender. Não quero que façam fofocas e maledicências da Isa.

— Entendo bem o medo da Isa em relação à Madu. Não será nada fácil. Inclusive, é melhor que ela não o encontre aqui quando chegar. A Isa vai precisar de tranquilidade para conversar com ela.

— Já tinha pensado sobre isso e para mim, não será fácil me afastar da Isa agora.

— Pense que será por pouco tempo. Isa está decidida a assumir esse amor.

— Preciso acreditar nisso ou enlouqueço.

Capítulo 52

Isadora

Minha querida. Acredito que preciso saber o que está se passando com esse jovem, seu genro.

— Samuel não é mais meu genro, Emiliano. E... ainda não posso falar muito... Não vou falar agora, mas peço... que evite falar com ele como se ainda fosse o marido da minha filha.

— Está bem. Vou esperar você estar recuperada para termos essa conversa. Agora só quero que você fique boa.

Balanço a cabeça concordando e fecho os olhos. Acabo adormecendo. O médico tinha acabado de pedir para retirar a máscara de oxigênio e eu estou respirando e falando melhor.

Quando o quarto está silencioso e Samuel cochila sentado na poltrona, a mão sobre a minha na cama. Parecendo cansado, está com a barba um pouco mais cheia, olheiras sob os olhos, ainda assim mais lindo do que é permitido para um homem ser. Durante longos minutos fico ali olhando para ele, dormindo, parecendo tão frágil. Na verdade, é a pessoa mais forte e obstinada que já conheci na vida.

Cissa volta ao quarto e sorri ao ver Samuel vencido pelo sono. Senta-se na beira da cama, de frente para mim, e fala baixinho.

— Se depender dele, você nunca mais fica sozinha na vida.

— Parece bem cansado.

— Esse homem é uma rocha. E só vai sair desse hospital quando você estiver andando com as próprias pernas.

— Cissa... Precisa convencê-lo a ir embora antes que Maria Eduarda chegue.

— Ele já foi avisado sobre isso. Agora, se vai atender aos nossos apelos, já é outra história. Eu estava justamente lá embaixo, ao celular, falando com Madu. Ela está muito chateada em saber seu real estado. Vai antecipar o voo e chega aqui no início da tarde, amanhã. Isa, ela me contou que vocês andaram discutindo quando ela te ligou, no dia que você levou o tombo do cavalo. Foi por estar estressada com Madu que você foi andar no Ventania?

— Cissa, Madu queria vir com o namorado. Pedi que nessa viagem ela não o trouxesse e... ela achou que eu novamente estava tentando... aproximá-la do Sam. Na hora fiquei tão... chateada, triste, desesperançada. Entendi que talvez não conseguisse contar a ela. Acabei gritando, chamei-a de egoísta e mimada. Ela gritou de volta e disse que tão cedo não viria para cá. Eu... Eu fiquei desesperada, Cissa. Eu...

Não consigo aguentar e começo a chorar. A máquina apita, Samuel acorda e Cissa se desespera tentando me acalmar. A enfermeira entra no quarto, apressada.

— Amor, calma! O que houve? Cecilia, o que está acontecendo?

— Dona Isadora, eu vou lhe aplicar um sedativo. Vai voltar a dormir para estabilizar sua respiração.

— Isa, vai ficar tudo bem, querida. Acredite. Tudo vai dar certo. Precisa ficar boa.

Ouvindo as vozes deles diminuindo, apago novamente. Devo ter ficado muitas horas dormindo, porque, quando abro os olhos, o quarto está meio que na penumbra e apenas Judite estava lá, sentada olhando para mim.

— Dona Isa, tá se sentindo melhor?

— Onde estão os outros?

— Dona Cissa foi para o apartamento descansar um pouco. Senhor Samuel também foi descansar. A prima dele esteve aqui. A dona Soraya. Acho que ela não sabe que ele está aqui. Não demorou, a senhora estava dormindo.

— Por que o quarto está escuro?

— Ah, vou acender. — Ela foi correndo ligar o interruptor. — Desliguei uma das luminárias para a senhora descansar melhor.

— E a enfermeira... Noélia?

— Tem um tempinho que veio aqui no quarto.

Judite começa a tagarelar e a reclamar por não terem deixado que ela trouxesse comida para mim. Apenas olho para ela. Minha cabeça está tentando achar um equilíbrio. Uma hora depois, Wagner veio me visitar. Ele está fazendo todo meu trabalho e o dele. Aliás, já faz tempo que o coitado segura todo o serviço nas costas. Preciso colocar outra pessoa no cargo dele e promovê-lo a CEO. Até estar com a minha vida e a minha saúde, restabelecidas, não conseguirei dar conta das minhas funções.

— Wagner, lá na empresa, quem você escolheria para colocar no seu lugar?

— Está pensando em me demitir, *patroa*? Justo agora que está precisando dos meus serviços? — Ele brinca, sorrindo pra mim.

É um homem tão bonito e gentil. Merece uma mulher bacana que o ame muito.

— Estou doente do pulmão, não da cabeça. — Sorrio para ele. — Estou precisando de um tempo. E não é só por causa do acidente. Quero que você assuma totalmente as minhas funções. Se apresse e arranje alguém que te substitua. Não devo voltar tão cedo para a empresa.

— É mesmo o que deseja fazer? — Fica sério, olhando para mim intensamente.

— É. Vou receber alta amanhã pela manhã. Você almoça comigo lá no apartamento e me comunica quem escolheu.

Nesse momento, Samuel entra no quarto. Os dois se olham, Wagner olha para mim e arqueia uma sobrancelha, mas não diz nada.

— Senhor Samuel França. Como vai? — Wagner estende a mão para o outro que o encara, em seguida a mim, o semblante aborrecido.

— Como vai?

— Bem. Isadora, agora que está com outras visitas, estou indo. Amanhã, por volta das 13h, vou almoçar contigo lá no apartamento, como combinado. Até amanhã. — Aproxima-se e beija meu rosto.

— Dona Isa, eu também estou indo embora. A dona Cissa já deve estar chegando, ela disse que vai passar a noite aqui.

— Está bem, Judite. Obrigada!

— Vou deixar tudo pronto e o apartamento bem bonito para recebê-la amanhã. Até!

Viro-me para Samuel e ele está muito sério, olhando para baixo. De repente, volta-se e me encara.

— Ele é louco por você.

— Sam...

— Vocês ficaram juntos? — Parece magoado. — Tiveram alguma coisa, Isadora?

— Sam... Escuta. Eu amo você. E se quisermos viver um futuro, vamos precisar esquecer o passado. Ou jamais seremos felizes.

De repente, ele está sentado junto a mim, puxando delicadamente o meu rosto e dando um beijo leve nos meus lábios.

— É a primeira vez que você diz.

Franzo as sobrancelhas, sem entender.

— Que você diz olhando para mim, que me ama.

Sorrio e ele volta a beijar meus lábios.

— Eu te amo... muito!

— Eu te amo! Eu amo você demais!

Beija a minha boca algumas vezes e puxa a minha cabeça para encostar ao seu peito.

Minutos depois, ergo a cabeça e olho em seus olhos dele.

— Sam, eu preciso que volte para São Paulo. Não quero que Maria Eduarda te veja aqui.

— Isa, eu não vou deixar mais você.

— Nem eu quero que me deixe. Confie em mim, meu amor. Dê-me só mais esse tempo e depois ficaremos juntos em definitivo.

— Está certo, meu amor. Faço tudo que for preciso para ficarmos juntos e logo.

— Obrigada!

Minha filha chega quando já tive de alta, em casa. Samuel ficou comigo até que eu saísse do hospital e de lá mesmo voltou para São Paulo.

Maria Eduarda veio sozinha e se mostrou muito preocupada. Desde que chegou não saí do meu lado.

— Não tem cabimento você querer dormir no quarto e na cama da Isa, Madu. Ela precisa de repouso e está machucada.

— Não seja implicante, Cissa. Você está com a minha mãe todo esse tempo. Estou muito zangada contigo! Não me ligou assim que chegou e viu o estado grave da mamãe.

— Filha, a Cissa não te ligou logo porque não deixei. Não teria como fazer nada largando seus compromissos de qualquer jeito. Se quer dormir aqui comigo, tudo bem. Só não brigue mais com ninguém, certo?

— Só uma coisa, mãe. Por que foi montar em Ventania? Sabe o quanto aquele cavalo é endemoniado. Nem papai conseguia domar ele. Estava querendo me punir por ter discutido contigo, não é?

— Madu! — Cissa tenta se meter, mas eu levanto a mão pedindo que não faça.

— Maria Eduarda, para seu conhecimento, não foi a primeira vez que montei em Ventania. Acredito que nem foi o coitado que me derrubou por querer. Estávamos muito rápido, ele se assustou com alguma coisa e jogou o corpo para cima, me jogando ao chão.

— Que horror! Poderia ter morrido. O que está acontecendo com você, hein, mamãe?

Baixei a cabeça e dessa vez Cissa intercedeu, eu deixei.

— Madu. Estressar ainda mais a Isa não vai resolver o que já aconteceu. Acredito que o susto foi grande e não vai se repetir.

Judite bate à porta e entra.

— Dona Isa, o senhor Wagner já está aí. A senhora vai mesmo para a sala?

Assim a conversa acaba.

— Vou, sim, Judite. Minha filha vai me ajudar. Cissa, já vá indo fazer companhia para Wagner.

CAPÍTULO 53

Isadora

Com a ajuda da minha filha eu vou para a sala e para minha surpresa Emiliano também está lá.

— Isadora, querida. Desculpe ter vindo sem um convite. Fui ao hospital e informaram que havia recebido alta ao final da manhã. Só estou de passagem, para ver como você está. Não quero atrapalhar seu almoço.

— Claro que é sempre bem-vindo, meu amigo. Faço questão que almoce conosco. Sinto-me muito bem. Sei que não posso abusar, e nem vou poder comer tudo que está nessa linda mesa, Judite. Mas, estou feliz de poder estar aqui agora com vocês. Wagner, obrigada por ter vindo!

— Gente, por favor! Sentem-se. — Cissa faz as honras enquanto Maria Eduarda me ajuda a sentar na cabeceira, com Wagner de um lado e Emiliano do outro.

Todos conversam animadamente, eu apenas observo a maior parte do tempo. Ainda sinto um pouco de dor e falta de ar. De qualquer forma, estou feliz que esteja em casa ao lado da minha filha, da minha amiga e dos meus amigos.

— Então, Wagner, conseguiu pensar em alguém lá do escritório para ficar no seu lugar?

— Estou pensando em dois nomes. Fiz um relatório, quando estiver mais descansada você dá uma olhada e decide. Não acho que deva trabalhar enquanto não estiver 100%.

— Também acho, mamãe. Deixe o trabalho de lado, pelo menos até estar completamente restabelecida.

— Fique tranquila, minha filha. Não pretendo voltar a trabalhar tão cedo. Inclusive por isso Wagner assumirá minha posição na empresa e promoveremos outra pessoa para substituí-lo.

— Agora eu compreendo seu ex-genro estar lhe dando todo apoio, Isadora. Confesso que fiquei pensando que ele estava querendo voltar com a nossa Maria Eduarda aqui.

— Como assim? Não entendi, senhor Emiliano?

Por que Emiliano está fazendo isso? Ele claramente quis falar para Madu sobre Samuel. Meu Deus, não era para ser assim! A minha filha olha para mim, surpresa.

— Primeiro lá na festa da Érica Brenner e depois lá no hospital, eu percebi seu ex-marido muito empenhado em conversar com sua mãe. Acreditei que estava querendo refazer o casamento com você.

— Samuel?! Samuel esteve com você esse tempo todo e não me disse nada, mamãe? — Maria Eduarda se vira para mim com os olhos faiscando de ódio.

— O que há de errado em Samuel estar em Porto Alegre e aproveitar para visitar Isa, Madu? Ele tem empresa e família aqui, esqueceu?

— Por que não me contou que Samuel foi te visitar no hospital, Mamãe? — Ela me encara, sentindo-se traída e eu não consigo falar.

— Madu! Pare com isso! Estamos no meio do almoço com convidados à mesa e você está constrangendo Isadora.

— Para você, Cissa! Será que minha mãe não pode responder sozinha? Ou não sabe o que responder depois de ter me traído, recebendo a visita do homem que me fez sofrer, escondido de mim!

— Olha a educação, moça. Vocês me desculpem o descontrole da minha filha. Eu vou precisar pedir desculpas, estou me sentindo cansada. Fiquem à vontade e terminem o almoço. — Viro para minha filha e olhando nos olhos dela, peço: — Me ajude a voltar para o quarto, Maria Eduarda.

— Isadora, perdoe-me! Acredito que criei um desconforto desnecessário, apenas por ter falado o que não devia.

Emiliano se levanta bem à minha frente e nos olhos dele vejo que fez exatamente o que queria: entregar meu segredo para Madu.

— Como eu falei, Emiliano. Esse assunto é particular. Conversarei com minha filha. Passe bem.

— Isadora... — Muito quieto Wagner olha para mim e posso ver que também já deduziu tudo. — Estou voltando para a empresa. Quando tiver uma escolha, apenas ligue para mim. Mas não há pressa.

Sacudo a cabeça, concordando, e sigo para meu quarto com uma Maria Eduarda de cara feia atrás de mim. Deito-me na minha cama enquanto a minha filha fica parada, encarando-me.

— E então, mãe? Pode me explicar agora por que não me falou sobre a visita do Samuel?

— Não. Não posso falar nada com você agora. Estou cansada, com dor e um pouco de falta de ar. Vou descansar e, quando me sentir melhor, a gente conversa. Agora, deixe-me sozinha, por favor!

— Mãe...

— Por favor, deixe-me sozinha.

Sou firme e fecho os olhos, mostrando que não conversarei com ela nesse momento.

Durmo a tarde toda. Quando acordo, vejo Judite acendendo o abajur próximo da cama. Peço ajuda a ela para tomar um banho e volto para a cama. Ela me diz que Maria Eduarda e Cissa haviam saído há pouco, depois de entrarem no quarto e me virem dormindo.

Pego o celular e vejo duas mensagens de Samuel. Ele está preocupado e mais amoroso que nunca. Respondo, acalmando-o e mando um emoji de coração. Peço para que Judite pegue a pasta que Wagner trouxe e fico analisando os documentos por um tempo, até Judite voltar com uma bandeja com meu jantar. Tomo apenas a sopa e bebo o suco de laranja com o medicamento.

Quando estou terminando, Cissa entra no quarto.

— Conseguiu descansar? Fiquei preocupada que tivesse algum mal-estar depois do que aconteceu no almoço. Entrei aqui várias vezes e você estava dormindo. Aproveitei e fui ao meu apartamento dar uma organizada. Madu foi se encontrar com os amigos dela.

— Acho que nesses medicamentos tem componentes que fazem dormir. Estou me sentindo melhor agora.

— Vai mesmo conversar com Madu? Contar tudo?

— Apenas se eu tiver chances para fazer isso. Com ela revoltada e se sentindo traída, não é um bom momento.

— Amiga, sabe que não será fácil, não é? Só não vá desistir. Isso, eu não vou deixar. Ou eu mesma conto.

— Por favor, Cissa, você é meu apoio e força. Não me pressione também.

Até que tentei, mas a Maria Eduarda não colaborou. Um dia depois da indiscrição do Emiliano à mesa — alguém que com certeza não posso mais chamar de amigo —, e com a minha filha me olhando como se houvesse cometido um crime grave, chamei-a para conversar.

— Antes de qualquer coisa, Maria Eduarda, eu quero saber por que ficou tão aborrecida com a visita do Samuel no hospital? O que exatamente a incomoda?

— Me incomoda saber que, depois do que Samuel aprontou comigo, você ainda o recebe como se nada tivesse acontecido. Ele me traiu, mamãe! Foi para nossa cama com a ex-noiva. Acha pouco?

— Não sou e não serei inimiga do Samuel e nem da família dele, pessoas gentis e que gosto muito.

— Também não sou inimiga da família dele. Até ligo para Selena sempre, para saber como está. Só que com o canalha do Samuel eu não quero conversa.

Ouvir isso me deixa tremendo por dentro. A raiva da Madu pelo Samuel ainda é muito forte.

— Não entendo todo esse ressentimento, uma vez que sabe que Samuel estava bêbado. Não foi uma ação intencional. Ele estava sofrendo pela irmã, Maria Eduarda.

— Não interessa! Eu é que não entendo você o defender tanto. Nem permitiu que eu trouxesse Aslan, para não causar desconforto no seu queridinho. Estamos divorciados e não temos mais nada um com outro, mas ele não pode sair impune como se não tivesse feito nada.

— Maria Eduarda isso mais parece vingança. Se o casamento acabou, porque você quis, e sabe que Samuel é inocente no que houve, o que mantém esse ódio todo aceso aí dentro? Ainda ama seu ex-marido? É isso?

Meu coração parou esperando aquela resposta.

— Não é nada disso! Claro que não o amo mais! Só não aceito o que ele fez e pronto! — ela grita e sai da sala, nervosa.

O comportamento da minha filha me faz repensar tudo que devo contar a ela. Como posso falar que estou apaixonada e tendo um caso com o homem que ela diz não mais amar e que, ainda assim, mexe tanto com ela? Madu nunca me perdoará se souber que estamos juntos.

Acabo colocando na cabeça da minha filha que ela deve ir embora. Voltar para Milão. Até prometo ir vê-la lá assim que estiver totalmente recuperada.

Não posso deixar que Cissa, ou mesmo Samuel, se precipite e conte tudo a Maria Eduarda. Para minha paz e a minha saúde, ela decide voltar para Milão, onde o namorado está. Consigo controlar Cissa e faço com que ela prometa não falar nada. Peço um tempo a mais. Prometo que, ao me recuperar, vou a Milão e conto tudo a Madu.

CAPÍTULO 54

Samuel

Voltei para São Paulo assim que saí do hospital. Isadora teve de alta e foi para casa. Madu chegaria e finalmente Isa contaria a ela sobre nós. É só um pouco de tempo e ficaremos juntos de uma vez. Eu a quero comigo para poder cuidar, dar muito amor.

Vou para o meu apartamento, tomo um banho, arrumo-me e sigo para a casa do meu pai. Está na hora de toda a minha família saber sobre mim e Isadora.

— Soube, pelo Eduardo, que você tinha ido para Porto Alegre. Algum problema na empresa lá?

— Não, pai. Resolvi ir de última hora. Soube no mesmo dia, um pouco mais cedo, que Isadora havia sofrido um acidente. Levou um tombo do cavalo e estava hospitalizada. Fui para ver e ficar com ela.

— Como assim? Não sabia que era tão apegado à sua ex-sogra. Luciana me falou sobre o acidente. Ela mandou flores e um cartão, desejando o pronto restabelecimento. Faço questão de ligar para Isadora quando tiver de alta do hospital. Por que não falou que iria para Porto Alegre, visitar sua sogra?

— Isadora não é minha sogra. E estou aqui agora para comunicar pessoalmente a vocês que Isa e eu estamos apaixonados um pelo outro. Só me aproximei dela depois do divórcio com Madu. Antes que pensem bobagens.

— Deus meu! Isso vai gerar uma grande confusão. — Luciana põe a mão à boca, enquanto meu pai parece ter perdido a voz. Apenas olha para mim com os olhos arregalados.

— Maninho, tenho de reconhecer que você não é fraco não. — Marina faz graça e ri, divertida.

— Isso aqui não é um circo e eu não sou um palhaço! — O velho André faz sua cena dramática. — Como é possível você se envolver com a mãe da sua mulher, Samuel? Onde isso é natural?

Em pé, ele berra sua indignação.

— Calma, querido. Deixe que Samuel explique o que está acontecendo.

— Não tenho nada o que explicar aqui, Luciana! — Também me ponho de pé e grito para que todos me escutem bem. — Não sou mais casado com Madu! Isadora não é mais minha sogra! Estamos juntos como homem e mulher, solteiros e desimpedidos. Não admito que tratem uma relação honesta e do mais puro e grande amor, como um ato sujo, desleal e imoral. Eu amo a Isadora e nunca me aproximei dela enquanto era casado com Madu. Minha separação nada teve a ver com os meus sentimentos pela Isadora e todos sabem disso. Se Madu quisesse continuar o casamento, é bem provável que nunca falasse dos meus sentimentos pela mãe dela.

Dito isso, dou a volta na mesa e saio rápido da casa. Sei que estou agindo como um garoto rebelde, mas estou de saco cheio de ter de ficar me explicando sobre uma coisa que na minha cabeça é tão clara. Sou um homem livre e desimpedido, amo uma mulher que é viúva, há muitos anos, e a única coisa de diferente é que é a mãe da minha ex-esposa.

Meu celular toca e vejo que é meu pai. Ignoro, sigo direto para meu apartamento. Sinto-me cansado. Parece que no último ano envelheci muitos anos mais. Mando mensagem para Isadora. Sei que não devo ligar com Madu lá ao lado dela. Não quero criar confusão para Isa no estado em que está. O jeito é tentar relaxar. E para isso tenho um ótimo remédio. Subo direto à cobertura e vou para a piscina. Tiro toda roupa e, nu, me jogo na água e começo a dar grandes braçadas de um lado a outro.

Amanheci mais tranquilo, depois de uma noite de sono reconfortante. Já estou na empresa. Liguei para saber da Roberta e está tudo bem com ela e com o bebê. O que me lembra de que, mais uma vez, não conversei com Isadora sobre meu filho.

Trabalho o dia inteiro sem me dar tempo de pensar. Tive três reuniões difíceis. Principalmente a última, que envolvia a empresa do pai da Roberta e precisávamos fazer um enxugamento de pessoal, mas o velho Severo Azevedo não queria se desfazer dos muitos funcionários que já trabalhavam com ele há muitos anos. Com o nosso capital girando dentro da empresa dele, foi inevitável fazer grandes remanejamentos, e fiz o que pude para evitar demissões em massa.

Estava cansado, mas aceitei sair com Edu, que passou o dia nas reuniões comigo, e fomos para o bar que costumamos ir para conversar e beber um pouco.

— Ontem eu soube pela Selena que sua conversa com seu pai sobre a Isadora não foi muito boa. O velho não aceita, não é?

— Já esperava essa reação dele. Meu pai mantém o conservadorismo mesmo quando ele foi o primeiro a quebrar o que chama de regras, ao se casar com Luciana, mais de vinte anos mais nova que ele, prima da minha mãe e que, na época, era bem jovem. Ou seja, tudo é de acordo à conveniência dele.

— Sabe que seu pai só age assim para se sentir ainda responsável por alguma coisa, não é? Sam, desde que o senhor André se afastou do comando das empresas, passando tudo para você, sinto que ele tenta se agarrar a qualquer coisa que lhe confira ainda algum poder. Mesmo que seja se metendo nas decisões dos filhos já adultos.

— Está falando da intromissão dele na sua relação com Lena?

Ele passa a mão nos cabelos e, em seguida, aperta a base do nariz com dois dedos.

— Sei que ele só está preocupado com sua irmã, mas está complicado ficar longe da Selena. Só queremos viver nossa vida em paz. — O meu amigo aparenta muito cansaço.

— Edu, em que pé está o seu divórcio da Cristina? Lena me falou que ela anda dificultando muito as coisas.

— Minha ex-mulher resolveu criar um inferno particular na minha vida. Mas ela sabe que só está perdendo tempo e me deixando com mais certeza de que foi a melhor coisa que fiz foi me separar dela. Estou seguindo à risca as orientações do meu advogado, e logo ela terá uma grande surpresa. Vou conseguir provar que ela não é uma convivência muito saudável para os meus filhos. E vou tomar o direito de ficar com eles. Os dois já disseram que querem ficar comigo.

— Boa sorte, amigo! Já falou com a Lena sobre isso?

— Na verdade, a ideia partiu dela, ao ver a resistência das crianças em voltar para casa da mãe.

— Tomara que tudo dê certo, meu amigo.

— O mesmo desejo a você.

Ficamos bebendo umas cervejas, conversando e depois eu segui para o meu apartamento e ele foi ver a minha irmã.

Depois de quase uma semana, conversando com Isadora apenas por mensagens, soube por Judite que Madu e Cissa já tinham ido embora, há pelo menos dois dias. Isa não me falou nada, saberei pessoalmente.

Vim para Porto Alegre, tomei algumas providências. Fui ao hospital procurar saber sobre o estado de saúde da Isa e, por último, vou para casa da minha tia Érica e conto para ela e para a prima Soraya o que está acontecendo entre mim e Isadora. As duas se mostram genuinamente surpresas, porém não se posicionam contrárias e nem se espantam; como meu pai. Aliás, meu pai com quem não tenho conversado desde que contei tudo.

Peço ajuda a Soraya para preparar uma surpresa para meu amor.

Estou na casa da fazenda da minha família, que foi milimetricamente decorada e preparada para receber a mulher da minha vida.

Ansioso, aguardo Soraya chegar trazendo Isadora, que não sabe que sou eu que estou na fazenda, que na verdade é do meu pai, esperando por ela. Minha prima a convenceu, com muita conversa, a ir com ela passar o final de semana lá. Falou que ela, os filhos e a tia Érica estariam também.

E lá está meu amor. Linda como sempre. Um vestido longo florido e um chapéu charmoso cobrindo sua cabeça e parte do rosto. Óculos escuros e um sorriso imenso olhando a beleza do lugar.

— Isa, tu vais entrando, querida. Vou chamar um dos guris para pegar as nossas sacolas.

De um ponto estratégico próximo as grandes janelas, meio escondido atrás das cortinas, eu a observo entrar lentamente na sala, tirar os óculos e o chapéu e ficar distraída, admirando a decoração da bonita sala de estar. Além das muitas flores espalhadas em vários vasos de tamanhos e modelos diferentes, há também balões vermelhos imensos em formatos de coração.

A mesa baixa entre três grandes sofás de couro e muitas almofadas grandes e coloridas, está forrada com bandejas contendo petiscos, doces, salgados, duas jarras de suco diferentes e um bule de louça elegante com café ou chá, não sei dizer. A prima Soraya mandou muito bem. A casa está incrível.

Ela ainda está parada, assimilando tudo que vê, sem se dar conta da demora da Soraya aparecer, e que está completamente sozinha na enorme sala. Saio silenciosamente detrás da cortina, ela ainda não me vê. Aproximo-me meio que por trás dela.

— Não aguentava mais de saudade de você, meu amor...

— Ai! — ela grita, assustada, e se vira para mim.

Os olhos arregalados. A mão vai para o coração.

— Perdão, não queria te assustar.

Ainda calada, Isa olha em volta.

— Soraya...

— Já está voltando para a cidade. A minha prima fez um trabalho fantástico. Nunca serei capaz de agradecer essa maravilha que ela fez aqui. Esta fazenda é do meu pai. Mantemos tudo funcionando, apesar de estarmos vindo pouco para cá.

— Você falou sobre nós para sua família? — O olhar é assustado.

— Falei. Para todos. A minha família em São Paulo e os meus parentes aqui em Porto Alegre. Todos já sabem.

Ela anda pela sala, quieta. Ponderando, acredito, sobre o que falei. Fico meio frustrado que ela não se aproximou de mim. Estou louco para tê-la em meus braços, para beijar os lábios gostosos.

— Imagino o que o senhor André não deve estar pensando de mim.

— Pensei que estivesse com muita saudade de mim como estou sentindo de você. E está apenas preocupada com a opinião das outras pessoas.

Fico, de fato, triste. Ela se aproxima devagar.

— Também estava morrendo de saudade de você, meu amor. — Isa acaricia meu rosto. Passa a mão na minha barba. Com o dedo indicador passeia sobre as sobrancelhas, os olhos, o nariz e por último os meus lábios. — Você é tão bonito.

Com medo de machucá-la pego com as duas mãos em seu rosto e trago sua boca para a minha. Beijo-a como um homem sedento por água depois de ficar muito tempo com sede.

Logo a solto para que possa respirar. Levo-a para se sentar num dos sofás. Ainda está abatida.

— Tudo isso foi preparado para mim? — Os olhos brilham de alegria.

— Cada detalhe. Apenas para você, a dona do meu coração. — Sentada, bem próxima a mim, ela se estica e me beija longamente. — Como está se sentindo?

Com cuidado a trago para meu colo.

— Estou bem. Sinto um pouco de falta de ar às vezes, mas o médico disse que é normal depois de uma lesão no pulmão. Você só veio para cá pra me ver?

— Apenas para ficar com você, meu amor. Não consigo mais ficar longe, Isa. Quero te levar para ficar comigo lá em São Paulo. — Ela arregala os olhos. — Pelo menos enquanto você se recupera.

— Sabe que ainda não posso ficar com você, Sam.

Ela me abraça e fica beijando meu pescoço. Passa a língua na minha orelha. Meu corpo acorda total. Meu pau se anima na calça jeans.

— Amor...

Passo o nariz na base do rosto dela. O cheiro maravilhoso e só dela me toma e eu a aperto um pouco mais nos meus braços.

— Faça amor comigo, Sam...

— Isa, é tudo que mais quero, amor. Mas tenho medo de machucá-la.

— O que está me machucando é não poder ter você, Sam.

— Você não conversou com Madu, não é?

— Depois conversamos. Agora quero matar a saudade.

CAPÍTULO 55

Isadora

Meu amor me pega no colo com todo cuidado e me leva para o quarto lá em cima. É um cômodo bonito e bem se vê que é masculino. Uma pequena estante de livros. Uma escrivaninha com uma cadeira à frente. Um guarda-roupa com três portas. Uma cama grande de casal, forrada com um bonito edredom azul com desenhos geométricos. Cortinas da mesma cor. Ele me coloca delicadamente na cama.

— Esse era o seu quarto?

— Sim. Vínhamos muito para cá, quando morávamos em Porto Alegre. Logo, quando nos mudamos para São Paulo, costumávamos vir uma vez por mês. Sentíamos muita saudade da nossa mãe.

Percebo certa melancolia nele, arrasto-me na cama e fico de joelhos na frente dele. Suspendo sua camisa polo branca e ele me ajuda a tirar. Beijo o peito forte, arrasto a língua pelos mamilos que ficam arrepiados, Sam geme, alisa meu cabelo. Sem perder tempo, desço as mãos, abro o botão e desço o zíper da calça jeans. Olhando nos olhos dele, começo a descer a calça junto da boxer preta. Meu homem já está pronto para mim. O pau duro e apontando para cima.

Nem penso muito, abaixo a cabeça e o tomo na boca dando a primeira chupada. O gemido de Sam é alto e agora ele empurra a minha cabeça para baixo. Passo a língua de cima a baixo e de baixo para cima, pincelando e molhando bem o pau com saliva. Ele é grande, grosso e eu estava desejando fazer isso há muito tempo. Coloco a boca novamente na cabeça e vou engolindo até quase a garganta. Chupo com força e solto. Ainda não tenho ar suficiente para manter por muito tempo.

Sam me segura pelos ombros e com todo cuidado me afasta, pega nas alças finas do meu vestido e desce pelos meus braços. Encontra os meus seios empinados, ainda não consigo colocar sutiã. Primeiro passa a língua em cada mamilo e depois me deita devagar. Puxa meu vestido e tira pelas pernas, abaixa a cabeça e começa a passar a língua por cima da calcinha molhada com a minha excitação. Gemo com os olhos nos dele que continua a tortura com a língua na abertura da minha vagina, para cima e para baixo.

— Sam...

— Seu gosto, amor... É para se ter na língua o tempo todo. Que delícia. Você é tão gostosa.

Começa puxar a minha calcinha para baixo e tira. Em seguida, puxa a própria calça e arranca junto da cueca. Ajeita cuidadosamente os travesseiros nas minhas costas. Sempre preocupado com a minha saúde.

Ele se aproxima empurra minhas pernas dobradas para cima. Fico totalmente exposta na frente dele. Com as pernas bem abertas, Sam quase deitado abaixa a cabeça e traz a boca, chupando-me insanamente. Grito, gemo, minhas pernas tremem. O homem merece um certificado de chupador número um.

Ele enfia a língua em mim enquanto, com o dedo médio, masturba fortemente meu clitóris. Não demora, usa a boca fechando no meu sexo e chupa como se fosse uma fruta madura e suculenta. As mãos sobem e seguram firmes os meus seios, os dedos apertando os mamilos.

Gemo, desesperada, e explodo num orgasmo que me tira as forças e desfaleço por segundos.

— Isa! Amor. Me perdoa amor, olha aí o que aconteceu.

— Calma, amor... Eu estou bem. Faltou ar e fiquei tonta.

— Me desculpe, Isa. Deveria ter tido mais cuidado. O que está sentindo?

O coitado está muito assustado.

— Sentindo que preciso ter o meu homem dentro de mim.

Ele arregala os olhos.

— Isadora, não pode...

— Posso e quero, Sam. Venha aqui, amor. — Puxo para que fique com o rosto bem perto do meu. — Ficamos tanto tempo longe um do outro. Não é justo que quando podemos, tenhamos de ficar sem nos amarmos, sem unir os nossos corpos como estão unidos os nossos corações.

Samuel puxa a minha boca para a dele e me beija em desespero. Não se demora, sabe que a minha respiração está fraca.

— Vou ter todo o cuidado, minha linda... Vou enfiar meu pau todo nessa boceta gostosa e celebrar o nosso amor com os nossos gozos explodindo dentro de nós.

Samuel me coloca bem confortável na cama e, com todo cuidado, deita meio de lado e cai de boca; primeiro num seio, chupando e lambendo o mamilo até ficar teso, o outro seio ele aperta, massageia e aperta o mamilo me deixando zonza de prazer.

Depois de sugar os meus peitos, até me deixar quase à beira do orgasmo, beija minha boca, enrolando as nossas línguas, sem deixar de colocar uma das mãos na minha vagina, empurrando um dedo para dentro de mim, numa masturbação que só aumenta a minha vontade de gozar.

— Vou comer essa boceta gostosa com o meu pau até você ver estrelas, minha deusa.

Rapidamente me vira de lado e se enfia em mim como se não houvesse amanhã.

— Ahhhh, Sam! Que gostoso, amor.

— Gostosa é você, com essa bunda linda, esses peitos que me enlouquecem e essa boceta... Nossa, minha vida, queria morar aqui, dentro dela. Vou te comer tanto, quando puder. — Mete e tira, enlouquecendo-me de prazer. — Minha mulher, minha vida, meu amor. Goza pra mim... Goza...

Explodo num gozo louco e ele me segue, gozando e gritando alto o meu nome.

— Isaaaaaa, eu te amooooo!

Dormi assim que o orgasmo acalmou e Samuel me envolve com os braços.

Quando acordo, o quarto está envolto numa penumbra com um abajur, ao lado da cama, acesso, um grosso cobertor me cobre. O quarto está confortavelmente quente e, mesmo ainda totalmente nua, me sinto aquecida. Samuel não está no quarto. Tento me sentar e sinto as costas doerem. Tira-me um pouco o ar. Nesse momento, Samuel entra no quarto, segurando uma bandeja cheia de coisas. Percebe a minha careta de dor, corre, coloca a bandeja em cima da escrivaninha, acende a luz e vem se sentar ao meu lado.

— Amor, o que foi? Está com dor?

— Só um pouco de dor nas costas. Já está passando.

— Isadora!

— Não minto para você, Sam. — Não queria que se arrependesse do que fizemos. Foi glorioso. — Se o que trouxe na bandeja é para mim, faça o favor de trazer aqui. Estou faminta.

Ele ainda olha para mim por uns segundos, mas acaba se convencendo e se levanta para pegar a bandeja. Está lindo, apenas de bermuda leve e sem camisa.

Como uma fatia de bolo de milho e tomo metade de um copo de suco de laranja.

— Precisa se alimentar, meu bem. A Gaúcha está fazendo uma sopa de legumes e carne, para você.

— Gaúcha?

— É Ana. Desde que chegou aqui que foi chamada assim. Nunca soube o porquê desse apelido. Ela está aqui na fazenda desde que eu e a Lena éramos crianças. Quer um pouco de café com leite?

— Não, amor. Estou satisfeita. Quero tomar um banho. Você me ajuda?

— Claro, meu anjo. Vou banhar e lavar o seu corpo, que na verdade é meu. Você é todinha minha. Venha.

Foram duas horas de puro amor, tesão, paixão. Samuel lava como prometeu, cada pedacinho do meu corpo. Beija minha boca alternadamente em que lambe e suga os meus mamilos, enquanto as mãos percorrem minhas costas, a barriga e se perde entre as minhas coxas com os dedos me tocando lá embaixo, como se dedilhasse um violão. Em seguida, a língua se ocupa de lamber e massagear o clitóris. Gozo em pé com a boca dele me tomando e bebendo cada gota que sai de mim.

O homem me venerou como nenhum outro foi capaz. Tudo isso com leveza, um sabonete muito cheiroso e bastante carinho.

Depois de enxugar todo meu corpo, veste em mim uma camisa dele, de algodão, com a imagem do Batman estampado. Depois de me acomodar novamente na cama, vai tomar um banho direito, sai do banheiro e pega um short de pijama. Senta-se na cama, de frente pra mim, e fica sério.

— Preciso te falar uma coisa. Já devia ter contado há muito tempo, mas... Sempre acontecia alguma coisa ou... eu simplesmente não achava coragem.

— O que é, Sam? Está me assustando.

— Antes de tudo, quero que saiba que eu sou desesperadamente apaixonado por você. É a mulher da minha vida e, nada vai mudar isso. Quero você na minha vida para sempre. Quero que case comigo.

— Nossa! Pedido de casamento meio dramático, não acha?

Sorrio um pouco para tentar deixar o momento mais leve. O rosto tenso e amedrontado de Samuel está me assustando também.

— Bem, o maldito dia em que Madu me flagrou com minha ex, na cama em nosso apartamento... Houve de fato uma relação sexual.

— Eu sei disso, Samuel. Como poderia não saber? Foi por causa disso que seu casamento com minha filha acabou. Por que está me falando sobre esse assunto de novo?

Ele abaixa a cabeça e suspira. Depois olha para mim intensamente.

— Roberta ficou grávida de mim naquela noite. Eu vou ser pai.

Ele mantém os olhos nos meus, e segura as minhas mãos nas dele. Fico momentaneamente sem entender.

— Isa...

— Espera... Estou tentando processar o que você disse. Confesso que não sei bem o que dizer.

— Eu vou assumir meu filho. Registrar, amparar, compartilhar a criação e educação dele com Roberta. Apenas meu filho terá todo meu amparo. Roberta não terá qualquer acesso à nossa vida.

— Um filho? Nossa! É uma notícia bastante forte. Essa moça jamais ficará afastada de você, Samuel. Ela agora tem um forte motivo para querer você de volta.

E nesse instante sinto o peso de tudo aquilo. Meu peito se oprime, não consigo segurar as lágrimas. Minhas mãos gelam e eu as puxo das mãos de Samuel. É impossível evitar a agonia que me toma e caio num pranto desesperado.

— Isa, não amor... Calma. Nada vai me separar de você. É a minha vida, Isa. Acredite em mim, amor. Não fique assim... Por Deus, não fique assim.

Cola-me ao corpo dele onde os tremores dos meus soluços são sufocados no peito largo. Com todo cuidado me embala, falando palavras de amor e prometendo que nada e nem ninguém vai nos separar.

Ficamos assim por longos minutos. Até que sinto a respiração falhando e me separo dele, deitando devagar sobre os travesseiros. Ele se deita também e me envolve.

CAPÍTULO 56

Samuel

Meu coração está apertado. Um medo fodido de que Isadora resolva desistir de nós dois por conta do filho que terei com a Roberta. Reconheço que é mais um desafio para essa brava mulher, que já tem uma barreira do caralho para transpassar. A presença dessa criança será a constatação cabal da minha traição a Madu. E, certamente, a filha de Isadora usará como arma para ferir a própria mãe.

Estou acordado desde muito cedo, tentando encontrar um jeito de fazer Isa aceitar ficar comigo apesar do filho que estou enfiando em sua goela abaixo. Só consegui dormir poucas horas. Fiquei parte da noite vendo a minha mulher gemer, vez ou outra, e tentar se acomodar na cama da melhor maneira que não a incomodasse.

Depois de um banho e uma caneca de café puro, que a Gaúcha deixou pronto, vim para a varanda, a frente da casa, e estou pensando num jeito de resolver toda essa confusão sem ter de sacrificar nenhuma pessoa que amo. Nem a mulher da minha vida nem meu filho.

— Sam...

Isadora chega, silenciosamente, diante de mim. Ainda vestindo a minha camisa com que dormiu. O que me faz respirar aliviado. Não se vestiu para ir embora. O rosto está descansado e até mais corado. Porém os olhos trazem uma sombra que lhe tira o brilho.

— Amor... — Beijo seus lábios docemente. — Ainda é cedo. Por que não ficou na cama mais um pouco?

— Acho que nunca dormi tanto na minha vida como tenho feito nesses últimos dez dias. Embora alguns momentos sejam complicados, devido à dores nas costas.

— Sente-se aqui, venha. — Levo-a até a espreguiçadeira. — Vou buscar seu café.

— Sam, espera. Senta aqui comigo. Não estou com fome. Precisamos continuar a nossa conversa de ontem. Sei que tive uma reação péssima, e não acho que era o que você esperava.

— Não, Isa, eu...

— Não, Sam. Escuta. Quero que saiba que estou muito feliz por você. Filho é uma bênção de Deus na nossa vida. Estou também muito orgulhosa pela forma honesta e responsável de como está lidando com essa grande novidade. Seu filho não poderia ganhar um pai melhor.

Ouvir aquelas palavras da Isadora me emociona e alegra de um jeito que ela não tem ideia. Aproximo-me e beijo-a levemente nos lábios.

— Sei que não será uma tarefa fácil e você, sim, terá a presença da sua ex eternamente na sua vida.

Meu coração acelera. Os olhos dela ficam apagados, tristes.

— Samuel, nós ainda não tivemos oportunidade de falar sobre isso, mas é importante que você saiba. Nunca vou poder te dar um filho. Nunca poderei ser mãe outra vez.

Uma lágrima escapa e rola pelo rosto bonito. Não sabia o que dizer. Não havia pensado ainda em filhos na nossa relação.

— Posso ver agora o quanto está feliz com a chegada desse filho. Algo que nunca serei capaz de te dar. Precisei fazer uma cirurgia de histerectomia, quando Madu tinha nove anos. Estava tendo hemorragias e os médicos informaram que se não fizesse a retirada do útero, eu correria sérios riscos depois.

Ela olha direto nos meus olhos e vejo a dor que aquela perda representa para ela.

— Isa, eu sinto tanto. Vejo a mãe que você é e sei que gostaria de ter tido outros filhos. Só que para mim, isso não fará qualquer diferença. Não vou ser hipócrita de dizer que não ter um filho com você é algo que não me faria um homem ainda mais feliz. Mas, o fato de não ter um filho nosso, gerado na sua barriga, não nos impede de usar outros meios. E até mesmo adotar, se você quiser.

— Veja a mulher com quem você quer viver, Samuel! — Levanta-se e fala, exasperada. — Pense na carga emocional que a nossa relação levará para sua vida. É tão evidente que as comparações se darão de forma bem cruel. Já estou com quarenta e sete anos! Você, na melhor fase da sua vida. Trinta e quatro anos e bonito desse jeito. Encontra mulheres, como a sua ex-noiva, e agora a mãe do seu filho, e a minha própria filha, uma modelo linda e bem jovem! E eu? Fala? O que te devolvo em troca? Uma mulher velha e incapaz de sequer te dar um filho!

— Para! Chega de se depreciar! Porra, você é, de longe, muito melhor que elas! E me desculpe pela sua linda filha! Ela é, sim. Bonita, maravilhosa, e só isso. Eu não a amo. Porra, Isadora, é tão difícil de você entender que nada disso é importante para mim, se não for com você? Olha o que aconteceu com meu casamento com a sua filha linda, modelo internacional! Olha o que aconteceu com meu noivado com uma mulher linda e sexy, exuberante e loira! Nenhuma me trouxe felicidade. Nenhuma mulher que passou pela minha vida representa um mínimo do que sinto por você. Eu te amo! Você é a minha vida, porra!

Estou gritando e chorando. Ela não conseguia entender que é algo muito maior e que estava dentro de mim. Meus olhos a veem como algo superior, uma deusa.

Isadora me abraça e choramos juntos por muito tempo.

— Quisera parar o mundo e ficar para sempre assim em teus braços. Tenho medo. Tenho muito medo do que teremos de enfrentar.

— Não duvide da intensidade do amor que tenho por você. Nem tema por nada. Eu prometo que nada, nem ninguém, vai conseguir separar nós dois.

Preciso fazer algo para provar a ela que nada do que disse é motivo para se livrar de mim. Será ela e só ela.

Ficamos mais um dia na minha fazenda. Vivendo nosso amor, amando-nos e sendo felizes do nosso jeito. Sem permitir a interferência de ninguém.

Ficamos juntos de sábado até segunda-feira pela manhã, na fazenda. Levei-a para casa e me despedi.

Só que os nossos dias juntos ainda não me davam a calma necessária para achar que estivesse tudo resolvido entre nós. Isadora ainda não tinha contado sobre nós para Madu, e percebi que, com a notícia do meu filho, seria muito mais difícil.

Tomei uma decisão enquanto voava de volta para São Paulo.

Continuei conversando com Isa, todos os dias, pelo celular. Na sexta-feira, saí da empresa mais cedo, fui direto numa das melhores joalherias da cidade e comprei um anel de compromisso com a cara e o jeito da minha mulher. Comprei também um par de alianças.

Em seguida, fui para casa do meu pai, jantar com a família. O velho André percebeu que era voto vencido contra a minha relação com Isadora, uma vez que as mulheres da família, todas, até Marina, estavam torcendo por nossa união.

Comuniquei a eles a minha decisão e todos me apoiaram. Vim para Porto Alegre, no mesmo dia, mais tarde. Pedi aos pilotos da aeronave que ficassem preparados. Talvez voássemos naquele mesmo dia.

Fui para o hotel que sempre ficava, liguei para Isadora e pedi que encontrasse comigo em um dos mais elegantes restaurantes da cidade.

Já estou no restaurante esperando e muito ansioso. Pedindo a Deus que ela aceite a minha ideia e possamos resolver de vez aquele tormento. Seguiríamos os dois para Milão para falar com a Madu. Não deixaria que enfrentasse a filha, sozinha.

Isadora chega meia hora depois. Linda, com um vestido vermelho um pouco abaixo dos joelhos, colado ao corpo, com decote em V e mangas de babados soltas. Sandálias altas, na cor que elas chamam de nude, abertas no peito do pé com uma tira média sobre os dedos, calcanhar fechado e passadeiras nos tornozelos. Nas orelhas brincos de ouro e rubis. Perfeita e elegante como é registro dela.

— Olá! — Os olhos brilham e ela passa a língua no lábio inferior, deixando-me já duro, doido para foder aquela boca gostosa. — Como sempre, fazendo surpresas. Por que não me disse ontem que viria para cá?

— Uma das coisas que mais gosto é ver esses seus lindos olhos brilhantes ao olhar pra mim, surpresos.

Beijo demoradamente no canto da boca de batom vermelho. Puxo a cadeira para que se sente.

— Estava com saudade. Você anda me viciando. Nós nos vimos há menos de uma semana. Só não entendi o almoço em público. — Ela olha em volta. — Imagina que conheço muitas pessoas que frequentam esse restaurante, não é?

— Sim. E quero que essas pessoas já se acostumem a nos ver sempre a partir de agora.

O garçom nos serve champanhe e eu agradeço.

— Estamos comemorando? — Olha para mim com uma sobrancelha arqueada, curiosa.

— Estamos. Primeiro vamos degustar dessa comida deliciosa.

Ela acata e almoçamos falando sobre vários assuntos, menos sobre nós. Depois do café que tomo, Isa não quer mais nada, trago a mão esquerda dela para os meus lábios e beijo. Com os olhos brilhando de desejo por minha mulher, pego a caixa pequena de veludo preto do bolso do paletó.

Ela arregala os olhos e volta a olhar em volta.

— Quero você na minha vida imediatamente.

Sem deixar que ela fale nada, abro a caixa e mostro o anel. De ouro branco, todo cravejado em pequenos diamantes e um diamante negro maior com outros em volta.

— Samuel, eu...

Os olhos se tornam ainda maiores e mais brilhantes. Logo vejo as poças de lágrimas se desprendendo e rolando pelo rosto que amo.

— Quero me casar com você o mais rápido possível. Vim preparado para seguirmos até Las Vegas e celebrar o nosso casamento imediatamente. Depois faremos outro aqui, com as famílias. Em seguida, voaremos até Milão e contaremos tudo a Madu. Quero estar do seu lado e enfrentar qualquer coisa a partir de agora. Eu a amo com a minha vida, Isa.

— Sam... — Isa irrompe em lágrimas e tenta ainda assim manter a compostura num lugar público.

— Vamos embora. — Coloco antes o anel em seu dedo anelar esquerdo.

Saímos direto para o carro dela, que o manobrista nos entrega a chave. Saio dali o mais rápido e a levo para o hotel. Isadora se mantém calada, olhando vez ou outra para o anel no seu dedo.

Sabia que assim que ficássemos sozinhos explodiríamos no nosso desejo de um pelo outro e nos beijando fomos com os nossos corpos já ensandecidos de excitação.

Coloco-a curvada sobre a mesa do quarto, enquanto abro a minha calça e puxo meu pau duro feito aço para fora, e Isa puxa o vestido para cima e arrasta a calcinha para o lado. Enfio o pau com tudo na boceta já encharcada e começo a meter e tirar enquanto ela grita meu nome e eu gemo como um animal.

Estou enterrado nela até as bolas e metendo tão forte que a mesa começa a se deslocar. Não demora muito e urramos ao mesmo tempo, invadidos por um orgasmo avassalador.

Ainda metido nela, puxo seu corpo colando no meu peito e voltamos a respirar pausadamente. Foi, sem dúvida, a foda mais gostosa que já tive na vida.

Isadora se vira em meus braços e agarra a minha cabeça, enfiando a língua na minha boca.

— Eu amo você! Amo você! Amo você demais!

Ela fica repetindo e me beijando loucamente.

— Vamos para o seu apartamento, fazer suas malas. O avião já está preparado para a nossa ida até Las Vegas e depois para Milão.

— Espera. Vamos, sim, para Milão. Não quero mais esperar. Mas não quero ir me casar nos Estados Unidos. Conversaremos com Maria Eduarda. Voltamos e preparamos nosso casamento aqui ou em São Paulo, onde você preferir. Algo simples, apenas para a família e amigos próximos.

— Está certo. Tudo como você quiser, meu amor. Só não quero passar mais um dia indo dormir sem acordar ao seu lado. Sei que ainda não falamos sobre a logística da nossa vida, já que moramos em cidades distantes. Mas, já conversei com meu pai e resolvi que se for melhor para você, me mudo pra cá e administro as empresas através do escritório daqui.

— Vamos então. Também não quero ficar mais um dia sem você. Com calma combinamos onde ficaremos em definitivo.

CAPÍTULO 57

Isadora

Viemos para meu apartamento, felizes, mais apaixonados e decididos do que nunca. Samuel é a minha vida e não aceito mais viver longe dele. O homem já provou de todos os modos que me ama e me quer com ele. Vou brigar pela minha felicidade.

Entro no apartamento agarrada a Samuel e nos beijamos longamente.

— Mãe?! O quê! O quê é isso? Você e... Samuel?!

Meu coração dispara e eu congelo olhando para os olhos furiosos e enojados da minha filha.

— Maria Eduarda, eu...

— Eu o quê? Você e... E esse... — ela berra já chorando em soluços; no rosto contorcido a dor e nos olhos o nojo.

— Se acalme, Madu. Vamos explicar. — Samuel tenta falar.

— Cala a porra da sua boca! Some daqui, agora! Quero falar apenas com essa daí!

— Pode berrar o quanto quiser, mas não vou embora caralho nenhum! Você vai ouvir o que temos para lhe dizer e tratar a sua mãe com o respeito que ela merece! — ele esbraveja enquanto a minha filha sacode a cabeça, com violência, de um lado para o outro.

— Filha, por favor, deixe-me explicar.

Estou dilacerada. Não podia ser assim. Não desse jeito.

— Explicar? Explicar o quê? Que estava trepando com meu marido? É isso que quer explicar?

— Maria Eduarda, não.

— Ex-marido! Não sou mais seu marido há muitos meses, Madu. E ofender sua mãe não é o caminho certo aqui.

— Claro! Agora entendo tudo. O seu lance com a sua ex era só um pano de fundo. Na verdade, era a minha própria mãe que você estava comendo enquanto se dizia sofrendo pela sua irmã.

— Paraaaaa! — grito, desesperada.

Não suporto ouvir a minha filha dizendo aquelas coisas. Daquele jeito sujo e mesquinho.

— Escute o que temos a lhe dizer, sua idiota. Está sendo cruel com a pessoa errada. Se quer descontar sua raiva, faça em mim. Isadora não me queria. E saiba que me apaixonei por ela antes de você aparecer na minha frente. Foi ela que eu amei naquele dia em que você decidiu que me teria de qualquer jeito.

— Samuel, chega! Deixe-me sozinha com minha filha.

— Pra quê? Hein? Para vir com esse mesmo papo-furado de que os pombinhos se apaixonaram antes e que eu estraguei tudo?

— Aconteceu, mas nós só nos aproximamos quando vocês já estavam separados. Eu jamais ficaria com seu marido, minha filha. Já estava apaixonada por ele, mas abri mão para que você fosse feliz. O que aconteceu entre ele e a ex-noiva, fez com que se separasse dele, foi um lamentável acidente. Você não quis mais o casamento, por mais que eu tenha insistido para que o perdoasse, para que não se separasse.

— Muito conveniente, não foi mesmo? De repente, o caminho estava livre para você. Eu mal virei as costas e vocês se descobriram apaixonados. Eu deixei o caminho livre para você com a decisão de não aceitar a traição desse canalha! Mas para você! Para você era a oportunidade certa para ficar com ele. Foi muito fácil me tirar do caminho, não foi, dona Isadora Fernandes? Por isso ficava defendendo a traição imunda dele. Claro! Já se sentia dona da situação! Só precisava se livrar de mim. Tenho nojo de vocês! Nojo!

— Para com isso, Madu! Não coloque a culpa em Isadora de uma decisão que você tomou. Você ignorou todos os meus apelos para que me perdoasse. Para que entendesse o que tinha acontecido de verdade. Mas seu orgulho foi maior e me chutar foi a sua decisão mais acertada, não é assim?

— Não me venha agora fazer o papel do injustiçado. É tão cínico e mentiroso quanto ela.

A menina que criei com tanto amor e carinho falava comigo como se eu fosse um ser qualquer que não merecesse nem sequer sua consideração. E eu não podia culpá-la.

— Vocês se merecem! Eu deveria ter enxergado o plano sórdido de vocês. Estava tudo aqui, embaixo do meu nariz.

— Minha filha, por favor, me deixe te contar como tudo aconteceu. Eu jamais te trairia, Maria Eduarda.

— Não me chame de filha! Não posso ser filha de uma fingida traidora. Tenho vergonha de você. Vergonha!

Maria Eduarda pega a bolsa e sai do apartamento, batendo a porta.

— Maria Eduarda, volte! Minha filha, me deixa explicar. Por favor!

Samuel me segura, não deixando que corra atrás dela. Estou desesperada. Destruída. Tudo que temi aconteceu da pior forma.

— Amor, se acalme. Fique aqui. Judite! Judite, por favor, traga água para Isadora. Não a deixe sozinha. Eu vou atrás da Madu. Falarei com ela. Prometo que a trago de volta, amor.

Samuel sai do apartamento correndo, enquanto Judite segura meu braço e me leva para a cozinha

— Calma, dona Isa! Ela está zangada agora, mas vai passar. No fundo, Madu sabe que esse moço nunca foi realmente dela.

— Quando minha filha chegou, Judite? Por que não me ligou avisando?

— Madu chegou tem pouco mais de meia hora, dona Isa. A senhora chegou poucos minutos depois. Ela nem foi para o quarto. Entrou aqui na cozinha, bebeu água e perguntou pela senhora. Falei que tinha ido almoçar com um amigo e ela disse que veio para o Brasil resolver umas coisas e voltaria já na segunda-feira. Quando voltou para a sala a senhora chegou.

— Pegue minha bolsa, por favor, Judite. Deve ter caído lá na sala. Preciso ligar para Cissa. Ela vai me dizer por que Maria Eduarda veio sem avisar.

Meu coração está em pedaços. Sabia, desde o começo de tudo, que não seria fácil. Ter olhado e desejado o homem que despertou o interesse da minha filha foi meu maior castigo. Primeiro tentei ignorar, depois tentei sufocar, lutei para esquecer, por último tentei fugir. De um jeito meio atroz a separação deles fez aparecer certa esperança. Algo tão improvável e ao mesmo tempo motivador.

Ter consciência de que não traí a minha filha não me deixa menos culpada. Querer ser feliz não é crime, mas com a pessoa que teve um relacionamento com alguém próximo de você, nunca vai ser facilmente compreendido.

Samuel

Percebo que o elevador está começando a descer, pego o de serviço. Infelizmente, parou umas duas vezes e, quando chego à garagem, o carro de Madu já está saindo.

Entro no carro de Isadora, ainda com as chaves no bolso. Saio, rapidamente, olhando para onde Madu tinha seguido. Avisto o carro dela a uns quinhentos metros mais ou menos, à minha frente. Começo a segui-la. Não imagino para onde ela está indo, mas, com certeza, não é para o aeroporto.

Madu vai para um hotel não muito distante do apartamento da mãe. Paro o carro próximo, do outro lado da rua. Ela entra apressada e logo eu entro atrás. Entro no momento que a vejo seguindo para o elevador. Fico com medo de não conseguir saber para que andar ela vai e vejo o elevador parar um andar acima. Informo-me e é um Mezanino onde fica o bar e restaurante do hotel.

Pego o elevador e sigo para lá. Ao sair do elevador, logo a vejo ao balcão do bar, dentro das pernas de um cara que estava sentado num banco alto do balcão de bebidas.

Paro, posiciono-me para que não me vejam e fico observando a interação dela com o cara. É um homem bem jovem, muito bonito. Com certeza o modelo turco com quem ela está namorando. Parece estar contando o que houve e ele passa as mãos no cabelo dela, enquanto dá beijos rápidos em seus lábios.

Aproximei-me rápido, para que ela não tivesse chance de escapar.

— Madu. Precisamos conversar.

Ela se assusta com a minha presença e tenta passar por mim, para ir embora. O cara apenas observa.

— Não tenho nada para conversar com você. Sinto nojo só de olhar para essa sua cara.

— Vamos conversar de um jeito ou de outro, Madu! Não vou deixar que fuja dessa conversa.

— O que você ainda quer de mim, seu cafajeste? Está se divertindo em usar a minha própria mãe para me punir, não é mesmo?

— Não seja presunçosa, garota. Saiba que nem tudo começa e termina em você.

Impaciente, pego no braço dela e começo a arrastá-la para o elevador. O namorado se levanta e se aproxima. Ela levanta a mão, pedindo que espere.

— Me larga, seu idiota! Não vou a lugar nenhum com você e nem quero ouvir nada que possa dizer.

— Madu, você não vai escapar de mim. Então escolha... Ou conversa comigo numa boa ou conversa contra sua vontade.

Ela vê na minha cara que estou falando muito sério e não desistirei. Cede de cara feia e assente. Depois, aproxima-se do namorado e, falando em inglês, pede que a aguarde ali no bar, que conversará comigo no quarto deles, que é mais privativo. O carinha não concorda de primeira, faz cara feia, mas acaba aceitando.

Madu segue na frente e entramos no elevador, calados, até porque ali havia outras pessoas. Chegamos ao quarto, entramos, ela não perde tempo.

— O que acha que pode dizer que vai me fazer entender esse seu comportamento machista e desleal? Se fez de vítima, de coitadinho e conseguiu comover minha mãe, que antes parecia te odiar. Claro, ela está sozinha, não é mais nenhuma jovenzinha. Encantou-se com as suas palavras melosas e fingidas. Eu caí, não é mesmo? Imagina alguém da idade dela?

CAPÍTULO 58

Samuel

As palavras da Madu me deixam com tanta raiva. Indignado mesmo. Ela deprecia a mãe como se Isadora fosse uma velha incapaz de despertar sentimentos em qualquer homem.

— Chega de falar asneira, sua pequena megera! Está aí, com o orgulho quebrado, a vaidade abalada, e tenta compensar falando esse monte de merda que nem de longe representam a realidade. Isadora é uma mulher maravilhosa! Fascinante em tantos sentidos que você nunca vai ser capaz de entender. Pense um pouco, garota. Sua mãe e eu quase não conversávamos. Além de que nos víamos pouco. E sabe por quê? Porque tínhamos medo. Medo de enxergar o que nós dois já sabíamos desde sempre. Estávamos apaixonados. Eu fui burro. Errei quando dei corda para você se aproximar. Quando abri a minha vida para você, querendo o tempo todo Isadora.

— Ela poderia ter se casado de novo há muito tempo. — Ela chora parecendo, de fato, ofendida. — O senhor Emiliano sempre foi louco pela minha mãe. Ela fingiu não perceber. E Wagner, ele também é a fim dela, que todo mundo lá na empresa sabe. Mas não, ela tinha de querer você. O mais bonito, o mais interessante, mais novo e meu. Ela não tinha o direito!

— Não seja ridícula, garota! Eu não sou e nunca fui seu. E quer saber? Graças a Deus que Isa nunca quis esses homens que ficam babando em cima dela. Isso faz de mim um cara com muita sorte. De ter despertado o interesse e o amor dela. Eu amo sua mãe, Madu. Isa é a mulher da minha vida.

— Chega! Não quero ficar ouvindo esses absurdos! Se é ela que você quer, que faça bom proveito. Só não vou aceitar nunca! Querem ficar juntos? Fiquem. Mas ela não terá meu perdão. Quanto a você, quero que se foda! Me usou de forma suja para pegar minha mãe.

— Você é egoísta, mimada e injusta. Sabe que sua mãe jamais vai conseguir ser feliz sem você ao lado dela, sem seu apoio. Está sendo cruel com a pessoa que mais a amou na vida. Olhe para trás, Madu. Veja a vida de princesa que você tem. Fez e faz tudo o que quer. É linda, sexy, já tem sua própria autonomia financeira, é uma modelo internacional conhecida. Quem possibilitou tudo isso para você? Quem preferiu ficar sozinha só para vê-la brilhar? Quem abriu mão de um amor, para que você fosse feliz?

Madu se senta na cama, cobre os olhos com as mãos e chora muito. Sei que ela está me ouvindo e me dando razão. Mas isso ela terá de entender sozinha.

— Sabe o que vai acontecer com essa sua atitude, Madu? Eu vou viver infeliz por perder o amor da minha vida. Mas sua mãe, ela ficará ferida e culpada. Sozinha e sem direito a felicidade. E você? Como acha que sairá nisso tudo? Pense bem.

— Você pode estar enganado em achar que minha mãe é a mulher da sua vida. Também achou que sua ex fosse, assim como eu. Minha mãe será apenas mais uma.

— Está enganada. Roberta era paixão e prazer físico. Conveniente e um equívoco. Com você eu realmente fui egoísta, estúpido e presunçoso. Queria estar perto da sua mãe e mostrar para ela o que estava perdendo. O que não tira o fato de eu gostar e sentir muito carinho por você. Veja bem, Isadora corresponder ao meu amor foi a minha redenção e descoberta de que só com ela eu realmente tenho chance de ser feliz.

Acabo me emocionando e as lágrimas correm livres pelo meu rosto. A voz embarga. Madu fica olhando para mim, eu me afasto e abro a porta. Antes de sair, viro-me para ela.

— Se o preço a pagar para que você volte para sua mãe e lhe peça perdão for eu me afastar, farei isso.

Saio rápido do quarto e prefiro descer dois andares pela escada para dar vazão à dor no meu peito.

Chego à frente do hotel e me sinto vazio, sem rumo. Pego carro e volto para a garagem do edifício que a Isa mora. Deixo o carro e vou embora.

Isadora

Depois de falar com Cissa e ela me dizer que não sabia sobre a vinda da Maria Eduarda para o Brasil, vim para meu quarto. Tomei um banho, vesti um pijama de short e camiseta e me deitei. Estava tão esgotada emocionalmente que sentia dor física.

Não consigo comer nada e nem falar com ninguém. Desligo o celular. Sei que Samuel ligará e não tenho condições de ouvir a voz dele.

Pedi a Judite que não me chamasse para nada, a não ser por minha filha.

Estou deitada em posição fetal, há muito tempo, e não sei as horas, até que percebo alguém entrar no quarto. Está escuro e só a luz de um abajur junto de uma poltrona está acesa.

— Mãe...

Abro os olhos e me sento rápido, recostando nos travesseiros. Apesar de querer agarrar minha menina, abraçar, beijar e pedir que me perdoe, sei que não posso fazer isso ainda. Temo ser rejeitada, e não tenho a resposta que ela quer.

Nesse momento, estou em carne viva, precisando entender o que será a minha vida sem ela.

— Acha que podemos conversar com calma agora, filha?

— Por que não me contou sobre você e Samuel? Por que me deixou passar por algo tão assustador, mamãe?

— Eu tentei, Maria Eduarda. Por muitas vezes, depois que nos descobrimos apaixonados. Não tem tanto tempo assim, filha. Resisti muito. Realmente queria que vocês dois resolvessem o casamento e ficassem juntos.

— E como funcionaria isso, posso saber? Mesmo sabendo que era a você que ele amava, e me fazendo de palhaça.

— Não foi assim. Samuel só me falou sobre os sentimentos por mim quando você afirmou que estava dando início ao divórcio, que não o queria mais e, que já estava com outra pessoa. Vocês estavam casados e pareciam felizes. Eu estava confortável do jeito que tudo se acomodou. Sua felicidade era suficiente pra mim.

— Mãe! Responde pra mim. Está mesmo apaixonada pelo Samuel? Você o ama mesmo?

— O que importa agora, Maria Eduarda? Não vou conseguir viver sem você, minha filha.

Foi impossível conter as lágrimas. Ela sentou na ponta da cama, de frente para mim.

— Quer dizer que, se eu te perdoar, você o esquece? É isso?

— Se você entender que não houve traição, nem deslealdade contigo, vou tentar mais uma vez, viver sem ele. Não tenho como esquecer o homem que eu amo. Isso não vou poder prometer, Maria Eduarda.

Ela suspira longamente, levanta-se, vai até a porta da varanda do quarto e fica olhando para fora, por minutos. Tento controlar minha emoção.

Não tenho forças para me por de pé. Apenas aguardo a sentença de como vou viver, sem uma das duas pessoas que mais amo na vida.

— Mamãe... — Minha filha vem até mim, senta-se mais uma vez na cama e pega as minhas mãos. — Samuel ama tanto você... — Ela soluça — Não consegui fazê-lo me amar assim. Sei que estou sendo egoísta e invejosa, então, tenha paciência comigo.

Eu a abraço e choramos juntas. Minha filha tira as sandálias de salto e se deita ao meu lado. Fica agarrada a mim e apenas o som da nossa respiração, tentando abafar as lágrimas. Não demora, ela dorme, ainda com os braços em volta de mim.

Amanhece e eu quase não dormi. Levanto, vou ao banheiro fazer minha higiene, depois vou para a cozinha. Vejo que é bem cedo, Judite nem acordou ainda. Preparo um café e estou sentada, bebendo, quando Judite entra na cozinha e começa a preparar a mesa para o café da manhã.

— Como a senhora está, dona Isa? Vou fazer um queijo quente e ovos mexidos. Que tal? Não comeu nada ontem à noite.

— Judite. Prepare, por favor, a salada de frutas e coloque o iogurte que Maria Eduarda gosta. Ela dormiu aí no meu quarto.

— Graças a Deus, patroa! Rezei tanto para essa menina tomar juízo.

Concordei com a cabeça e, instantes depois, minha filha entra na cozinha.

— Oi, mãe. Bom dia, Judite! Dormi como há muito tempo não dormia. Nem sonhei, acreditam? Quando acordei, lembrei-me de quando papai era vivo e eu costumava ir me enfiar no meio da cama de vocês. Ou quando ele morreu... e eu não conseguia ficar longe de você.

Ela olha para mim e eu enxugo rápido uma lágrima furtiva. Não quero mais chorar.

— Não quero que sofra mais, mamãe. Vejo que ainda está abatida, fraca. Não está totalmente boa.

— Ontem mesmo, depois que você saiu, dona Isa teve febre.

— Eu estou bem, Duda. Exagero da Judite.

— Mãe! Você me chamou de Duda. — Ela ri, satisfeita. = Como quando eu era criança.

— E que você logo me pediu para parar de te chamar assim quando começou a pensar em ser modelo. Adotou o Madu, que as suas coleguinhas te chamavam, e assim ficou.

— Você nunca gostou muito. Prefere me chamar de Maria Eduarda. Ah, mãe! Hoje Aslan vem conhecer você. Pode fazer um almoço bem bacana, Judite? Meu amor é lindo, magro e não come muito.

— Então, trouxe seu namorado turco?

— Sim. Vai gostar dele... — Ela se cala e baixa a cabeça. Entendo o que pensou nas entrelinhas. — Mamãe, Samuel foi atrás de mim e conversamos. — Ela faz uma careta. — Na verdade, ele brigou, confessou o quanto ama você e até chorou.

Meu coração pula dentro do peito, frenético.

— Sinto muito, mamãe! Por ter dito todos aqueles absurdos a você. Não acho nada disso realmente e peço perdão. Você é a melhor mãe do mundo e eu te amo. Muito!

Eu trago minha filha para o meu peito e abraço forte.

— Também te amo mais que tudo, minha filha! Minha Duda.

— Olha, prometa que quando for viver esse amor imenso com Samuel não vai me esquecer. Está certo? Sou sua única filha.

— Única e mais amada do mundo.

— Certo. Deixe-me tomar café. Estou morrendo de fome. Depois vou ligar para meu gato e pedir que pegue um táxi e venha para cá. Volto amanhã cedo para Milão. Vim apenas para ver se você estava mesmo bem e pegar os documentos da faculdade. Vou ver se consigo continuar o curso lá mesmo. Afinal, é o melhor curso de moda do mundo.

Conheci o namorado da Maria Eduarda e fiquei impressionada em como a minha filha estava encantada pelo rapaz bonito. Eles não se desgrudavam e trocavam beijinhos o tempo todo. Depois do almoço, ficaram ainda um pouco e logo foram embora para o hotel. Vi o quanto queriam ficar sozinhos e viverem aquela paixão que estava acesa nos olhos dos dois.

Antes de voltar para sua vida, a minha filha me beijou e falou ao meu ouvido que eu não abrisse mão de Sam. Que ele era a minha felicidade.

Liguei o celular e me surpreendi de não ter nenhuma ligação ou mensagem de Samuel. Liguei para ele e caiu na caixa de voz. Mandei mensagens e percebi que nem sequer visualizou.

Anoitece e sigo sem notícias de Sam.

— Dona Isa, eu posso servir o jantar?

— Não, Judite. Vou sair.

Corro para meu quarto e ela vem atrás.

— Para onde vai, dona Isa? Não está tarde?

— Não, minha querida. Nunca é tarde para ir atrás da felicidade.

Pego a chave do carro, em cima do aparador, que o porteiro tinha mandado entregar. Sam deixou o carro na garagem. Primeiro vou ao hotel onde ele está hospedado e não o encontro.

Sigo meu coração vou para o lugar onde vivemos os momentos mais apaixonados que ele me proporcionou.

EPÍLOGO

Isadora

Sentada na sala de espera do hospital maternidade, onde Roberta está dando à luz ao filho do meu marido, sinto vibrar dentro de mim muitas emoções.

Lembro, em detalhes, o momento em que cheguei à fazenda da família França, onde Samuel estava sozinho e sofrendo desde o momento em que deixou meu carro na garagem do edifício, depois de ter conseguido convencer minha filha a me perdoar.

— Isadora...

— Por que veio para cá e me deixou sozinha, meu amor? Como pôde lutar por mim, até o último minuto, e simplesmente depois me abandonar?

— Não, não eu... Eu só achei que você fosse preferir ficar com sua filha. Eu entenderia, claro. Só não suportaria. Estava... Estou muito mexido, muito assustado. Sem saber o que vou fazer da vida sem você.

— Eu não pretendia abrir mão de você, Sam. Você também é a minha vida. Só me afastaria um tempo, até Maria Eduarda pensar com calma e a gente conversar.

Andei até ele e passei a mão no rosto bonito e triste. Os olhos não saiam dos meus, mas ainda não me abraçava, nem me beijava.

— Só que você conseguiu, Samuel. Você conseguiu convencer o coração da minha menina, da verdade... Do nosso amor. E então? Vai me deixar passando frio e vontade, depois de ter dirigido tanto até chegar aqui?

E meu homem não me decepcionou. Agarrou-me, carregou-me para o quarto e me amou como só ele sabe fazer; levando-me às estrelas. Fizemos sexo bruto, forte, intenso. Ficamos dois dias saciando nosso desejo e nossa fome sem fim, um do outro.

Depois que voltamos para meu apartamento, fiz as malas e voamos aqui para São Paulo. Com a minha empresa sendo bem dirigida pelo Wagner, relaxei de verdade. Fiquei com Sam, no apartamento dele, e quinze dias depois, só com a presença das nossas famílias e amigos bem próximos, fizemos uma cerimônia simbólica de casamento, na mansão do senhor André e Luciana. Isso por que ter sido casado com minha filha o tornou meu parente por afinidade, por mais que quiséssemos, não poderíamos oficializar nenhuma união, nem religiosa e nem cível, já que as leis não permitem.

O importante é que tivemos toda a família presente naquela comemoração, e também os amigos que conheciam nossa história e não nos julgavam. Ao contrário, desejavam e abençoavam nossa felicidade.

Vesti-me com esmero para aquele momento e meu amor também estava maravilhoso, num terno elegante para a ocasião especial para nós dois. Tivemos a presença dos seus amigos Eduardo e Marcos, que curiosamente andava saindo com Marina.

Foi um momento memorável, onde minha filha nos abençoou, fazendo a paz e felicidade se tornarem presentes na minha vida. Depois viajamos por duas semanas para algumas cidades do Nordeste, que eu amo.

Com a vinda em definitivo para São Paulo, somada à ajuda do meu marido CEO competente, brilhante, e o trabalho de orientação de advogados capacitados, a minha empresa foi dividida em duas: passada para Maria Eduarda a parte dela, que hoje é presidida pelo Wagner, firmado definitivamente na posição de CEO; e a minha parte foi integrada ao Grupo França, sendo dirigida por Samuel e por mim. Temos nossas salas e nossas atribuições dentro da empresa.

Foram apenas quatro meses até aqui. Temos trabalhado e organizado a vida de forma a ajustar expectativas e realidade.

Cada dia que passa, estou mais apaixonada e encantada com a capacidade de amar e cuidar do Sam. Meu marido apaixonado e romântico que transformou minha vida em pura alegria e emoção.

Estive ao lado do Samuel e da Roberta em cada momento da gravidez tranquila, apesar de ela ter estado 100% envolvida e emocionada com a saúde do pai. A mãe do filho do Sam abriu generosamente o coração para mim e permitiu que a ajudasse a vencer esses últimos meses até aqui.

Sam e eu decidimos comprar uma casa grande, com muito jardim para que o pequeno tenha espaço e liberdade quando estiver sob os nossos cuidados. E eu já amo essa criança que está nascendo, como se estivesse sendo gerada no meu ventre.

Samuel

Graças à minha amada esposa, para quem olho a cada minuto, estou conseguindo manter a calma e a tranquilidade para receber meu filho. Tenho sido tão feliz nesses últimos meses, que às vezes tenho medo. Uma emoção tão grande e tão forte que até sinto apertar meu peito.

Trouxemos Roberta em trabalho de parto às 2h da madrugada e, até o momento, por decisão da própria de ter parto normal, meu filho ainda não nasceu. Sorte a minha que tenho uma família, puta que pariu, a melhor do mundo. Minha madrasta e minhas irmãs estão aqui ajudando a me equilibrar com a chegada do meu filho. Também Vitória, mãe da Roberta, e Marcos, irmão dela, agora namorado da Marina. Sei que minha linda mulher não pode ter filhos, ou pelo menos gerar. Mas, nada nos impede de ter uma barriga de aluguel e a minha irmã Selena, além da própria Roberta, já se ofereceram para gestar o nosso filho. Isadora está pensando seriamente no assunto.

Muitas pessoas preconceituosas, inclusive alguns antigos amigos meus, acham de que a minha mulher por já estar perto dos cinquenta anos não tem o mesmo fogo, o mesmo gás que as meninas mais novas. Estou me relacionando com Isadora há seis meses e, porra, não conheci mulher mais entregue, sensual, sexy para caralho, que me deixa duro só em pensar nela. Eu mesmo me surpreendi de como somos tão ligados, unidos, uma química perfeita. Como se fôssemos realmente almas gêmeas. Nunca fui tão feliz.

— Senhor Samuel! O seu filho acaba de nascer. É um menino grande de três quilos e oitocentos gramas e cinquenta e quatro centímetros. Parabéns!

Assim que a médica obstetra, que fez o parto da Roberta, trouxe a informação, desabo num choro de muita emoção.

— Amor, parabéns! Você agora é pai de um lindo e grande garoto. — Isa me abraça e me beija, enxugando meu rosto.

— Parabéns, Samuel! Meu neto ganhou o melhor pai do mundo. Obrigada por tudo que fez e está fazendo pela minha filha e a minha família. — Isa se afasta para que Vitória me abrace.

Todos me abraçam e me felicitam, apresso-me em ir conhecer meu garoto.

Entro no quarto, Roberta está recostada em travesseiros, já amamentando meu filho. Mais uma vez não seguro a emoção.

— Sam, olha só como o nosso filho é lindo. Tem a cor e a fartura dos seus cabelos negros e parece que os olhos são claros como os meus. Muito lindo! — Roberta, apesar de exausta, também está emocionada. — Onde está Isa?

— Pediram que entrasse antes e fosse o primeiro a conhecer meu filho.

Ele estava placidamente sugando o seio da Roberta e as minhas mãos formigando para segurá-lo, para tê-lo em meus braços. O que aconteceu logo que ele parou de mamar. Emoção maior do mundo. Lindo demais.

Uma enfermeira entra, trazendo um buquê grande de flores, enviado por Tomaz, filho de um ex-sócio do senhor Severo, pai da Roberta, que resolveu se declarar apaixonado por ela há muito tempo, ainda quando éramos noivos. Ele esteve ausente, nos Estados Unidos todo esse tempo, ao voltar e saber de tudo que aconteceu se aproximou dela, ficaram amigos e agora estão namorando.

Pedimos para a enfermeira chamar toda a família para conhecer meu menino.

— Isa, eu gostei da sua sugestão e se Sam concordar, quero que nosso filho se chame Benjamin. O que acham?

— Claro que concordo. Minha Isa tem bom gosto.

— É realmente um nome muito bonito. Benjamin Azevedo Lesin França. — Luciana liga para o meu pai, dando a notícia e informando o nome escolhido.

— Amor, por que estamos parando aqui nessa rua deserta? Algum problema no carro?

— Não, um problema no meu pau que não aguenta esperar até em casa. Preciso ter você, amor. Venha. Que bom que está de vestido.

— Sam!

Chego o banco do carro para trás, abro o botão e o zíper da calça jeans que vesti para vir para maternidade. Puxo o pau que está bem duro para fora da cueca e trago Isa para cima de mim, suspendendo o vestido e empurrando a calcinha para o lado me enfio na boceta que já está molhadinha.

— Olha como você está, amor... Meladinha.

— Amor, você fala em me comer e é automático... Ahhh! Ai, amor!

— Machuquei?

— Não, é que tá gostoso demais. Você está todo dentro. Ahhh!

— Coloca esses peitos gostosos aqui na minha boca, minha gostosa. Caralho, amor! Você me enlouquece. Estou quase gozando.

— Sam... Ahh... N-não é perigoso ficar aqui?

— Não. Nosso carro é blindado e tem os vidros escuros. Fique tranquila, amor!

Sugo em desespero os mamilos durinhos enquanto a minha mulher rebola, sobe e desce gostoso no meu pau.

Isa começa a dar sinais de que vai gozar, eu aumento as metidas e nós dois urramos num orgasmo. Puta Que Pariu! Parece que é cada vez melhor.

— Vamos para casa, amor. Quero essa boca linda em mim. Em todo meu corpo.

Isadora

Como sempre, eu peço e meu homem, meu marido, meu amor, não pensa duas vezes. Ele se ajeita e coloca o carro em movimento. Apenas entramos em casa, corremos para nosso quarto e Samuel me consome em lambidas e chupadas maravilhosas por todo meu corpo.

Essa é a nossa felicidade em forma de orgasmos, êxtases e amor.

— Sam, eu te amo!

— Eu te amo muito mais! Você trouxe o fogo da paixão para minha vida.

AGRADECIMENTOS

Agradeço a Deus em primeiro lugar, por ter me dado o amor incondicional pelos livros e a inspiração para contar as lindas histórias que preenchem minha cabeça, minha alma e coração.

Agradecimento especial ao pessoal que hoje faz parte do *Grupo Leitoras Leila Meireles*, por estarem me prestigiando, incentivando e ajudando a buscar melhorar cada vez mais como autora.

Aos novos amigos que estou conquistando e cativando nessa jornada de autora de romances, como os do grupo FC Tatiana Amaral, em especial à própria Tatiana Amaral pela generosidade em prestigiar o nosso trabalho.

À querida amiga Janaína Ferreira — Jana Perla Autora/JanaLoversOficial, onde, de forma carinhosa, incentiva e coloca sua vitrine para que o nosso trabalho também possa brilhar.

Ao grupo Cissaverso, da autora Cissa Anders. Cissa, muito obrigada pela sua generosidade e disponibilidade em me ajudar e apoiar com seu trabalho maravilhoso. Você é muito especial para mim. Obrigada pela sua amizade!

Agradeço às amigas Vera Lúcia Jesus, Dorisnei Conceição, Rosangela Brandão, Débora Nunes, Dilma Lima, Malena Lima, Kátia Góes, Dani Fagundes, que são leitoras vorazes como eu e já são minhas fãs de carteirinha, sempre ansiosas pelo próximo livro.

Agradecimentos especiais para as minhas amadas betas: Tamara Nascimento, Aline Morais e Daniela Fagundes. Meninas, com certeza vocês fazem toda a diferença com um trabalho dedicado e precioso, melhorando ainda mais as histórias que sempre emocionam a todos.

E, sempre, o meu agradecimento muito especial e com todo o meu amor aos meus filhos: Murilo Júnior e Dan Meireles. Primeiro por terem entendido, desde a infância, que a mãe deles, às vezes, distanciava-se da realidade para o mundo da fantasia, da magia, dos romances. E, atualmente, por me apoiar e incentivar incondicionalmente em cada projeto, e me ajudar incansavelmente com as minhas divulgações e publicações nas redes sociais.

E sem jamais esquecer, agradeço a vocês, queridos leitores, por prestigiarem o meu trabalho e deixarem lindas avaliações que só me incentivam a querer melhorar cada vez mais.

www.lereditorial.com

@lereditorial